直播主密室死亡之謎

馬卡

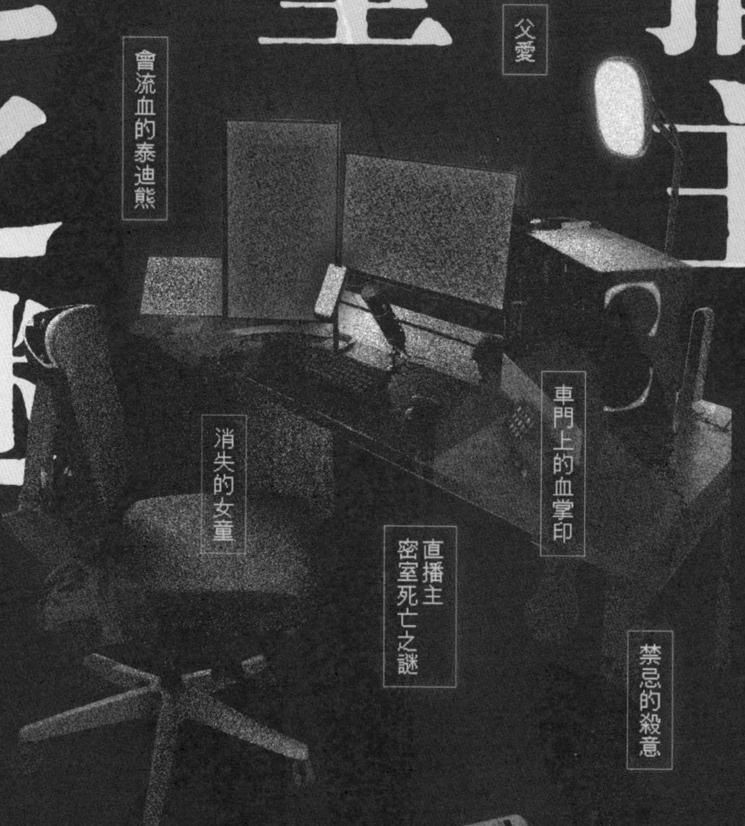

目錄

直播主密室死亡之謎

1

他們非常高興，這天是藥劑師資格考的放榜日，而他順利通過了。這晚，他特地和女友一起慶祝。

他其實不算聰明，但一直以來很想幫助人，期望從事與醫療有關的工作，只是資質不夠，無法成為醫生。後來立志當藥師，但仍因不夠聰明，只得就讀大學排名中敬陪末座的藥學系。雖然只要能從藥學系畢業，通常就不難考取藥師執照，但在他們系上，每年應屆考上藥師的學生仍只占三分之一，而他在系上排名相當靠後。

「所以囉，你沒有我想像中呆，還是相當聰明的呀，應屆就考上，真棒！」女友調皮地笑著，接著便對身旁的女兒說：「來，跟叔叔說你好棒！」

臉頰雪白如瓷器般細緻的小女孩看著他，眨著天真的大眼睛說：「叔叔，你好棒哦。」他開心地摸了摸女孩的臉頰說道：「謝謝妳。」

女友大他九歲，離過婚，有一個六歲的女兒。在他就讀的大學附近經營一家早午餐店，便宜又好吃的起司義大利麵與夏威夷比薩很受學生歡迎，他也是店裡的常客之一，沒想到兩人竟因此看對眼。他已決心要永遠跟她在一起，並一同照顧她的女兒。然而，他的家人卻覺得荒謬至極，所以兩人目前愛得低調。

此時他們正在一間以美味烤雞翅聞名的餐酒館用餐，餐廳裡大多數的客人都是情侶或朋友，而她的女兒似乎是唯一的小孩。時間已近十一點了，窗外寥寥無幾的行人穿著厚重的大衣或羽絨服，他想起晚間新聞誇張地報導著霸王級寒流來襲，連在室內也可以感受到寒意，使得他們忍不住多吃了一點。

剛才，他們還輕鬆自在地聊著她女兒未來就讀小學的學區，她看了一眼手機螢幕上的時間，「居然已經這麼晚了，她明天還要上課呢，我們得走了。」

他才剛從學校畢業，目前仍住在學校附近的套房，而她自離婚後便搬回娘家和父母同住，平時為了方便見面，通常他們會約在套房，但這晚她的女兒也在，所以他們要直接回家。

兩人在餐酒館前吻了一下，之後便各自騎車離開。

她的娘家位於一處相對偏僻的地方，尤其晚上十點過後幾乎沒什麼車，離這間餐酒館有一點距離。騎車時，刺骨的冷風彷彿快把臉給刮傷，不過她的內心仍沉浸在男友通過考試的喜悅裡，便不覺得冷。騎了大約二十五分鐘，前方出現的號誌燈此刻轉為紅色，她緩緩把機車停下，娘家與這個路口就剩一步之遙。她低下頭，開口問站在機車前座，用連帽外套的帽子裹著頭的女兒：「會冷嗎？」

女兒以發抖的聲音說：「還好啊。」她聽完微微一笑，用雙腳夾緊了女兒的腰。就在這時，她聽見後面傳來一陣車子高速行駛的引擎聲，然而她都還來不及轉頭確認，便失去了意識。

2

直播螢幕畫面

「各位觀眾大家好，歡迎收看『飛鳥搞笑達人』的直播。」

飛鳥看著架在眼前的手機鏡頭說道。雖然身穿正式西裝，但此時的他，卻沒有了往日直播時的神采飛揚，反倒失魂落魄，鬍子沒刮，頭髮凌亂。

他坐在一張鋪了凱蒂貓桌巾的桌子前，桌上擺有很多瓶酒，背景看起來是類似客廳的地方。他是相當知名的搞笑直播團體「飛鳥搞笑達人」的團長飛鳥。

團體成員一共四個人，但此刻只有他一人出現在畫面上。飛鳥最早是以搞笑短片出名，後來也做直播帶貨，巔峰時期的觀看人數相當驚人，最高紀錄曾破五萬，一個晚上的帶貨交易額破千萬台幣是稀鬆平常的事。

但此時的飛鳥臉上絲毫沒有搞笑的意思，也沒打算帶貨。只見他一臉沉重地說：「今天只有我一個人，而且不搞笑。」說完，他喝了一口酒。

最近飛鳥搞笑達人的直播觀看人數大幅減少，短片點閱率也顯著下滑，主要是因為飛鳥在一年前開車撞死人，後來以過失殺人結案並獲得緩刑。當時有人說他其實喝得爛醉，但肇事逃逸，隔了兩天才自首，所以逃過酒駕刑責，消息一出引發了廣大粉絲的不滿，因此瞬間掉粉。現在直播的觀看人數僅有一、兩百人，留言的人也幾乎都是黑粉，當然再也沒有廠商要他們幫忙帶貨。

——殺人兇手上線了！

——你還有臉直播喔……

——去跟受害者家屬道歉了嗎？

——你的臉真的讓我看了想吐……

飛鳥看了一眼手機旁大螢幕上的留言，舔了舔乾澀的上嘴唇說：「啊，大家都上線了，居然已經超過一千人，我們好像很久沒這麼多人來看了，謝謝各位還願意來看我，但我知道你們是來罵我的，我知道我做了不可饒恕的事。」

說完，他站起身子，捲起雙手的袖子，在鏡頭前深深一鞠躬。「我很抱歉，我真的非常痛苦，也非常後悔。但請你們相信我，當天是一場意外，我真的沒有喝酒，是因為路上實在太暗，我沒有注意到，才……」

——到現在還要裝喔。

——沒喝酒那你肇事逃逸是什麼意思！

——在產業道路你開一百撞死人你跟我說你沒喝酒，當我們都白癡嗎……

——再次直播原來還要裝死是嗎？

——去跟被你撞死的人道歉啦！

——到現在還在喝酒你去死啦……

重新坐下的飛鳥看著大螢幕上的留言，眉頭越鎖越緊，緊接著又喝了一口酒，「今天犯錯的人是我，我當然罪無可赦，但請大家明白，『飛鳥搞笑達人』是無辜的……我們其他團員都很辛苦，他們都很愛，也很珍惜這個團體，現在卻被我這個罪人給毀了，我真的打從心底感到抱歉。你們不原諒我沒關係，但希望你們不要遷怒到其他團員身上。我們過去真的花了很多心思搞笑，因為這場意外，我們失去了你們的支持。我想……我不能成為絆腳石，我必須來承擔這個錯誤……」說完飛鳥從桌子底下拿出一瓶農藥放在桌上。

——農藥？真的假的……

——是要自殺還是要責農藥？最好是前者啦不要等一下給我報價格喔

——喝下去我就繼續看你們的直播

——有Guts喔！

——你不要這樣啦……

——喝下去喝下去，我要看到血流成河！

——裡面裝的是可樂吧？

——八成演的啦，還演得這麼爛，笑死。

留言不斷在大螢幕上竄出。

「各位，我無比誠摯地向被害者以及支持我們的觀眾道歉，我今天就負起責任，希望你們把一切的不滿與憤怒都留在我身上就好，希望你們能夠繼續支持『飛鳥搞笑達人』的其他團員……」說完，飛鳥拿起農藥罐，打開，像喝牛奶似的把農藥喝了下去。

——真的喝下去了！

——那只是可樂吧，別演了。

——最好是有毒啦……

半晌，飛鳥手上的農藥罐掉在桌上，黑色液體從瓶口噴出，灑了一桌。他面露痛苦，抱著肚子。

「救我……」表情猙獰的飛鳥向鏡頭平舉著一隻手，然後一屁股跌坐在地上，「你們救我……我好痛苦……」說完，他開始往地上嘔吐。

——真的假的啦！

——看起來好像是真的，我要報警惹

——真的很會演欸到底真的假的啦？

直播人數不斷往上攀升，已經破萬。

「救我……」倒在地上的他依然看著鏡頭，平舉著一隻手說。

直播此刻忽然結束。

3

放眼望去，除了那間小小的土地公廟外，這個倉庫附近幾乎都是農田。現在稻苗才剛插上，一株一株整齊地排列，如同水田上的分隔線。

「你們不要緊張，」ＪＢ分局偵查隊，身子高挺精瘦、一臉精悍的陳警官，跟眼前的老農夫妻阿良與六妹說：「你們慢慢說，說清楚你們發現屍體的過程。」

陳警官旁邊站著身高矮他一點且微胖的下屬阿西，他們正在向通報發現屍體的人了解情況。

「對，阿伯、伯母，不要緊張，慢慢說。」阿西輕拍著阿良被汗濡濕的背，試圖安撫他。

阿良深吸了一口氣，「就是……我這間小倉庫，我們上個月租給一個做直播的人，他通常晚上才用，我們的農具還、還放在裡面，有時我們就會進去拿，他也說沒關係……」阿良吞吞吐吐，顯得緊張不已，「早上我跟我老婆要去農地工作，然後要去拿農具，結果發現門打不開。」

六妹著急地搖搖頭，「不是啦，門把可以轉，但開不了門，我們只能用力推開一點點，看到裡面有一條鐵鍊，才發現是從裡面被反鎖了。」

「對對對，是反鎖，」阿良點頭如搗蒜，「很奇怪啊，沒事幹嘛反鎖？對吧？」阿良又說：「我們一直在外面叫，也沒人回應，我就想『哎呀，裡面是不是發生什麼事？』，我們兩個很擔心是不是發生了什麼事，討論之後決定要把門打開，我就一直踹一直踹，好不容易才把門踹開，一進去，就看到他躺在裡面，嚇死我們了。」

「阿彌陀佛哦，真的差點把我們嚇死。」雙手合十的六妹驚魂未定地說。

「你踹開門的時候，確定門是被反鎖的嗎？」陳警官用手撫摸著下巴問道。

「對啊，我們還拍了影片。」

「影片？」陳警官有點訝異。

「對。」阿良拿出手機，「因為之前都沒有發生這種反鎖的情況，我怕是租來直播的人有什麼貴重的東西放在裡面，而且隨便踹門進去也不太好，所以我請我老婆把我踹門進去的過程都拍下來，怕會有法律上的問題嘛。喏，你們看——」

陳警官與阿西探身向前，兩人將目光投注在影片上。影片中看到阿良把鑰匙插進門把轉了半圈，再轉動門把，門是被打開了，但只能推開一點點，可以看見門的內側掛著一條如手指粗的黑色鐵鏈，這時背景傳來六妹的聲音，「這個門被反鎖了，我們要開門檢查。」於是阿良開始用蠻力踹門，踹了好幾腳才好不容易把門給踹開，接著兩人走了進去。沒過多久便傳來他們淒厲的尖叫聲，影片也到此為止。

手上拿著筆記本的阿西正在寫著什麼，阿良看著他，「你在寫什麼？」

阿西說：「阿伯，沒什麼啦，我在記錄，這是我的習慣啦。」

阿良這時搖搖手，好像在解釋什麼似的，「這、這個跟我們沒關係哦。」他看來依舊緊張不已，「這個哦……他雖然是跟我們租倉庫，但我們其實不認識他，也不知道他為何死在我的小倉庫裡。」

「對、對！」六妹也誇張地晃動著雙手解釋，「跟我們一點關係也沒有，我們什麼都不知道。」

「這我們知道，沒有人懷疑你們啊。」陳警官試圖安撫眼前這兩位純樸的長輩，但阿西一直都知道，就算不是偵訊，陳警官那張古銅色、精悍的臉，還是很有讓對方害怕的本事，所以向他們笑了笑，試圖緩和他們的情緒。

陳警官又問：「你們當時到倉庫的時候，有沒有在附近看見什麼可疑的人或聽到什麼奇怪的聲音？」

兩人相視一眼，同時搖起頭來，後來是阿良先開口說：「沒有啊，就是很正常的早上。」六妹也認同地頻頻點頭。

這時，他們身後傳來一陣「嘎啦——」的聲音，阿西轉身一看，看見兩人正自灰色休旅車拉開滑門下車。穿著深藍色防護服、提著鑑識工具箱的他們，隨即邁開步伐向倉庫走去，然後跟看守現場的員警講了幾句話後，便進入現場。

「陳哥，鑑識的人到了。」阿西對陳警官說，陳警官點了點頭。

另一名負責開車的鑑識人員這時才下車。揹著攝影器材的他，手上拿著另一台小相機走到一旁，似乎打算先拍現場外圍。

阿良與六妹看著現場越來越多的人，不由得更加緊張起來。

「好一個早晨啊，對不對？」

羅法醫不知何時，突然出現在他們身邊，阿西見過他幾回，羅法醫是個光頭，五官很小，有著一雙瞇瞇眼和過分鮮紅的嘴唇，使得他笑起來很像日本能劇的笑臉面具。阿西一直覺得他的樣子跟行跡都有點神祕，就像現在他也搞不清楚他是如何來到自己身旁的。

阿西向他點頭行禮，同時看見戴著黑色粗框眼鏡的他，臉上似乎還沾著一小塊蛋餅。

「早啊。」陳警官向羅法醫打了招呼，「檢察官今天沒跟你一起來？」

羅法醫點點頭，「今天案子太多，聽說先去了另一件明顯是他殺的案子那裡，但應該很快也會過來。」言外之意，就是羅法醫已經聽說他們的這起案子可能是自殺。「我今天先跟著你們的人一起來的。」

「原來如此。」

「屍體就在那裡嗎？」羅法醫看向了倉庫。

「對。」

羅法醫看了一眼阿良與六妹，似乎覺得有老百姓在場不宜談論案情，於是說：「那我先失陪了。」隨後便邁開步伐往倉庫走去。

通常巡邏員警確認案發地為非自然死亡的命案現場後，必須立刻封鎖，且做三道封鎖，最靠近屍體的第三道封鎖區需要等待鑑識人員、法醫採證調查，就連刑警也不能擅自進去。偵查與鑑識的工作各有所責，須互相尊重。在陳警官還年輕的時代，經常會有偵查佐不慎影響、甚至破壞了鑑識現場的事件發生，造成雙方不愉快，但這幾年隨著專業意識的提升，已很少再有這種問題。

陳警官這時跟兩位長輩說：「我們的人來了，我也要進去看一下，你們先留在這裡，稍後還需要你們做正式筆錄且要捺印指紋。」說完，他給阿西一個眼神後，便朝倉庫走去。

「捺印指紋？」兩夫妻又嚇了一跳，且露出擔心神情。阿西以柔和的目光看著他們解釋，「這個不必擔心，所有曾經進入現場的人，都要捺印指紋建檔的，這是正常程序。」

阿西這時轉頭，看到陳警官正在倉庫門口旁套鞋套。

阿西又將目光放到阿良身上說：「阿伯，你那個影片能不能傳給我？」

阿良臉上出現疑惑表情，「傳給你？」

「對啊。」阿西說。

「那要怎麼弄？」

阿西這才明白阿良不太懂手機操作，「你手機給我。」

阿良這時拿出手機，「哎呀，已經關上了。」

「你再開機啊？」

阿良按了按手機，露出尷尬笑容，「等等，我好像忘記……這個……」

阿西納悶，「現在不方便嗎？」

「這個……」阿良歪著頭，用手指摳著太陽穴，一副極力思考的模樣。這時陳警官忽然在倉庫門口喊了一聲阿西。於是阿西朝向另一邊的制服員警指了指阿良他們，意思是「他們就交給你了」，然後又跟阿良說：「好吧，那沒關係，之後我再跟你要影片，我也得先離開了。」

「目前屍體沒味道且還有屍僵，」陳警官低聲跟剛走進來的阿西說：「應該才剛死沒多久。」最早抵達的員警們已告知他們兩人死者的身分，是之前當紅的搞笑團體「飛鳥搞笑達人」的團長飛鳥。

阿西在約兩公尺的距離外，看了屍體一眼。那是一個仰躺在地上、穿著西裝的年輕男人，雙手成爪狀，眼睛圓睜，張開的嘴裡都是黑色的液體，西裝上也沾染到不少。雖然阿西偶爾也會看他們的直播，但阿西心想如果沒有人跟他說眼前死者的身分，他可能認不出這個人就是飛鳥，他臉上的痛苦神情，幾乎已讓他的五官扭曲到失去原本形狀，再加上染黑的半張臉，根本難以識別。

羅法醫正蹲著身子檢查屍體，一名鑑識人員在一旁以不同的角度拍攝羅法醫指示的部位，剛剛在外面拍照的鑑識人員也進入了現場，他把相機架設在腳架上，以全景鏡頭拍攝現場三百六十度的照片，之後他會再拍局部證物照片，並對重要證物標示編號和紀錄實際大小，還有一名鑑識人員用剛沾過粉末的兔毛刷，刷掃著大門上的指紋與腳印。

陳警官巡視四周，倉庫沒有想像中小，可能二十來坪。裡面有一處像小攝影棚之類的地方：一套桌椅在倉庫中間，桌子鋪著凱蒂貓圖樣的桌巾，椅子是咖啡色皮椅，斜前方立有一個黑色裝飾架，上面固定了一支手機和一個約二十吋的螢幕，後方有玻璃櫃，一旁有站立式檯燈，地上鋪著紅色地毯。

陳警官認為，這大概是直播使用的。

屍體則躺在攝影棚內的桌子旁，桌上有數瓶酒，農藥罐倒在桌上，桌上滿是溢出的黑色農藥。在小攝影棚之外的部分則稍微髒亂，擺有一些沾有黃泥的農具和一台故障的耕耘機。除了大門外，沒有其他出入口；一旁牆面有一個長寬約三十公分的正方形小窗，雖然可以開，但裝有防盜桿，桿子之間有大概兩根手指頭的寬度。門把旁確實掛著一條被阿良破壞掉的防盜金屬鏈鎖，粗約手指寬，兩端面板穩穩地鉸接於牆邊與門旁，鍊條看起來相當新，像剛裝上去的一樣。

阿西也在裡面巡視了一圈，他模樣輕鬆，像在博物館裡看名畫一般，但他其實十分謹慎行事。之前陳警官已對他再三叮嚀，勘查現場務必小心，所以阿西雖然表面上看起來從容，其實他踏出的每一步都很專注且小心，也特別注意不亂碰。

阿西微微點著頭說：「陳哥，這是自殺吧？看來是自己喝農藥死的。」他用戴著手套的手比向桌上的農藥空罐，以一副腦力全開的樣子繼續說：「門被反鎖，外人無法進來，就算是被殺，兇手也無法把門反鎖再出去吧？畢竟完全沒有其他出入口，而且這個刺鼻的味道，那是農藥沒有錯吧？」

陳警官沒有回話，但心裡也認同阿西的說法，死者沒有外傷，且根據現場的跡證，確實只有喝農藥自殺的可能。但無論如何這是非自然死亡，他們不該有任何預設的想法，維持客觀才是他們的本分，而且一旦檢察官以自殺簽結，日後家屬就算有疑慮，也無法再議，不能等閒視之。

過了一會兒，羅法醫站起身子，左右轉動著脖子，似乎在放鬆身體。陳警官站在第三層警戒線外問他，「他大概死了多久？」

羅法醫不加思索地說：「我想應該是昨晚死的，最長不超過八小時。」

跟陳警官的猜測相去不遠，「他是喝農藥自殺的吧？」

「嗯……」羅法醫不置可否，阿西看到站在他身邊的鑑識人員頻頻點著頭。羅法醫把視線移往倒在桌上的農藥，推了推臉上的眼鏡，瞇起本身已是瞇瞇眼的雙眼說：「看起來是很像，但還須進一步確認。」

從現場回來之後，警方一行人才又得知飛鳥在生前是以直播的方式進行自殺，與現場和屍體的情況吻合，而屍體的情況看來八成也是自殺，但飛鳥的近親關係人不認為他有自殺的可能，因此在家屬的同意下，進行了司法解剖。然而當天新聞便以大篇幅報導飛鳥直播自殺的死亡事件，網路頓時也掀起一波熱議，甚至很快有不相干的名人發文感嘆「社會又逼死了一個網紅」。

隔天一早，陳警官與阿西在每日例行的勤務早會上，接到解剖結果通知，死因令他們大感意外。當天下午，分局長立即通報偵防中心，並召集專案小組調查此案，也迅速建立了偵查方針。

4

ＪＢ分局二樓大會議室裡擺放著Ｕ型的深咖啡色桌子，而Ｕ型的轉彎處位於會議室的後方，牆面上貼了一些有關治安防治的宣導海報。一般偵查會議時，該處是最重要主管的位置，從分局長開始，再依職位的高低依序往前坐。每張椅子前都有固定的麥克風，但通常只有在正式的內部偵查會議才會使用。

現在會議室中卻坐著四個打扮得光鮮亮麗的年輕男女，他們坐在靠窗的位置，陳警官與阿西坐在他們對面。他們雖然在進警局之前的路上，有討論過被通知前往警局的原因，但討論完之後，一行人還是不太理解警方真實的目的。

「不好意思勞煩你們來一趟警局。」坐姿端正的陳警官率先開口，但語氣裡完全沒有歉意。他的聲音不大，也沒拿麥克風，會議室的聲音傳遞效果極佳，陳警官的聲音低沉有力，對方可以聽得相當清楚。

四個年輕男女頓時面面相覷。

陳警官把雙手放在桌上說：「因為我們手上只有你們公司人員的姓名，沒有照片。能否先請你們表明一下身分？方便我們辨識。」

「不用啊，陳哥！我知道他們是誰。」阿西像個粉絲一樣，用食指逐一指著對面的四人說：「妳是愛說『Oh My God』的瑪莉嘛，你是皮笑肉不笑的阿維，還有妳是號稱『台灣渡邊直美』的小敏——對吧？」但輪到最右邊的男人時，阿西卻忽然皺眉，抓著臉問，「請問你是誰啊？」

被點名的男子立刻挺直身子，慎重地說：「我是凱鴻，是新加入成員，沒有在直播上出現過，算是幕後工作人員。」

「原來如此。」

陳警官看了阿西一眼，彷彿覺得他多此一舉。阿西不好意思地縮了一下脖子。

瑪莉這時看向阿西，彷彿刻意迎合似地說：「Oh My God，謝謝你記得我們『飛鳥搞笑達人』大家的名字，但你們今天把我們找來警局，應該不是因為喜歡我們吧？今天找我們來，是因為飛鳥的事嗎？」

陳警官看著她，沉吟片刻才說：「對。」

「關於他自殺的事，我們也很訝異。」阿維說。

陳警官點頭，「這我明白，在直播時自殺，我想大家都很訝異。那麼，針對飛鳥自殺的事，你們有沒有什麼想法？」

四人又是面面相覷，臉上的表情好像是在說聽不懂陳警官的問題。

眼看沒人回答，陳警官清了清嗓，坐直了身子，換了一個問法，「你們覺得他是會自殺的人嗎？」

脖子掛著多條項鍊的小敏嘖了一聲，微微晃著豐滿的身材說：「飛鳥的個性不是這樣的，我到現在還是不敢相信他會自殺。」其他人也點頭贊同。

陳警官將身子往前坐，「請問，他是怎樣的一個人？」

眾人再度面面相覷。半晌，阿維歪著頭說：「怎麼說呢，飛鳥……他的個性其實不像直播上那樣風趣、和善，那都是裝出來的。他的脾氣很暴躁，個性霸道自私，又愛喝酒，尤其喝醉時……」說到這時，他欲言又止。

「難道前陣子爆出的消息是真的？」阿西左手壓著筆記本，右手拿著原子筆敲著臉問。

「什麼消息？」陳警官顯然沒關注八卦新聞。

「阿維前陣子在大街上跟飛鳥打架，被很多路人錄下來還上傳到網路上，甚至被做成好幾種迷因，照片與短片都有，新聞也鬧得沸沸揚揚，甚至還因此傳出團體要解散的消息欸。」

「這樣啊。」陳警官問，「你們是因為什麼而打架？」

「是因為合約——」阿西試圖解釋，但解釋到一半，便被陳警官制止，「讓他們自己說。」

阿維點頭，「對，因為合約，我們都不想跟他繼續合作了，但礙於合約還剩半年，我們打算半年之後就跟他分道揚鑣，他卻一直放話，說我們若跟他分開絕對會失敗，而且他會聯合所有廠商封殺我們之類的。唉那個人……但其實我上次跟他打架，不完全只是因為合約。」

小敏這時看了瑪莉一眼，像是取得她的同意後說：「嗯，飛鳥不是一個很尊重女性的人，上次阿維跟他打架是因為他酒後借酒裝瘋騷擾瑪莉，阿維才……」

瑪莉重重地嘆了一口氣，用強烈的語氣說：「他就是這樣，每次都藉酒裝瘋騷擾我，但礙於他算是我們的老闆，我也就一直隱忍……但還不只這樣呢，他管理的帳目也老是不清楚，大部分的業配收入都被他拿走，有些業配可是我找來的欸！這樣自私自利、沒良心的人會因內疚而自殺？Oh My God，我才不信，若他真的有良心，他當初就不會肇事逃逸了。」

陳警官與阿西沒有顯露訝異神情，在先前的偵查會議上，他們也討論過飛鳥肇事逃逸的事情。

「原來是這樣。」陳警官說：「這樣聽起來，這個飛鳥是一個很討人厭的人囉？所以你們都很討厭他嗎？」

或許是因為由警官問出這個問題，他們的表情都十分意外，但三人隨即都露出了不置可否的笑容，只有凱鴻沒有。

陳警官將視線移向凱鴻，凱鴻也注意到陳警官的眼神，於是說：「我是還好，我加入公司不久，而且我是做幕後的，對於之前的事也不太了解。」

陳警官對他點頭，接著又看著四人問道：「他直播自殺時，你們都在線上看吧？」

四人點頭。

「這樣會有什麼麻煩嗎？」阿維反應過來，「我們當時確實有看他的直播，但我們沒有報警，因為我們以為那是假的，沒想到後來他居然真的死了，這個部分……」

陳警官說：「不會有什麼麻煩，當時觀看直播的人數很多，也有人報警，只是他在那次直播用了ＶＰＮ，網路警察找不到他的位置，所以來不及阻止。」

阿西接著說：「其實啊，不管你們當時到底相不相信，或有沒有報警，都不會有什麼麻煩啦，除非你們留言叫他『去死』之類的，就有可能是『教唆自殺罪』——你們沒有吧？」

四人都搖頭。

「那就好。」阿西說：「不過其實那天叫他去死的人也很多啦，根本無從追究了。」

瑪莉這時問：「那不好意思，方便跟我們說說，今天找我們來的目的是？」

陳警官忽略了她的問題：「能不能跟我們說，你們幾人前天晚上的行蹤？」

聽到陳警官的問題，每個人的臉色都陰沉了下來。

小敏摸著自己的雙下巴，皺著眉問：「請問，為什麼要為這個呢？」

陳警官的表情略微嚴肅，「請你們先不要反問，我們警方問問題自有我們的考量，就從妳——」他看向了瑪莉，「開始說說前晚的行蹤。」

「不用分開說呀，因為前天晚上我們四人都在一起，我們去凱鴻家喝酒唱歌。」

凱鴻聞言點了點頭，「前晚我們玩得很瘋。」

「能否說清楚時間？」

阿維接著說：「大概從十一點到天亮吧？」

其他人紛紛點頭。

「所以在飛鳥直播自殺的時候，你們都在一起唱歌？」

「對。」小敏說：「我們也一起看飛鳥的直播，就像阿維說的，當時我們沒把直當一回事，還嘻嘻哈哈的，以為飛鳥是在演戲……」

瑪莉看著阿西說：「其實你剛問我們有沒有留言叫他『去死』時，Oh My God，我有點心虛，因為我超想留言叫他趕緊去死一死，但當時我們喝得太醉，都找不到手機，我們是用凱鴻的手機看的直播。」

「所以只有你們四人在一起唱歌嗎？」陳警官又問。

「對……這有什麼問題嗎？」凱鴻說。

「是沒有。」陳警官邊說邊搖了搖頭，便陷入了沉思。

「這個，你們問這些……」瑪莉這時說：「難不成……飛鳥不是自殺的嗎？」

小敏對著瑪莉說：「這怎麼可能呀，他都在螢幕前喝下農藥了欸。」

他們四人同時把視線移往陳警官身上，「這個我們也不知道，所以才找你們來呀。」

陳警官冷笑了一聲，「對了，前天你們四人唱歌，有人可以證明嗎？」

「果然是在核實不在場證明……」小敏驚呼一聲。

凱鴻偏著頭說：「我的鄰居可能知道，當晚他們開了三台車過來，停在我家旁邊的小空地，因為都是名車，非常顯眼，只是可能無法證明鄰居有看到他們本人。」

阿維跟著說道：「有啦，那晚你的一個鄰居妹妹不是有過來？」

凱鴻像想到什麼似的，「對對對，那是我小堂妹，我拿了一個比薩給她。」

小敏委屈地說：「對，我也記得，拿走了我最想吃的臘腸比薩，跟一瓶可樂。」

瑪莉這時看著陳警官，「所以這樣我們應該……沒事了吧？」

陳警官沒有回應。阿西看著他們，不自覺地抓抓臉。

「你們認為有誰可能會對他不利嗎？」陳警官問。

瑪莉不置可否地點點頭，冷冷地說：「依照他這種個性，我想希望他消失在世界上的人……可能很多吧？」

「包含妳嗎？」陳警官笑著問。

瑪莉這時露出甜美微笑，「是呀，但你別忘了，我們可都有牢不可破的不在場證明。」

5

這一帶是高級住宅區，許多房子看來像西洋建築，多數以建材原色為主軸，但看得出精心設計過，不僅有景觀窗，也有漂亮的花園。居民多數是ＨＳ科學園區的高薪科技人，也有一些醫生跟律師等，ＪＢ市最著名、也是唯一的美國學校就在這裡，聽說一年學費要五十萬上下。也許正是因為居民都是有錢人的關係，這裡的馬路也鋪得特別平整，景緻十分漂亮，據說監視器也特別多，看來政府還是比較懂得如何善待社會金字塔的人群。

「北鼻，你有聽說嗎？那個叫什麼『飛鳥』的死掉了欸。」

阿西坐在餐桌前，圍著櫻桃圖案圍裙的小梅還在煎火腿。她是阿西的太太，是個國小老師，個子嬌小玲瓏，有雙大眼睛。阿西因為工作的關係，通常很難與她一起吃晚餐，反而是早餐他們才有時間好好吃一頓。他們兩人目前還沒有孩子，依照他們的計畫，打算再享受一陣子的兩人生活。

「有聽說啊。」阿西咬了一口吐司。想起陳警官曾經說過，身為刑警應該盡量避免跟家人、朋友談手上的案子，因為會有讓自己判斷失準的風險，而視陳警官為偶像的他，一向非常遵守這個規則。小梅端著煎好的火腿走了過來。

「你有聽說什麼內幕嗎？」小梅用探聽八卦的表情看著他問，「我們其他老師都在談，如果你知道些什麼，讓我知道啊，這樣別人才會覺得『哎呀，小梅有個刑警丈夫，真是件了不起的事』。」她很常看飛鳥搞笑達人的直播，最喜歡團體中的瑪莉，她不只一次跟阿西說瑪莉介紹的東西好用又便宜。

「這個……我也不清楚。」阿西咬著吐司，眼神飄往一旁。

小梅瞇著眼睛看他，「明明是在你們轄區，你會不清楚？」

「這個，呃……」阿西眼神露出心虛，他很不喜歡對小梅撒謊，不過嚴格來說，他也沒有說謊，畢竟他們目前掌握的線索真的不多。他們確認了行車紀錄器，飛鳥當天是獨自駕車到倉庫的；農藥行的監視器也拍到他是一個人前往購買農藥，超市的監視器也是看見他獨自一人買酒。雖然飛鳥確實樹敵眾多，但經過訪查，所有可能的關係人也都能提出不在場證明，一切看來都像是場精心安排的自殺。

這時響起一陣手機鈴聲。

「謝天謝地！」阿西趕緊把電話接了起來並在心中暗喜。是陳警官打來的，陳警官要他提早到分局，打算再去現場看看。阿西看了眼手機上的時間，才早上五點一刻。

阿西夾起煎火腿，囫圇吃下，便到房裡換衣服。小梅對此情景早已習慣，身為刑警的丈夫工時長，休息時間也不固定，有時甚至半夜忽然出勤。在台中經營一間機器設備公司的阿西父親曾要她勸丈夫辭去刑警的職務，接手公司，他說阿西個性少根筋，做刑警太危險。但小梅不願意，且她覺得丈夫不是少根筋，只是過分善良跟太有正義感而已，而那正是當初她愛上他的原因。

阿西換好衣服後，還在吃早餐的小梅起身，替他整了整衣領，然後在他離開前囑咐：

「要跟平常一樣，小心一點哦。」

隨後阿西搭電梯來到地下室，他一共有四個車位，其中三個車位上停的都是名車，分別是特斯拉、賓士與捷豹，當然跟這棟房子一樣，都是他父親買給他的，但阿西卻走向一台舊款的豐田。

整個分局沒有人知道他是富二代，而他也不打算讓人知道，尤其是陳警官，他知道陳警官沒有父母，是祖父母帶大的，雖不至於說過得辛苦，但跟他這個含著金湯匙出生的傢伙相較之下，阿西覺得自己可惡至極。

阿西抵達分局時，手上拿著兩杯便利商店咖啡的陳警官，已在門口等他。此刻還不到六點，朝陽的暖色光從東邊雲間斜射過來，照亮了分局前的廣場。阿西把車停好後，快步向陳警官走去，陳警官遞給他一杯咖啡。

「謝謝陳哥。」阿西接過咖啡後立刻喝了一口，果然又是美式。阿西其實愛喝拿鐵，但他不敢跟陳警官說，因為陳警官曾跟自己說過，拿鐵是小孩子跟女人喝的。

他們開始往另一端偵防車停的位置走去。

「這麼早把你叫過來，真是不好意思。」陳警官邊走邊解釋。

「不會啦。反正我很早就起床了。」阿西一面說，一面努力加快腳步試圖跟上陳警官，因為陳警官走路一向很快。

他們來到偵防車前，那是一台有點舊的黑色豐田休旅車，右前方還有些刮痕。陳警官坐上了駕駛座，阿西自然坐到了副駕。他們出勤時，會輪流開車，但陳警官開的次數多一些，他曾經過自己不太喜歡被人載，主要是不喜歡無法掌握自己命運的感覺。

不久後，他們再次來到案發現場。咖啡太燙，阿西來不及喝完，不過也有可能是因為阿西是貓舌頭的關係，陳警官的咖啡卻早已見底。

他們戴起手套，拉起倉庫外圍的封鎖線，低頭穿了過去，隨後打開了倉庫的門。

雖然鑑識科的人後續有多次進出，不過目前現場的情況跟之前他們來的時候差不多，甚至連桌上的農藥痕跡都還維持著，也還聞得見淡淡的農藥味道。

阿西抓著臉問陳警官，「陳哥這次打算看什麼部分呢？」

陳警官走了進去，把燈打開，露出銳利眼神打量周圍，「仔細檢查裡面有沒有任何能讓兇手逃離的地方……」這樁案子已過了一週，專案小組目前尚無太大的突破，刑事局已打算派人協助，分局長覺得面子掛不住，壓力逐漸開始在分局內膨脹，陳警官於是想回現場尋找靈感。

阿西「喔」了一聲，也邁步跟了進去。

陳警官先是摸著裡面的牆壁，雖然牆面的白漆早已斑駁，但牆體仍算十分完好，他用手不停輕敲牆面，卻都傳回沉悶的聲響，可見牆體十分厚實，沒有發現暗門之類的地方，接著他走向角落，拿起一把鋤頭，將木頭握把的一端朝上，開始在倉庫中隨意走動，並不停地將鋤頭往天花板頂，但傳回來的手感與聲音也都證實天花板跟牆體一樣，既厚實又牢固，沒有設置隱藏天窗的可能。

這時，站在窗邊的阿西抓抓臉，一手抓著防盜桿說：「真是奇怪了，看起來這裡面確實是沒有其他出口，兇手到底是怎麼把門反鎖，再逃出去的？」

阿西說完，看向窗外的一瞬間，恰好看見一隻正在享受朝陽的胖橘貓，「大門被反鎖，唯一的出口就剩這個窗戶，但人也不可能從這裡進出呀……有沒有可能是動物之類的？難不成兇手是貓？」

「貓？」拿著鋤頭的陳警官不解地看著阿西。

「對啊，」阿西一本正經地說：「陳哥沒聽過『貓是液體』這句話嗎？唯一的出入口就只剩這扇窗戶了，但窗戶很小，又有防盜桿，只有貓能穿越吧？」說完他瞇起眼，做了一個自認為是在凝思的表情。

陳警官當作沒聽見，他知道阿西有時會說些莫名其妙的話。剛開始跟他合作時，他還會試著糾正阿西，但後來決定放棄，畢竟人的本性是無法改變的。

「陳哥，我不是開玩笑的。」阿西開始認真分析起來，「法醫不是說飛鳥的真正死因是『窒息』嗎？我想他會不會可能有過敏症狀，兇手深知這點，於是訓練一隻貓或者其他動物，在飛鳥把門反鎖後，讓牠們從窗戶偷偷進來，讓他過敏或者讓動物本身攜帶毒物之類的，總之就是讓他氣管收縮窒息而死，再讓牠們從窗戶逃出去？」阿西說完，往陳警官的方向看去，等著他回應。

陳警官原本不打算回應，但眼角掃到阿西看著自己，還是開了口，「我只聽過狗可經訓練成為導盲犬的，還沒聽說貓可以成為殺手貓的——貓那麼神經質又自我，要怎麼訓練？再加上鑑識也沒發現貓毛呀，而且你難道忘了嗎？法醫報告上是說死者是因『外力』窒息而死，最有可能的死法是被人以塑膠袋之類的東西套頭悶死，法醫認為死因至少說明肯定是有『人』在現場，而且可能不只一人，因為死者身上沒有掙扎的傷痕，可見是有人把他的手跟腳都固定住，另一個人再將他套頭悶死的。兇手之後還把塑膠袋之類的凶器帶走，就是要營造他是如直播般自殺死的。所以跟過敏或任何的毒物——包括毒氣、毒液都無關，再者那防盜桿之間的縫隙，就連貓也穿過不去。」

「啊對對對，『外力』，對不起陳哥我現在才想起來了……」阿西拍了一下自己的頭，這才想起法醫的解剖報告內容，剛才他的推理就站不住腳了，而且還可能被陳警官發現他沒有仔細讀過報告內容，他覺得有點丟臉。這時他再看了一眼窗戶，又覺得陳警官所言正確，確實那縫隙大概連貓也過不去，但又露出更疑惑的臉，「就算兇手很厲害，可以殺了他再反鎖學貓逃離這裡，但那天卻沒有任何人跟他在一起呀，他是自己進來的，所有討厭他的人都有不在場證明，這下子可真是奇怪。」阿西說完，又把眼神投往陳警官。

「唯一的可能就是他進來倉庫後，又再有人進來把他殺了再離開，但大門確實反鎖上了。」陳警官也露出不解的表情。他來到大門邊，歪著頭看著被破壞的門鍊，鑑識已證實門鍊是遭受來自門外的力量破壞而斷裂的，與阿良和六妹的證詞相符，他們也把阿良當天的鞋子跟門上的鞋印比對過，完全相符。陳警官重重地吐了一口氣，又走向角落，把鋤頭放回原位，之後也走到窗邊，站在阿西旁邊，用手拉了拉防盜桿，確實挺牢固的，「阿西，你確認一下地上是不是有任何空心的地方？是否可能有地道之類的？」

阿西聞言，開始在地面上跳躍——跳了一處，又換位置，陳警官也跟著跳——但整個倉庫的地面如同天花板、牆壁一樣，都非常扎實。

窗戶太小，通風有點差，兩人跳得滿頭大汗。他們於是走到外頭透透氣，隨即抽起了菸。

陳警官看著自己吐出的煙霧，陷入沉思。分局很多人打趣說，這起案件是所謂「密室殺人」，可能要觀落陰請密室推理之王約翰・狄克森・卡爾來協助破案了，但他不太讀小說，不知道什麼推理之王，但確實覺得這起案件很奇怪，唯一的可能就是自殺，但法醫卻判定是他殺，且是經解剖確定的。

陳警官又吸了口菸，鼻孔噴出兩道煙霧，他開口問阿西，「對了，那兩個老人發現屍體過程的影片還在你手機裡吧？影片播出來我們再看一次。」

「喔好啊。」阿西點點頭，從口袋裡拿出手機，但隨即又抓起臉，想起他手機裡並沒有那段影片，「啊，陳哥不好意思，影片在筆電裡，我手機沒有。當時那個阿伯說不會傳影片，甚至連重新開機都不會欸，所以沒傳給我，但後來鑑識的人有跟他索取手機，我也跟鑑識的人要了影片，但要之後回分局才能看了。」說到這時，他又抓起臉，彷彿忽然想起了什麼。

6

案發現場附近的住宅區住了很多年長者，他們喜歡在黃昏時出來慢走運動，這邊空氣好，車子也少，又到處青枝綠葉，對眼睛有益，此外，還很寧靜，是很理想的運動場所。但因這陣子的飛鳥事件，對於死亡或命案這種事情很敏感的他們，在經過倉庫時，總會把眼神移開，不願與這不祥之地有任何接觸。

阿良跟六妹此時駕著電動四輪代步車，來到倉庫打算拿農具，卻發現兩位刑警站在那裡。阿良不由得感到緊張，因為他們的倉庫仍屬法定封鎖狀態，但他們至今卻仍偷偷進出。

戴著墨鏡的陳警官面無表情地看著他們，阿西則露出誇張的笑容，把手高舉過頭，親切地向他們揮手。

阿良與六妹看到他們時神情有些不自然。

阿良把代步車停在倉庫旁邊，與六妹一起下車，兩人站在車旁彼此低語。

「你們好啊。」陳警官一面把墨鏡摘下，一面走向他們說。

「阿伯，伯母，你們好。」阿西也跟著打招呼。

「警察大人你們好。」阿良口氣有點緊張地說：「這個……我們來這裡只是來看一下我們的田，沒有要進去倉庫哦。」

「沒事的。」陳警官說：「我們今天來這裡，是還有點事想要請教兩位。」

六妹露出疑惑的臉，「『請教』我們？可是我們能說的都已經說了呀。」

阿西此時露出微笑，「阿伯，伯母，你們不用擔心，有點事想再確認一次而已啦。」

眉頭深鎖的阿良與神情不安的六妹相視一眼，阿良才緩緩點頭，「我們都很樂意幫忙，只是希望不要花太多時間，我們這陣子要搭絲瓜的菜棚子會比較忙，請問你們還要問什麼呢？」

陳警官看了一眼西沉的橘紅夕陽，「天就快黑了，在這裡談不方便，而且可能要花上一點時間，我們回局裡談吧。」

JB分局小會議室

這是阿良與六妹第一次來到警局內部，雖不是在偵訊室，但這間小會議室還是相當令他們感到恐懼。尤其陳警官剛剛刻意又把百葉窗拉起，讓會議室感覺更加封閉，雖然開著日光燈，但室內光線仍有些昏暗。

陳警官很客氣地說：「不好意思，我們警局只有茶包泡的茶，來，先喝點茶吧。」

阿良與六妹不自在地端起桌上的茶，喝了一小口。

阿良接著說：「要問什麼請問吧。」

陳警官點頭，「在開始之前，我必須先告訴你們一件事。」陳警官的臉色逐漸凝重起來，「其實，死在你們倉庫裡面的男人，他不是自殺的。」

「不是自殺的？」阿良眉毛抽動了一下，「難道……」

「是的，沒錯，他是被人殺害的。」

阿良與六妹倒抽了一口氣，不安的情緒開始攻擊他們的內心。陳警官沉默片刻後，嚴肅的眼神直直地投在他們身上，彷彿在觀察他們的反應。

「可是、可是他死在倉庫裡面，門又被反鎖，而且我聽說他有在玩那個什麼直播，我不太懂，那是年輕人的玩意兒，總之，很多人看見他自殺呀，難道不是嗎？」阿良試著反駁，六妹則一副坐立難安的樣子。

阿西露出溫和的表情抓著臉看向阿良，一向面容和善的他此時看起來更加無害，就像隻有點胖的大兔子，阿良朝阿西投向求救的眼神，阿西於是贊同似的點了頭。但陳警官的一張臉仍毫無表情。

片刻後，陳警官才再度開口，「法醫已經確認，他是被人殺害的，這點你們不必懷疑。」他用食指輕輕敲著桌面，彷彿在等什麼，銳利又嚴肅的眼神一直停在他們身上，讓兩人更加不自在。

「對了，或許只是一件微不足道的小事，但我們還是必須跟你們確認一下。」陳警官向阿西使了一個眼色，阿西機警地點了點頭，從文件袋裡拿出一支手機，挪到阿良前面說：「這部手機我已經先開機了，阿伯你能不能拿起來拍一段現在會議室的影片？」

阿良露出不解神情，一字一頓地說：「拍、拍影、片？」

阿西「唔」了一聲，理所當然地說：「對呀，就像你上次拍的一樣。」

阿良露出猶豫的神情，拿起手機，仔細看了看，又把手機放下，「抱歉，我不太會拍影片。」

阿西接著把手機挪到六妹面前，「那伯母呢？」

六妹連手機都沒有拿起，只是低頭看著桌上的手機，彷彿在看什麼特殊機器，接著搖了搖頭，「我也不會。」

「那天早上你們說怕日後有麻煩，所以在破門進倉庫之前，拍下了破門而入的影片，這部手機跟你們當時用的手機是同一款，請問……為什麼你們現在卻不會操作了？」陳警官低沉嚴肅的聲音迴盪在會議室裡。

阿良又把眼神投往阿西，像在跟他求救，但阿西的眼神也略微嚴肅了起來。

陳警官挺直了身子，「影片不是你們拍的吧？是有其他人主導這段影片的拍攝？此外，你們的影片也沒有拍到屍體，我們甚至懷疑，影片應該也不是當天早上拍的，對吧？」

阿良與六妹面露心虛，阿西看見六妹不斷用手指摸著眉梢。

陳警官又問：「所以是誰拍的？」

此時他們兩人低下頭，阿西看見兩個老人像犯了錯的孩子一般接受陳警官的質疑，內心微微感到不捨。

「請你們抬起頭，看著我的眼睛，並回答我的問題。」陳警官厲聲說。

他們把頭微微抬起，看到猛然睜大雙眼的陳警官，露出一臉恐懼。

「你們做這些假證，到底是為了什麼？」

陳警官見他們依然默然，雙眉緊鎖，便繼續說了下去。

「是為了營造飛鳥在上鎖的倉庫裡自殺身亡的假象嗎？」

「這麼做的目的是為什麼？」

陳警官字字清晰地說出疑問，室內陷入一陣會令人害怕的沉默，連阿西都覺得背脊涼涼的。

「你們兩個到底做了什麼？」

「阿伯、伯母，你們若做了什麼違法的事，請現在跟我們坦白——這對你們而言，才是最好的。」阿西試著扮白臉，這是陳警官剛剛交代的。

只是兩人依然不說一句話。

陳警官隨後從文件袋裡拿出一張照片，將照片挪到他們面前，「你們看一下這張照片。」

阿良與六妹顫抖地挺起身，在看到照片的瞬間，阿良忽然覺得有什麼東西在他的內心裡瓦解了，六妹也隨即大哭起來。

7

一處民宅的大客廳

「Oh My God，這個新纖體錠真的超級有效。」瑪莉對著眼前的手機鏡頭說：「我跟你們說，我之前完全是易胖體質，就是那種呼吸都會胖的人啊，但你們看看我現在的平坦小腹，Oh My God，多平啊！」說到這裡，她在鏡頭前秀出自己的平坦小腹，「然後姊妹們，我也跟妳們一樣啊會便祕，女人啊，一旦便祕，小腹就大，但吃這個真的可以立刻讓妳跟宿便說掰掰，然後皮膚變得超級好！」

臉上化著濃妝的小敏聞言做出誇張的表情，「真的嗎？」接著又哭喪著一張臉說：「瑪莉，我們是多久的朋友啦，妳看我的肚子。」她抓著自己的腹部贅肉，「妳怎麼到現在才讓我知道有這款啦，吼——」

「哈哈哈，幸好瑪莉先讓我吃了。」阿維接話，「其實不只你們女人，男人也是，你們看我之前的啤酒肚。」阿維邊說邊拿起桌上的照片，「各位朋友你們看，你敢相信這是以前的我嗎？」

「太誇張了啦！」小敏又大笑，「看看你的鮪魚肚！」

「妳居然還有臉笑我？」三人朗聲大笑，阿維又對著手機鏡頭大聲說：「大家要瘦小腹嗎？要的人，『我要瘦小腹』五個字給我刷起來——」

「刷起來！」

就在這時他們聽見了敲門聲，站在鏡頭最右邊的阿維跟身旁的小敏低聲說：「我去看看，妳們繼續。」

阿維來到門前，把門打開。沒想到眼前出現的是先前見過的兩位刑警，旁邊還有一位穿著深藍色套裝的女人，她提著一個類似醫藥箱的白色箱子。

「不好意思冒昧打擾了。」陳警官說。

「你們正在直播啊？」阿西探頭往裡面一看，好奇地說。

「對。」

「有一些事情要請你們協助，」陳警官說：「方便暫停跟我們談一下嗎？」

「暫停？」阿維雙眉微皺，一副深感為難的樣子，「今天我們好不容易接到帶貨廠商的委託欸。」

「終於接到委託了？」阿西說：「是什麼產品呀？」

「某種減肥錠。」

「這麼好？」阿西露出很有興趣的表情，「有效嗎？」

陳警官這時看了阿西一眼，阿西趕緊將嘴閉了起來，陳警官又嚴肅地看了阿維一眼，表示不容許阿維拒絕。

「我知道了。」阿維無奈地說。他邁步走向還在渾身解數介紹新纖體錠的其他團員，並低聲跟她們說警察的來意，只見她們滿臉遺憾跟觀眾道歉，並說明直播將暫停一下，但會立刻回來。

眾人隨後跟著阿維來到了另一個房間，類似辦公區域的地方。

小敏有點不耐煩，揮了揮戴了數個不同顏色手鍊的手，抱怨地說：「請問又找我們幹嘛呢？你也知道我們工作是沒有底薪的，連凱鴻我們都養不起了，現在好不容易接到好案子可以做，為什麼在這個時間點打擾我們？難道不能將心比心嗎？」

瑪莉也點頭，「而且我們所有廠商都在看欸……今天就如同我們復出一樣，是很重要的一天，剛剛好不容易很多粉絲回來看我們——這樣無故打斷我們，你們真的造成我們很大的困擾欸。」瑪莉說話時情緒在中途變得激動，最後一句的聲音也變得很尖。

「這個我理解，」陳警官心平氣和地說，「不會耽誤大家太久的。」說完他比著旁邊跟他們一起來的女人說：「這位是護理師，今天她將替各位抽血。」

「抽血？為什麼？」他們三人異口同聲地說。

「現在我們暫且還無法向各位解釋，很抱歉。」陳警官遞給阿西一個眼神後，阿西隨即拿出一份文件，「這個是檢察官開具的傳票，你們可以參考。」

他們三人臉上寫滿震驚，阿維接過傳票，讀了一下，又把傳票遞給瑪莉，小敏也湊過去一起讀。

「所以不好意思，要麻煩各位了。」陳警官臉上露出一種難以定義的笑容。

8

綠樹藥局

外頭正下著毛毛雨，一個女人從一輛白色馬自達下車後，立刻撐起紫色雨傘，緩步來到綠樹藥局前，將雨傘收起並放入雨傘架，便走了進去。這是一間大藥局，裡面不僅賣藥、貼布，也有零食，甚至復健用具也找得到。

她來到櫃檯，對著眼前的男藥劑師說：「您好，我要取藥。」

藥劑師露出溫暖的笑容：「好的，請給我健保卡跟藥單……」

女子點了點頭，然後打開側背的小包包，她很快找到健保卡，但翻了老半天，卻找不著藥單，「不好意思哦。」她露出著急的臉，一不小心把包包內的東西都打翻了，藥劑師見狀，趕緊從櫃檯快步走出來，幫她撿拾掉落在地上物品，女子羞臊地說：「不用不用，我自己撿就好……」但藥劑師還是幫她把所有東西都撿起。

「啊，總算找到了！」女子鬆了口氣，把藥單給藥劑師。

藥劑師又露出溫暖的微笑，「太好了！如果沒有藥單我便無法給妳藥，妳就得回醫院請醫師重開了，很麻煩呢。」

「對啊，好險。」女子笑著說。

「那我先跟妳核對一下資料，請問——」他向她請教了姓名、出生年月日與身分證字號等資料。

「好的，都沒有問題。」藥劑師點點頭，「那請您稍等我一下。」說完便往後方走去，再出來時手上已有了數包白色藥袋，他接著說：「這是您的藥，請記得您的慢性處方籤已結束，下次要回診請醫師開了哦。」藥劑師提醒女人。女人收過藥，覺得這個藥劑師人很好，長得也頗帥氣。

就在這時，兩個男人也來到櫃檯前，「你好。」

藥劑師正背著櫃檯整理後面桌上的藥品，說：「麻煩先幫我把健保卡跟藥單放在盒子裡。」

「我們不是來拿藥的。」男子說。

藥劑師覺得男人的聲音有點熟悉，轉身後嚇了一大跳，「你們，是上次的刑警？」

「對，你好呀凱鴻。」阿西咧著嘴笑，像見到老朋友一般，揮揮手說：「沒想到你現在轉行當藥劑師啊？」

「不是的，」凱鴻說：「我本業是藥劑師，之前做直播才是轉行，但因為他們目前營運困難，所以我又回來做藥劑師了。請問今天來這裡找我，是有什麼事嗎？」

陳警官露出一個略微詭異的微笑，「當然有啊，無事不登三寶殿——」，他環視了一圈，看見另一端有一個同樣穿著白袍的女人，又把眼神投回凱鴻，「但不太方便在這裡談，」他把下巴往白袍女人的方向揚了揚，「現在應該有可以暫代你工作的人吧？所以——跟我們回警局一趟如何？」

JB分局小會議室

凱鴻在警局的小會議室裡等了許久，才見到陳警官與阿西兩人回來。他們一進來時菸味很重，凱鴻忍不住皺眉，他不太喜歡菸味，過去他在讀藥學系的時候也上過解剖學，知道菸對肺的影響很可怕。

「不好意思，讓你等這麼久。」

「請問……」凱鴻說。

陳警官舉起手，打斷了凱鴻的話，「你先不要問，今天，我們有很多問題想要問你。」他把眼神移向阿西，「對不對，阿西？」

「對啊，」阿西把手上的文件袋在桌上抖了抖，「有好多問題。」

凱鴻開始察覺氣氛有些詭異。

陳警官清了清喉嚨，「先跟我們說說，你是藥劑師，這是很受人尊重的職業吧？感覺也很穩定，為什麼之前會去應徵飛鳥他們公司啊？」

「這個……就是興趣吧，沒有為什麼。」

「這樣啊。」陳警官說完，忽然駝著背，將彎曲的左手手掌放在嘴邊，露出一副好像在跟朋友說悄悄話的嘴臉，「欸我問你，其他三人是不是都很討厭飛鳥啊？」

凱鴻偏著頭苦笑，「就如上次他們跟你們說的一樣吧，我想他們過去可能有紛爭，所以應該不是很喜歡飛鳥吧，但對不起，我真的不清楚，我加入他們團隊不久。」

「那你呢？」陳警官挺直身子，又往椅背一靠，把腳放上桌子。

陳警官的動作讓凱鴻嚇了一跳，「我？」

「對啊，你討厭飛鳥嗎？」陳警官把雙手交握，放在肚子上。

凱鴻搖頭。

「他們三人說，你還挺喜歡他的，幾乎對他言聽計從，像個忠實的小跟班。」陳警官說：「是這樣嗎？」

凱鴻露出疑惑的臉，「他們說的？你們後來有再跟他們談過嗎？」

「對啊。所以他們說的是真的嗎？」

「我確實是小跟班沒錯啦。」凱鴻有點不好意思，「畢竟他是我老闆，所以……」

還沒等凱鴻說完，陳警官又說：「對了，感覺你的個性不是那種會喜歡熱鬧跟辦派對的人，飛鳥死掉的那晚，你怎麼會約他們唱歌啊？」

「因為……一直覺得好像還不是很融入大家，就想說聚聚也不錯。」

「怎麼沒約飛鳥？」

「如果我約了他，其他人應該就不會去了吧？」

「也是。」

「那天晚上你從頭到尾都跟他們一起唱歌嗎？」

「是啊。」

「確定？」

凱鴻點點頭。

「你們唱歌的時候，難道都沒有人離開嗎？」陳警官的眼神忽然變得銳利起來。

凱鴻眼神閃過一陣遲疑，「沒有。」

陳警官給了阿西一個眼神，阿西從文件袋拿出兩張照片，擺在凱鴻面前。

「這樣啊，」陳警官把腳從桌上移下，「那你看看這兩張照片，並解釋一下。」

凱鴻探身看了照片，隨即瞪大了雙眼。兩張照片中，其中一張是飛鳥自殺直播影片的截圖，另一張是截圖中，飛鳥身後玻璃櫃上的一處反光位置的放大照，雖然不是很清楚，但大概可以看到有一個人站在手機架旁。

「這個人，是你吧？」陳警官用食指敲著照片上的人影說：「告訴我們，為什麼當晚你會出現在飛鳥的自殺現場？」

此刻的凱鴻忍住心中的慌亂，繼續沉默著。

「容我提醒你，你現在是在警局，我們不接受『沉默』這個答案——你為什麼說謊？」

凱鴻聞言，露出了痛苦的表情，「是飛鳥要求我的……」

「飛鳥要求的？所以你協助他自殺嗎？」陳警官說：「你這是『加工自殺罪』，你懂嗎？」

凱鴻用力地搖著頭，「不，不是這樣的，是飛鳥說，叫我協助他『假自殺』。」

「假自殺？」阿西抓著臉露出不解的神情。

「對。是他說，團體的粉絲已經掉了太多，所以想要演一場假自殺，博取觀眾的同情，他說『之後再做一場在醫院假康復之類的直播』，可是我也不知道後來他為何死了，我也很震驚。」

「你什麼時候離開的？」

「直播結束後不久。」

「這樣啊。」陳警官說：「所以你的意思是，你當下協助他做假自殺直播，結束後，你便離開了。而在你離開之後，他還活著。之後不曉得他為何死了——是這樣吧？」

「對。」

「那你覺得後來是發生了什麼事？」

「這……我不知道。」

「請人幫忙假自殺後又真自殺？」陳警官露出納悶的表情看著阿西說：「我覺得這樣的行為很沒有意義，阿西你說呢？」

「很奇怪啊。」阿西抓著臉說。

「你覺得奇怪嗎？」陳警官也問了凱鴻。

凱鴻點頭。

「所以囉，」陳警官用拳頭捶了一下手掌，「我跟你說啊，我們其實老早就發現飛鳥喝下的農藥毒性並不強，雖然還是有致命可能，但基本上是不會立刻致死的。若我們假設飛鳥在假自殺直播結束、你離開後，他就喝下真農藥自殺了，屍體則在隔天早上七點多被發現，法醫判斷飛鳥已經死亡超過五個小時，等於他喝下農藥之後是立刻死亡，這點讓法醫覺得有點奇怪，果然在經過解剖化驗後，法醫才確定飛鳥真實死因是被人悶死的，而最有可能的方法是有人拿塑膠袋套住他的頭將他悶死，至於嘴裡的農藥，則是死後被人倒入的，此外飛鳥的血液中竟含有安眠藥的成分，所以我們研判，他應是在昏沉之中被人套住塑膠袋給悶死的。」

凱鴻瞪大了眼睛：「所以你們懷疑是有人殺了飛鳥？」

「不是懷疑，他就是被人殺死的，」陳警官斬釘截鐵地說：「有人在他假裝自殺後，將計就計將他殺害。」

凱鴻又問：「你們……是在懷疑我嗎？」

「若你是我們，你會不會懷疑？」陳警官笑著反問，阿西也嘻嘻笑著。陳警官示意阿西再拿出下一份文件，阿西立刻心領神會，並將文件挪到凱鴻面前。

「你是藥學系的，應該會讀檢驗報告吧？」

凱鴻看了一眼文件，那是瑪莉、阿維與小敏的血液檢查報告，報告顯示他們的血液裡面也含有安眠藥成分。

「案發當天你約他們去你家開派對，結果你給人家下藥啊？幸好這藥的半衰期滿長的，否則我們可能就驗不到了！」陳警官說：「你的目的是什麼？難道不就是為了要讓他們睡著，方便你有機會出去殺人嗎？還讓他們以為你們一直都在一起，讓他們當你的不在場證明嗎？」

阿西接著說：「而且你還安排你貪吃的堂妹過來拿比薩，目的就是要讓她當你們的證人，你回來時還把其他人的手機藏起來，再把他們叫醒，然後用你的手機讓他們看飛鳥自殺直播的重播影片，讓他們以為飛鳥自殺時，你是跟他們在一起的不是嗎？你的計劃好像相當縝密呢……」

「這……我不懂你們在說什麼。」凱鴻不由得結巴起來。

「是嗎？若我們的假設錯誤，」陳警官說：「那他們血液中為何含有還沒代謝完的安眠藥成分？更奇怪的是，飛鳥與其他三位團員血液中的安眠藥成分都是一樣的。」

「我不知道為什麼。」

「真的嗎？」陳警官說：「我們查過你的健保紀錄，你有多次精神科的就診紀錄，而且醫生開過很多次這個藥給你呢，如果不是你給他們吃，他們怎麼會那麼剛好都吃到這個藥？」

「我……跟飛鳥無冤無仇，而且他對我很好，我沒有理由殺他呀。」凱鴻緊張地解釋，「而且那個倉庫不是從裡面被鎖起來了？若有人殺他，如何上鎖再逃出去呢？他應該還是自殺的吧？」

「奇怪了，我們曾向外透露倉庫內部上鎖的這個細節嗎？」

阿西在一旁配合地搖了搖頭。

凱鴻忽然領悟自己說錯了話，表情瞬間僵化，眼神也飄忽起來。

陳警官沉默了下來，片刻之後又語重心長地開口。

「我幹了很多年的刑警，是有能力判斷一個人的好壞的，我覺得你不是壞人。」陳警官說完後，給了阿西一個眼神，阿西從文件袋裡再拿出一張照片，挪到他面前。

凱鴻探身看了一眼，露出痛苦神情。

「她們——是你女友跟她女兒吧？」

凱鴻流下了眼淚。

「她們是被飛鳥撞死的吧？」陳警官問。

凱鴻依然沉默，但身子不斷顫抖著。

半晌後，凱鴻才緩緩開口，「請問……我能不能請律師？」

「當然可以，這是你的自由。」陳警官說：「但或許沒有這個必要。」

凱鴻露出不解的眼神看著陳警官。

「因為已經有其他人坦承自己是兇手了。」

阿西這次沒有等陳警官的指示，直接從文件袋裡拿出一份資料，又挪到凱鴻面前。

凱鴻緊張地看了一眼。那是兩張殺人認罪的自白書，上面署名是陳進良與許六妹。

凱鴻看完大為震驚，哭著大叫：「跟他們無關，跟他們一點關係都沒有，都是我一個人做的，都是我一個人做的……」

9

這天下午，滿臉鬍碴的他，帶著一雙哭紅的雙眼來到女友家弔唁。他這陣子消瘦不少，大學畢業時買的、準備用來當工作面試穿的合身黑西裝，現在穿在他身上，顯得異常寬大。

靈堂上有兩個牌位，但只放了一張照片——那是她們母女坐在沙發上對著鏡頭燦笑比「耶」的合照。

她年邁的父母站在靈堂旁，看見他來上香便哭得傷心欲絕，說著她的女兒好可憐啊，之前遇人不淑，現在好不容易遇到一個願意接納她們母女的男人，卻遭遇橫禍。

撞死她們的，是一個叫飛鳥的直播主，他一直沒有前來向家屬道歉，只託付朋友過來燒香致意。他們覺得飛鳥是心虛，在當下肇事逃逸，到了第三天才自首，卻因符合自首要件而獲得緩刑。他們覺得飛鳥一定有喝酒，即便飛鳥一直否認。然而他們都認為，就算警方能證明這是酒駕肇事，也無法讓犯錯的人獲得相對應的懲罰了。

他來到靈堂前下跪，看著她們的照片，用悽愴的聲音，對她們述說著自己的思念，女友的父母佝僂著身子在他身邊同聲哀泣。

上完香後，他緩緩起身，與女友的父母抱頭痛哭，誓言自己一定會為她們復仇。

會流血的泰迪熊

1

「快點啦，我們快要趕不上了。」阿步催促著阿蓮。

「哥，你幫我拿東西啦，齁呦，這很重你知道嗎？」阿蓮連聲抱怨。

這對剛結束假期的兄妹，正從老家出發，準備返回工作崗位。他倆都在ＴＣ市工作，兩人的公司也近，為了省錢就一起租房，大概一年返鄉兩次。之所以很少返鄉，主要是他們都很受不了父母的嘮叨，像這一次，四天的連假，他們只在老家待了兩天，就迫不及待返回ＴＣ市。兩人要坐的火車是早上五點半發車，但現在兩人因為吃早餐而耽誤了一些時間。

「還不是妳害的，」阿步也抱怨，「早說不要吃早餐了，害我們快要趕不上火車，叫妳快一點，現在又一直抱怨。」阿步嘴上雖然也在抱怨，還是把妹妹的行李攬在身上。

喝下最後一口蚵仔麵線，阿蓮才捧著微凸的肚子，露出心滿意足的表情，之後他們得再步行一公里多才能到火車站。在趕路的過程中兩人雖不斷拌嘴，但他們其實感情甚篤，畢竟去異鄉打拼的兩人，只能依靠彼此。

雖然時間是大清早，但已經是盛暑時期，氣溫依然有點高，才走沒幾步，很會流汗的阿步背後已濕濡一片。

「咦？」阿蓮忽然停下腳步，往一旁的小巷子看去。

「怎麼了？」阿步問道，並伸手往滿是汗水的臉頰一抹。

「那個……是泰迪熊嗎？」阿蓮指著小巷子裡的一團黑影說道。她非常喜愛泰迪熊，高中時期還跟幾個女同學組泰迪熊社團。現在雖然已二十好幾，房間裡還是堆滿泰迪熊玩偶。

「好像是，但那麼髒了，看起來還像被狗咬過，不要管它了。」

「好可憐哦，一個人喔不，一隻熊就這樣破破爛爛、孤孤單單地躺在那裡……」阿蓮語氣中透露著不捨。她把手上唯一的行李也交給阿步。

「很重欸……」

「別吵了，像個男人好嗎？你就是這樣婆婆媽媽，才交不到女朋友。」阿蓮說完，隨即走入小巷子。阿步看著她的背影，忍不住嘀咕，「還說我咧，啊妳還不是交不到男友？」

阿蓮走進小巷子後才發現裡面又潮濕又骯髒，散發難聞的味道。當她來到泰迪熊面前時，確認了顏色跟花紋的確是泰迪熊，只是娃娃的外表真的很髒又有些破爛，看來確實被野狗咬過了。

「真的是泰迪熊欸。」她轉身跟阿步大聲說。

「就算是，妳也不能怎樣啊？那麼髒，難不成妳要帶去租屋處哦？」皺起眉的阿步也大聲回應，「而且我們就快來不及了，欸，火車可是不等人的，走了啦。」

「你別吵啦。」阿蓮說，接著彎身打算把泰迪熊抱起，「咦？怎麼那麼重？」

阿步實在受不了任性的妹妹，不由得翻了個白眼，也走進了小巷子，隨後小巷內卻傳來阿蓮淒厲的尖叫聲。

2

客廳裡一隻白色巴哥犬忽然睜開眼，牠聽到了手機微弱的震動聲，那是從陳警官的房間傳來的。牠搖搖晃晃地跨出主人特別為牠買的藍色史努比軟墊，走到花盆旁，舔了幾口安置在牆上的水瓶後，又慢慢地走到陳警官的房門前。牠覺得主人應該會出來，但牠站了一會兒，發現沒人出來後，又回到自己的軟墊上。

陳警官拿起手機時，螢幕的亮光照得他忍不住眨了幾次眼。身旁的妻子還在熟睡，身材豐腴的她叫可可，不僅是位賢慧的家庭主婦，她還有一個特殊身分——插畫畫家。事實上她是台灣最紅的插畫畫家之一，不僅創作的圖文書十分熱賣，臉書也有超過百萬的追蹤者，一篇業配可以收入十萬以上。

陳警官坐起身子，不希望吵醒太太，但淺眠的她一下子就被吵醒了。

「這麼早就要出勤了？」還躺在床上的可可說，鼻音很重。

坐在床沿的陳警官溫柔地說：「對，沒事，妳繼續睡。」

可可拿起她那一側的鬧鐘，問：「居然那麼早呀……」又看了一眼已經起身的陳警官，「要不要我弄點東西給你吃？」

陳警官拍了拍她的肩，吻了她一下，「不用。」

但可可還是坐起身子，「你等我一下，」她下了床，穿上拖鞋，走出房門。

習慣裸睡的陳警官來到衣櫃前取出衣服。他雖已四十來歲，但身材精壯，幾乎看不到一絲贅肉，身上唯一缺點是大腿內側因過去中彈，而留下的明顯疤痕。他習慣看著鏡子裡的自己穿衣服，在整理一番後，又到浴室刷牙，走出房間時，可可已經熱好了一杯牛奶在等他。剛剛的巴哥犬現在正在他們腳邊，搖著尾巴，抬著頭看著他們。

「喝完牛奶再走吧。」可可說。

陳警官喝完牛奶後，又到女兒芊芊的房間。芊芊才四歲，模樣像極了妻子，也是胖胖的，有雙大眼睛。自從那次槍傷後，他就養成每日出門都要仔細看過家人的習慣。芊芊還熟睡著，身上蓋著薄薄的《冰雪奇緣》中人物圖樣的淡藍色涼被，他沒吵醒她。

雖然分局內有不可以在偵防車內抽菸的規定，但根本沒有警察遵守，正如現在正在車內的阿西，嘴上也叼著一根菸，往上飄的煙霧，熏得他雙眼微眯。他正用手機查著剛才勤務指揮中心通報的地點，他腦裡有點印象，但不太確定，所以想先確認，免得待會出糗。今天是他開偵防車來接陳警官，等一下應該也是他負責開去案發現場，陳警官腦子裡有內建GPS，尤其轄區內的每個角落他都瞭若指掌，所以每次阿西開車時都倍感壓力，害怕在陳警官面前走錯路。就在這時，陳警官打開車門，阿西嚇了一跳，他沒料到陳警官這麼快就來了。

「陳哥早啊。」阿西說，拿起放在置物槽裡的菸盒子遞給他。他手裡拿的是昂貴的洋菸，是他爸經由特殊管道買回台灣的，陳警官對此不太懂，只覺得阿西的這款菸特別好抽，但他不喜歡占阿西的便宜，只是阿西老遞菸給他，他盛情難卻。陳警官從菸盒子中抽出一根，隨即點起了菸，抽了一口，「走吧，我們可能有點慢了。」阿西點頭，把手煞車放下，但表情略為遲疑，他剛才還沒有查好地點在哪裡，陳警官看穿了他的心思，「放心，我知道在哪裡。」

車子沿著JS路開了約十分鐘，之後又轉入KS大道，此時大概是六點，天空已露出魚肚白，人行道上已有不少穿著亮色上衣的老人在走路運動，大概又開了十來分鐘後，阿西依陳警官的指示，右轉拐入一個小路口，不久後便抵達目的地。

正如陳警官所預料，法醫與鑑識科人員都已在現場，他們是最慢到的。案發現場在一條小暗巷裡，因過於狹窄，且裡面已經擠了不少人，陳警官便要阿西先在外面與制服員警一同勘查現場周圍，確認是否有可疑的人或有用的線索，交代完阿西工作，陳警官接著做好了防護措施，便走進小巷中。

這一區很靠近ＪＢ火車站，小巷子位於兩棟約五層高的透天厝中間，左邊的透天厝整棟都在招租，右邊那棟一樓是水果攤，上面是美容按摩店，但已結束營業，再往上看，其他樓層也同樣在招租。

身形消瘦、很有文青氣質的ＬＪ派出所所長這時看到阿西，一邊微笑一邊向阿西走去。阿西跟他見過幾次面，他叫阿倫，是警大畢業的，小阿西一歲，去年剛上任的ＬＪ派出所所長。他大致跟阿西說明了狀況，阿西一面聆聽，一面將視線移往另一端的鑑識科人員和一對年輕男女身上，阿倫指著他們說：「他們就是報案的人，但身上沾上一些生物跡證，所以鑑識正在他們身上採證。」

阿西有點意外，「啊呦，所以他們是接觸到屍體嗎？」

「對，男人直接碰觸到，但女人沒有，只間接碰到。」

阿西覺得奇怪，很少有報案人會去碰屍體的，「他們為什麼碰屍體呀？」太陽已經悄悄升起，氣溫明顯升高，阿西開始覺得有點熱。

阿倫偏著頭，「這我也不知道，還沒跟他們仔細談過，等鑑識完再問問吧。」

他們四處走動查看了一下，但關鍵處都在小巷子裡，外面看來一切如常。後來他們來到附近一間西式早餐店，打算詢問情況。拿著平底鍋鏟的老闆娘見到穿著制服的阿倫，露出好奇表情，她當然知道附近發生了一些事，但沒發問。阿西出門前已吃了兩片土司與煎培根，看到桌上的現做三明治時，還是覺得有點餓。

阿倫問阿西吃過了沒，阿西點頭，他笑著說自己還沒吃，於是買了一個現做的火腿肉鬆三明治。阿西看他吃得津津有味，忽然很後悔自己沒有跟著買，但現在若再買，也顯得奇怪，只得打消念頭。

他們隨後問了老闆娘幾個問題，比方說昨晚有沒有看見什麼奇怪的事或聽到可疑的聲音等，但她摸著脖頸，皺著眉頭，搖搖頭，以平靜的語氣說：「沒有啊，什麼也沒發生。」老闆娘也沒有多作發問，阿西看出來她好像不希望有任何事跟她扯上關係。

兩人又回到了現場，發現已有拿著專業攝影機的媒體及幾位看來是圍觀民眾的人，站在黃色封鎖線外面。阿倫此時看著正在震動的手機，「不好意思，暫時失陪一下。」然後便到一旁接起電話。阿西來到小巷子前，站在一名正在看守現場的制服員警身後，他好像跟現場的媒體起了一些爭執。

阿西拍了拍他被汗濡濕的背，「別管他們了，只要沒有進來破壞現場就好。」制服員警點了點頭。「不過媒體就算了，民眾未免也太多管閒事了吧？」

制服員警用指甲摳著鼻翼說：「他們好像是網紅之類的人，剛剛就是有人試圖越過管制線，我才跟他們吵起來。」阿西看到他們一直用手上的手機往小巷子裡拍。

「真的假的？」阿西咋舌，「這些網紅，速度未免也太快了吧。」

「現在這時代，大家都想紅，而且慢了就沒人要看了，當然要很快呀！而且——」制服員警用手抹去幾乎要流進眼窩的汗水說：「這個案子也太非比尋常了……」

「真的，也太殘忍。」阿西嘆口氣，抱起了雙臂。

「簡直喪心病狂吧。」制服員警又說。兩人同步搖頭感慨，頭形相似的他們，看來像極了同步搖擺的兩顆西瓜，不知為何，有種莫名的喜感。

站在法醫旁邊的陳警官與法醫的討論似乎告一段落，阿西見陳警官拍了拍法醫的肩膀後，轉過身來，慢慢走出小巷，阿西則早就在小巷子外候著。

兩人碰到面時，緊繃著臉的陳警官用拇指輕按嘴角，示意阿西跟他到一旁。阿西立刻明白——他要抽菸。或許這是抽菸的人之間特有的默契，剛跟阿西討論的制服員警也是個老菸槍，就算是第一次跟陳警官見面，也同樣理解了他的動作，於是也走到一旁。不知何時，阿倫也加入了他們。

四人開始吞雲吐霧，周圍的空氣很快就被如同白膜的煙霧包覆著。陳警官同時跟他們說明了法醫的發現。

3

「平狗……」客廳傳出稚嫩的說話聲，原來是坐在學步車上的小萊正在說話。他的眼睛很大，鼻子端正，嘴型也好看，讓人覺得他的父母一定都是顏值很高的人。

坐在他旁邊的麗如一口咬下蘋果，一面看著他，「你媽媽跟我那麼計較費用，你要吃自己去買啊。」

「平狗……」一臉胖嘟嘟的他嘟起嘴巴，模樣相當可愛。麗如白了他一眼，「這麼胖了還整天吃，都沒有羞恥心嗎？」說完，她拿起一旁的水果刀，切下一小塊，拿給了他。小萊咬了一口，又把蘋果丟在學步車的桌上。

「欸，你說要吃，我給你，你又不吃，你這小孩怎麼那麼難伺候啊？跟你媽還真像。」麗如沒好氣地說。

「阿如，妳每天這樣跟小萊說話，他會被妳教壞吧？保母有個『母』字，也是有教育責任的欸。」坐在一旁正在喝咖啡的阿山說。他面前的盤子上還剩一塊鮪魚蛋餅。

麗如挑著眉看了阿山一眼，「嘖，他這麼小是聽得懂喔？就算他聽得懂我也不怕，最好是回去學給他媽聽。」說完又咬下一口蘋果，「而且他媽有夠計較的，這些食物還要我拿發票給她，根本就是假裝大方，說什麼要買什麼就隨便買，只要發票給她就好，嘖，都要用發票報銷，這樣要我怎麼隨便買？」

阿山把咖啡杯放下，「她人很好了啦，給妳的待遇已經比外面的保母好很多了……」「這不是應該的嗎？我跟她認識多久了啊！而且她那有錢、有本事，又帥的老公還是我介紹的欸，就憑她的個性跟長相，若沒有我，是能認識到這樣的人喔？」麗如抱怨，「唉，我把好男人介紹出去，結果我自己卻嫁了個……唉，所以我說，人就是不能太好，太好的結果就是把自己的福氣都給出去了。」

「嫁給我不好嗎？」這下子換阿山挑起眉抱怨。

麗如又嘖了一聲，「嫁給你有什麼好？吼，想到我們結婚時，你爸媽堅持的那個結婚場地我就生氣，那是什麼鳥餐廳啊，還有你爸媽跟我爸媽計較成那個樣子，對啦，你爸媽是幫我們付房子的頭期款，但你媽三不五時就過來，彷彿在宣示主權一樣，又常在我爸媽面前邀功……」

「好好好。」阿山縮起脖子，合起掌，擺出一副求饒的樣子說：「都是我爸我媽的錯好嗎？他們也檢討了，我也跟我媽溝通過了，她也不會再隨便過來了，就別在意他們了。」

「對，你知道就好了。」麗如說完，但她心中還是不太爽快，彷彿內心的怒火沒有充分燃燒殆盡一樣。

阿山看了一眼手錶，拿起咖啡杯，喝下最後一口咖啡，「時間差不多了。」他把手機放進公事包，站起身子，把襯衫紮好，又調了調領帶。

「今天不是不進公司嗎？」麗如問，「那麼早出門幹嘛？記得今天車我要用。」

「對啊，不進公司，我也記得妳要用車的。」阿山點頭，「今天我剛好要去機場接長谷川先生，就上次來過我們家的那位，妳還記得嗎？」讀日文系的阿山目前在一間知名的電子零件代理商公司上班。

「我知道。」麗如點頭。

「我搭計程車去接他，二航廈入境停車場也不好停車，找不到車位——我想說早一點過去，在路上順便買個小禮物給他。」

「嗯。」

阿山站起身子，準備出門。

「欸，咖啡杯與盤子至少幫我放到水槽吧？我幫你泡咖啡、煎蛋餅，不要連這點小事都要我做，我在家裡也在帶小孩欸，我也是有工作的，可不是閒閒沒事做，你不要太過分喔。」

阿山嘟噥了一聲，回頭把咖啡杯與盤子拿到水槽。不過臨走前，還是在麗如臉上輕輕啄了一下。

「你口水那麼臭，幹嘛親我啦。」麗如抱怨。

阿山離開後，麗如把電視打開，又把小萊從學步車上抱起，走到沙發旁落坐。她一臉若有所思，一面把玩小萊那穿著香蕉圖案襪子的小腳丫，一面唱起兒歌。剛才惡保母的模樣已然消失，現在反而是個慈母的樣子。

客廳門鈴忽然響了。

她抱著小萊來到門邊，把門打開。外面是梳著包頭、穿著香奈兒粉紅色套裝的阿玉，她手上拿著一個紫色的小行李袋，看來也是名牌。

「吼……」麗如抱怨，「我不是沒生活的人好嗎？每次都這樣要求我，妳以為我跟阿山也沒事做嗎？」

小玉走進門來，把行李袋放在一旁鞋櫃上，輕輕摟住麗如撒嬌地說：「阿如，真的很謝謝妳，這些是我準備的一些小萊過夜可能會用到的東西，」然後捏捏小萊的臉，「妳看他這麼可愛，而且他也很喜歡妳啊，陪妳一晚不是很好嗎？」

麗如把小萊交到小玉手上，走向客廳一面說：「這麼可愛妳自己就要多陪他啊，他是妳的兒子欸，能生出小孩是多幸福的事，妳卻都不珍惜，現在搞得他都把我認成媽了。」

「那代表妳一定很疼他，孩子最清楚誰真心疼他的。」小玉露出諂媚的笑容，之後卻忽然嘆了口氣，「我也沒辦法，就是忙咩，妳也知道小溫最近要選什麼機械公會的理事長，我們現在很忙，每天都有好多人要拜託。」

「啊我就不忙嗎？」麗如抱怨，「而且妳老公幹嘛沒事選什麼理事長？他家大業大，公司都快上櫃了不是嗎？反正錢也花不完，幹嘛搞這齣，是太閒了嗎？」

「我也不懂他啊，說什麼若選上了對他家的事業很有幫助，而且他好像也是被他爸逼的，反正我也不懂啦，既然嫁給他了，只好努力幫他了。」小玉說：「不過，妳現在單純當保母，應該沒那麼忙吧？多賺點錢不錯啊，就如之前說好的，晚上算兩倍鐘點費給妳。」

「什麼不忙，我也有自己的事，很忙好嗎？早上一起床就要……」麗如說到這時停了下來，忽然覺得自己好像真的不忙，尤其在沒帶小萊的日子裡，有時還閒到發慌。但話已經說出口了，麗如只好在大腦中快速找尋一個理由回應，剛好看到桌上未完成的布偶裝，「看到那玩偶裝了嗎？我現在正忙著學縫紉……」

小玉把小萊放回學步車，走到麗如旁邊，看著矮桌上的玩偶裝，「做得還不錯欸。」

麗如拿起其中一件泰迪熊玩偶裝，「喏，妳看，這件是做給小萊的，可愛吧？」

「真的嗎？」小玉接過麗如手上的泰迪熊玩偶裝，忍不住驚呼，「哇，好可愛，妳真的很有本事欸。」

「這句話麻煩下次在阿山面前說，」麗如抱怨，「那傢伙老是看不起我。」

「哈哈，你們真的是很愛鬧，真羨慕你們感情那麼好。」

「是嗎？」麗如又翻了個白眼。

「好啦，我不能待太久，不然小溫又要唸我了。」小玉說：「那小萊今晚就拜託妳了，鐘點費兩倍呦。」

「好啦。」麗如沒好氣地說。但她心裡直抱怨，「兩倍妳還好意思說，過夜欸，就是大夜班啊，兩倍算什麼……」

4

「謝謝你們的配合，我們的採證工作完成了，但請留在原地還不要離開，我們其他員警可能還會需要兩位的幫忙。」一名身穿寫著「ＨＳ縣警察局現場勘查組」深藍色制服的男人，向站在面前的男女鞠躬，他們也微微回敬，但臉上滿是無奈。接著勘查組人員向另一處正在抽菸的一位制服員警比了ＯＫ手勢後，便欠身離開，和制服員警站在一起的還有其他三個男人，他們把手上的菸捻熄後，開始邁步向那對男女走去。

他們四人一靠近，女人便對剛剛曾與他們說過話的制服員警說：「警察先生，我們已經很配合把所有我們知道的都跟你們說了，剛剛那個鑑識人員——呃，應該是這樣稱呼吧？也已經把我哥手上的血採證過了，我們是不是能走了啊？」

「這個……」制服員警偏著頭說：「恐怕還不行，待會還要你們跟我們回派出所做正式筆錄，真是不好意思。」

「可是，」其中男人一臉無辜地說，接著舉起雙手，讓制服員警看雙掌掌心，「你看，我手上都是血，真的很噁心，我至少可以先去洗手吧？」制服員警搔搔太陽穴，眼神在阿倫與陳警官之間游移，「鑑識已經採證完了，讓他先去洗手好嗎？」

「你們就是發現屍體的人嗎？」陳警官完全忽略了他的問題。

男女打量了陳警官一眼，還不太清楚長得很像古天樂扮演黑道大哥的他，其實是刑警。

「對。可是……」女人露出疑惑的臉，「請問你是誰啊？」

「很抱歉忘了先介紹，我是負責偵辦此案的刑警，敝姓陳。」

「我是刑警阿西，也負責偵辦此案。」阿西瞇著眼，露出微笑說。

「原來你們也是警察啊，那幹嘛不穿制服？」或許是阿西長得比較沒殺傷力的原因，女人看著他說道。

「我們刑警是不穿制服的。」阿西解釋。

「原來是這樣啊。」女人點點頭，視線還是在阿西身上，然後回答陳警官剛剛的問題：「對，是我們發現屍體的，其實是我先發現的。」

「對了，我也該自我介紹，我的名字是阿蓮，女，今年二十四歲，宜太貿易公司職員。」男人看了她一眼，覺得她這樣的自我介紹很奇怪。

阿蓮讀出了他的心思，挑起眉毛說：「《柯南》裡面都這樣演的啊，角色出現時，旁邊都有字幕介紹。」

男人嘖了一聲，「妳白癡喔，那些是重要角色才有啦，我們又不是關鍵人物，」但也默默地說：「還有，我是阿步，男，今年二十六歲，松上電器公司品檢員。」

「感謝你們的自我介紹，」陳警官鎮定自若地說：「請問你們是幾點發現屍體的？」

「很早喔，大概五點，」阿蓮鼻孔噴著氣說：「因為我們的火車很早……」說完，她看了一眼手錶，「雖然現在講火車也沒意義就是了。」

「還不是因為妳太好奇！」阿步插嘴，「要不然我們早就搭到火車了。」

阿蓮瞪了阿步一眼，「你閉嘴啦。要不是我好奇，它……可能還躺在那裡，很可憐欸……」

「妳當時發現的時候，現場有什麼可疑的人嗎？」

「沒有啊。」阿蓮用手順了一下劉海，「畢竟是一大清早，現場都沒人。其實我也是不經意看到的，說到這裡真的很離奇欸，畢竟它是在小巷子裡，我又不知為何，忽然沒來由地往小巷子裡張望，結果就看到它。當時就覺得奇怪，一定有問題，誰會把那麼大隻的玩偶放在那裡啊？對不對？」阿蓮又說：「後來我想把它抱起來，可是太重了，我才又仔細看了一下，呃，才發現它是……差點把我嚇死。我大叫，我哥就過來看，我原本叫我哥不要碰，但他就是手賤。」

「什麼啊？」阿步不滿地撇了撇嘴，「明明是妳叫我確認的欸！」

「但我又沒叫你碰，看吧，手上沾到血，就惹上麻煩了吧……？」

「明明都是因為妳……」

「啊，兩位先不要吵了吧。」阿倫忍不住說。

阿蓮這時忽然岔開話題，咂著嘴說：「不過這也太可怕了，居然有人把小孩的屍體塞進泰迪熊玩偶裝裡，這根本是超級變態吧……」

5

大有百貨公司廣場咖啡廳

「今天真是大豐收啊。」姍姍坐在椅子上，捶著小腿說。她的腳邊擺著好幾個紙袋，裡面裝的都是鞋子跟衣褲，「可是妳太可惜了，居然買那麼少。」

麗如喝了一口馬克杯裡裝著的熱牛奶，沒有回應。

「這麼熱的天，妳居然喝得下熱牛奶？I真的服了U了。」姍姍說完，拿起冰咖啡啜了一口。

姍姍是麗如與小玉的親密朋友，事實上姍姍是阿山的同學，以前他們是DW大學日文系的，而麗如正是因姍姍才結識了阿山。稍早兩人剛好在隔壁賣場的特賣會碰巧遇到，剛好姍姍也打算搶購，便一起結伴採買。隨後又在百貨公司逛了一下午，姍姍滿載而歸，但麗如腳邊只有一個紙袋，裡面裝的是幫阿山買的一件T恤，跟顯得興高采烈的姍姍對比，此刻的麗如心事重重。

「妳最近還好嗎？今天看妳好像有心事？」正用手中廣告傳單搧風的姍姍問，又喝了一口冰咖啡。

麗如看了一眼手錶，似乎沒聽見珊珊的問題。姍姍用廣告傳單在她臉前搖了搖，「欸，我在跟妳說話妳有聽到嗎？摸西摸西——請問這漂亮的腦袋瓜裡，現在有人在嗎？」

「嗯？」麗如忽然回過神來，「有聽到啦，妳總算知道要關心我啦？」麗如又喝了口熱牛奶，用沒有情緒的口氣說：「還好嗎？算好吧，但也就那樣子。」

「嗯……」姍姍說：「不過別再為那件事傷腦筋了吧，妳跟阿山一起過兩人世界還是很好啊。」

「跟那件事無關。」麗如冷冷地說。

「嗯，」姍姍又說：「確定毫無機會嗎？」

麗如沉吟半晌才說：「嗯，好幾間醫院都說阿山是無精症，之前也做過切片，但確實就是沒有，沒有辦法了。」

「這樣啊……」

「嗯。」麗如無奈地點點頭，忽然又說：「欸，妳可別跟阿山提到這件事啊，若他知道我跟妳說這麼私密的事，一定會介意。」

「當然不會說啦，」姍姍似乎後悔提到這件事，於是立刻轉換話題，「話說妳老公真好，今天幫妳照顧小玉的小孩啊，讓妳放風一天。」

「嗯，他說特休太多，就讓我放假一天，算他還有點良心。」

「以前班上大家都說阿山是難得一見超好男人，真的，妳要珍惜囉。」

「嗯。」麗如說，又看了一眼手錶。

姍姍又喝了一口冰咖啡，接著感慨，「天氣真的很熱啊，妳看窗戶外面的地上好像在冒著煙，我看打一顆雞蛋上去，隨便就能煮熟了……」

麗如沒有說話，再次看了一眼手錶，彷彿在等著什麼似的。

6

陳警官將偵防車緩緩停下，降下了車窗，阿西隨即感受到一股熱氣竄進車內。他把證件遞給穿著體面的警衛。看來是事先有接到通知，警衛沒多加詢問就把柵欄打開，讓兩位刑警把車開進去。眼前是高級社區，裡面的房子都是別緻高雅的歐式風格建築，每戶人家門前也幾乎都有被細心照料的漂亮花園，而花園旁都停放著名車，阿西看到其中一戶還停著他父親也有的賓利。

他們把車停在其中一棟房子前，然後下了車。雖然已是下午四點多，天氣仍炎熱難當，從開著舒適冷氣的車上一下來，阿西感受到自己背後已開始流汗。

陳警官按下門鈴，很快就有人來應門。

「你們是刑警吧？」開門的男人說。他穿著白襯衫和牛仔褲，身材標準，長相英俊，只是滿臉鬍渣，眼神消沉，充滿疲態。

「對，」陳警官說：「請問你是溫先生嗎？」

對方僅點了頭，「進來吧。」

「打擾了。」陳警官與阿西在玄關換了客用拖鞋後，走了進去。

客廳寬敞漂亮，地板是塗有亮光漆的木地板，有一面鑲著電視的假牆，裝潢風格獨樹一幟，豪奢但不庸俗，看來屋主是很有品味的人，客廳還有一些孩子的玩具和一張高級的嬰兒木床。一個穿著過大白色T恤的女人坐在棕色沙發上，臉色憔悴，頭髮僅用鯊魚夾隨便夾著。她看到兩位刑警也沒起身招呼。雖然沒化妝，但阿西覺得她素顏很美。

「她是你太太嗎？」陳警官看著那個女人問。

小溫點頭，「對，她是我太太，小玉。」

陳警官與阿西落坐後，阿西用右手輕輕摸著自己正坐著的沙發，他知道那是很高級的苯染全牛皮沙發椅，跟他老家的沙發一樣，每年還得送回原廠養護。

陳警官十分誠懇地說：「初次見面你們好——首先，我們對於你們失去愛子這件事表達最深切的遺憾。」

「希望你們能節哀。」阿西語帶深切的同情說。

小溫與小玉沒有回話。

「我們今天來訪，主要是——」

「對於我兒子的死，請問目前有什麼進展沒有？」小溫忽然打斷。

陳警官對他突如其來的問題感到詫異，「這部分由於目前我們掌握的線索還不是太多，所以無可奉告，很抱歉。」

小玉忽然開口，「電視上說的都是真的嗎？真的有殺孩童為樂的變態殺人魔？我的兒子是死於變態之手嗎？」她的聲音聽起來非常沙啞，大概是哭啞的。

陳警官看了阿西一眼，阿西接著說：「溫太太，請盡量不要再看新聞媒體，他們都是胡亂爆料的。」

小玉追問：「可是……我兒子身上不是有發現紙條嗎？上面寫著『我是變態殺童魔，我殺童為樂。』，若兇手不是新聞所說的變態殺童魔，他——會是誰？」

「這部分我們還在確認。」

「為什麼新聞都知道得比我們還多？你們為何什麼都不跟我們說……」小玉說到這時，悲傷湧上了心頭，不由得啜泣，「你們可不可以多尊重我們一點？我們可是被害者家屬，為何我們什麼都不知道……」

阿西這時向陳警官投以尷尬的眼神。

「你們確實在我兒子身上發現了紙條對吧？」小溫以一副不容對方說謊的態度問，「這部分是真的吧？」

「因偵查不公開的原則，也為了避免影響案情，我們基本上是不會對外說的，這點希望你們諒解。針對紙條的線索，確實是真的，但該紙條是誰寫的以及動機為何，我們都還不確定。」

「死因呢？我孩子的死因到底清楚沒？他身上為什麼有那麼多傷口？是那個變態弄的嗎？他為什麼要這麼做？小萊只是一個一歲半的小孩欸……為什麼？」

「我們還沒釐清確切的死因，很抱歉。」陳警官說。

「既然什麼都不能說，你們那麼多人來找我們那麼多次到底是幹什麼？」小玉哭著說：「難道想再看我們崩潰一次嗎？你們是不是心理有問題？」

陳警官這時靜默下來，阿西尷尬地抓抓臉。

一陣不自然的沉默之後陳警官深吸了一口氣：「我們今天來訪，主要想來跟兩位核實一下當天的情況。」

小溫十分不耐煩，口氣粗暴地說：「我們不是已經再三跟你們的人說過了？你們需要我們說幾次？」

「對，我們明白。」陳警官端了端身子說：「有些事就是必須重複確認，因為通常人在重複回答一些問題時，可能會想起之前沒能想起的事，所以希望你們能諒解，這都是為了能早日破案，希望你們協助。此外，我們必須了解所有細節，請你們針對我們問題不要多做聯想。」

小溫夫婦沉默了下來。

陳警官乾咳了一聲，「首先，你們通常是下午五點左右把孩子接回對嗎？但當天卻把孩子多託付給保母一夜，這是什麼原因？」

小溫這時臉色一沉，以略帶責備的眼神看著小玉，但她僅咬著乾澀的嘴唇，似乎沒打算說話，小溫才接著解釋，「因為我要出差，原本要太太晚上自己在家帶小孩的，但她堅持跟我去，所以才請保母多照顧一夜。誰知道保母就是那麼不負責，把孩子給弄丟了。」

陳警官點點頭，「當天孩子遺失時，他們都沒有跟你們說？」

「沒有……」小溫咬著牙關，憤怒地說。

「晚上你們有沒有打電話給他們確認孩子的情況？」

「有……我有，」小玉試圖解釋，「我問麗如，就是我們的保母，孩子有沒有好好吃飯、有沒有哭鬧等，她跟我們說孩子都好，一直到早上我去接孩子時，她才跟我說孩子不見了。」

「根據之前說的，這個保母夫妻是你們認識了很久的朋友？」

「對……麗如，她是我認識很久的朋友了，然後我先生是麗如過去的同學，我是因麗如才認識我先生的。」

「你們認為他們是值得信賴的人嗎？」陳警官又問。

小玉與小溫臉上同時閃過一絲遲疑，立刻被敏銳的陳警官給捕捉到。

「如剛才所說的，針對我們的問題，請不要有過多聯想，我們只是必須掌握所有細節。」

小玉這時點點頭，「他們夫妻是非常值得信賴的人……」

「值得信賴？」小溫火冒三丈，「值得信賴的話，他們會把我們的孩子弄丟？值得信賴的話，他們會在孩子走丟時不立刻報警？然後也都不跟我們說，這叫做值得信賴？雖然我認識麗如的時間更久，但知人知面不知心，我也不敢說她值得信賴。」

「你怎麼這樣說？你跟麗如過去不是很好嗎？你以前都說麗如是一個很好的人，不是嗎？」

「好是好，但妳明知道她個性散漫，散漫到連一份正式工作都沒有，要不是妳堅持，我才不要把小萊給她帶，若我們找別的保母，也許小萊現在還活著……」

「所以說到底，你就是在怪我嗎？小萊的死是我的錯嗎？」小玉說到這時崩潰大哭。

「哭？哭有什麼用？哭了孩子就能回來嗎？」小溫也哭了起來，「若哭出來孩子就能回來，我也哭，哭到我變啞巴我也哭……」

同樣身為父親的陳警官，對於他們的遭遇很能感同身受，所以不忍再折磨他們，後續訪談便匆匆結束。

陳警官與阿西離開小玉他們家時，已是傍晚五點半，兩人本來打算在外面吃完晚飯再回家的，沒想到陳警官臨時接到可可的電話，叫他回家吃飯，並請他找阿西過來。可可說這是小梅交代的，因為小梅去參加三天兩夜的教師研習營，不希望阿西因為自己不在就隨便吃。小梅跟可可是因彼此的丈夫而認識的，認識之際，小梅與阿西還沒結婚，後來小梅結婚時，可可還是婚禮總招待，整個婚宴幾乎都是由可可打理，現在兩人已變成彼此最好的朋友，並以妯娌相稱。

阿西先回家一趟，洗了個澡才開車過去。身上圍著綠色圍裙的可可來到玄關開門迎接，阿西一進門便把手上的紅酒交給可可，「嫂子，等等一起喝。」可可接過酒，看了一眼，大吃一驚，「欸欸欸阿西——這是不是那個什麼一瓶要價好幾萬的酒嗎？？」

阿西一面換鞋一面用鼻子笑了一聲，「這是小梅從大賣場買的，便宜貨啦！怎麼可能那麼貴。」其實他也搞不懂，這是他父親派人送來給他的，整整一箱。

可可露出納悶的表情，微張著嘴巴，看著瓶身，以不太確定的口氣說：「是嗎？」

穿著粉紅色洋裝的芊芊此時朝著他們跑了過來，喊了聲「阿西叔叔」。阿西彎腰抱起芊芊，向客廳走去，卻沒見到陳警官，「咦？陳哥呢？」

在他們身後的可可說：「你陳哥在洗澡。你先坐一下，馬上就可以吃飯了！」說完便往廚房走去。

「好的，嫂子辛苦了。」阿西看著她的背影說。

「都自己人，說那什麼話。」可可笑著回答。

阿西抱著芊芊在客廳走來晃去，走到電視前時，芊芊指著電視櫃上面的一對年輕男女合照，「那是我的阿公阿嬤。」

阿西記得可可曾跟他提過，那是陳警官父母的合照，從照片中可以明白陳警官的相貌完全遺傳至父親，兩人皆英氣逼人，像極了港星古天樂。之後阿西帶著芊芊坐到沙發上，芊芊隨即拿起一個小馬絨毛玩偶把玩，那是阿西送給她的，一個要價三萬的德國Steiff玩偶，陳警官與可可當然不知道價碼，阿西特地把牌子給剪了。

「菜好囉。」可可在廚房裡喚了一聲，她冰箱裡總備著從美式賣場買來的菜與肉，短時間內就能煮出一桌像樣的菜。剛洗好澡的陳警官只穿著四角褲與T恤，他抱起芊芊，並叫阿西一同來吃飯。

阿西看著滿桌的菜，其中一道是他最愛的蒜苗炒牛肉，口水都快流出來。

「不要客氣啊，都自己人。」可可跟阿西說。這時白色巴哥犬也早已在桌邊乖乖坐著等待，每次他們吃飯，牠總眼巴巴地望著眾人，但可可不允許任何人給牠吃人類食物，獸醫說牠的腎臟不好。

「嫂子做菜還真是一流！」阿西吃了幾口後，豎起了大拇指。

「是你不嫌棄啦。」可可露出得意的笑容，一面又羞臊地搖手。

芊芊吃力地拿起可樂，對著可可說：「我要倒可樂給阿西叔叔。」

可可知道她是自己想喝，阿西與陳警官早已在喝紅酒。

「只能喝一杯哦。」可可說完便接過芊芊手上的可樂，往她的杯子裡倒了半杯可樂。

芊芊吃了一會就拿著可樂到電視前看卡通，剛剛在桌下用水汪汪的眼睛看著大家吃飯的巴哥犬，總算知道自己等不到食物，於是也跑到客廳，跳上沙發躺在芊芊腳邊。

剩下陳警官他們三人一面吃著飯，一面閒聊小梅之前提過的露營。她說最近露營很夯，想找陳警官一家子一起去，只是時間上未能達成共識，可可是在家工作，時間自然比較彈性，但其他三人都是吃公家飯，就相對難以配合。

才幾杯紅酒下肚，酒力一向甚弱的陳警官已臉頰通紅，他開始口齒不清地對可可說一些感性的話，又對她手來腳去，阿西與可可見狀，都知道他醉了。可可把陳警官攙扶到沙發上，又幫他在肚子上蓋上一件黃色薄毯，才沒一會，就聽見了鼾聲。

可可回到餐桌，阿西看著可可低聲說道：「嫂子，妳今天打給我，說有特別的事要跟我談，而且不能讓陳哥知道，到底是什麼事呀？」

可可拿起陳警官喝剩的紅酒，裡面還有一些冰塊，她搖了搖，發出嘎噹嘎噹的聲音，之後一口全部飲盡，然後低聲說：「阿西，我跟你說，我今天接到了一通莫名其妙的電話，對方是講英文的。」

「英文？現在詐騙電話這麼國際化了嗎？」

「我一開始也以為是詐騙，原本想直接掛掉，」可可又說：「因為我英文不是很好，後來我就用力仔細聽，越聽越奇怪……」

「啊呦——現在詐騙會掌握一些情資，不能信呀。」阿西認真起來。

可可點了點頭，用手托著下巴，想了一下，才說：「阿西，你陳哥有跟你提過他父母的事嗎？」

阿西抓抓臉，眉頭微微皺起來，「他父母哦……好像有簡單提過，我只知道他父母都不在了，陳哥是由祖父母養大的，我只知道這樣。」

「那他父母生前的事，陳哥有跟你說什麼嗎？」

阿西也喝了一口紅酒，他其實已喝了不少，但面不改色，「這個嘛，沒有。」

可可拿起紅酒，倒入杯子裡，大喝一口，接著露出凝視遠方的眼神說：「你陳哥連我這個做太太的也不說，我也只知道他們在你陳哥大概七歲的時候就去世了，但怎麼死的，他卻不願談。你知道嗎？那個奇怪的外國人啊，居然自稱他是你陳哥同母異父的弟弟，他說他媽在美國，根本沒死……」

阿西大驚，「居然有這種事？」

「對啊。」可可將身子往椅背靠，重重地嘆了一口氣，「我的婆婆居然還活著，到底他為什麼要騙我呀，我跟你陳哥結婚那麼久，他居然在這麼大的事上騙著我。」

就在這時，他們聞到空氣有種嘔吐的酸味，芊芊隨即大叫，「麻麻，拔拔吐了！」

7

保母家

手上拿著菸盒與打火機的阿山從房裡走了出來，穿著藍色休閒衣褲的他，看來相當年輕，像個大學生。麗如穿著同樣款式的紅色休閒服，坐在沙發上，雙手抱著凱蒂貓的抱枕。此時的她面無表情地看著空氣，像在想著什麼一樣。阿山走到窗邊，打開窗戶抽起菸來。麗如之前也抽菸，這一陣子停了，但不排斥菸味，所以對丈夫在室內抽菸的行為並不在意，不過若是小萊在客廳的話，兩人是絕對不會在室內抽菸的。

「不是約三點嗎？」阿山抽著菸說，麗如沒有回應。阿山稍稍提高了音量，「他們——不是跟我們約三點嗎？」

麗如彷彿忽然醒了過來，「對，約三點，」她看了一眼時鐘，「可是遲到了。」

「警察會遲到啊？」阿山揚起一邊眉毛。

麗如開始看起空氣中的某一點，表情略顯呆滯。

門鈴響了。

「我去開門。」阿山把菸捻熄在窗口，這個動作讓麗如皺了眉，她覺得很髒。

「很抱歉打擾你們了。」陳警官說。臉上掛著笑容的阿西向他們頷首示意。

「不會的。」阿山說：「對於孩子的死，我知道我們得負很大的責任，我希望我能幫得上忙，得以早日破案。」

麗如像煮熟的蝦子一樣縮著身子坐在阿山旁邊，看來稍顯緊張。

「好的，謝謝。接下來我們會問你們一些問題，希望你們能仔細回想。」陳警官說。

「好的，我們會全力配合。」阿山挺直了身子說。

「那麼我們就從小朋友失蹤那天的過程談起好了。有些問題，你們大概已經被問過了，但我們還是必須再問一次，希望你們能不厭其煩地仔細回想，並且詳細描述當時狀況。」

「好的。」阿山說，麗如則點了點頭。

「首先我想了解，孩子不是妳在帶的嗎？為何是妳丈夫弄丟的呢？」陳警官看向麗如。

麗如咬咬嘴唇，微微點頭後說道：「那天有個特賣會，因為很便宜，我很想去逛逛，所以才把孩子交給他……對不起，我知道這是不對的事。」

「不，」阿山說：「不是我老婆的錯，是我的問題，我沒有把孩子顧好……」

兩位刑警沒有回話。半晌後，陳警官才說：「關於顧小孩的責任，不是我們現在在意的部分。」他將視線移向阿山，「所以孩子是何時以及在何處丟失的？」

「當天因天氣很熱，小孩情緒很躁，一直哭，就算我給他吃了點冰淇淋，他安靜一陣子後又一直吵，我只好硬著頭皮帶他出去。那時大概是下午三、四點，我帶著孩子到西山公園，打算讓孩子呼吸點新鮮空氣，結果可能……我在玩手機，後來一個不留神，他就不見了，一定是有人趁我不注意時，把他抱走了，事情發生得很突然，很抱歉……」

拿著筆記本的阿西重述：「下午三點多在西山公園，沒錯吧？」

「對……」

「孩子失蹤當下，現場有其他人嗎？」

「是有一些人，但沒有很多，可能天氣太熱了，很抱歉，這麼熱的天氣，我居然還帶孩子出去。」

「現場有沒有看起來很奇怪的人？」

阿山的濃眉皺成八字，阿西看到他用雙手緊抓大腿，說：「我當時很緊張，急著到處找，也問了現場的人，但都沒有人看見孩子，大家看來似乎也都很正常，後來也一起幫忙找。」

這時阿西問：「當下你為何不直接報警？」

麗如結結巴巴地說：「這個……他當時立刻打給我，我覺得、很害怕，難以跟孩子父母交代，所以我跟他說，我們自己先找找看，後續我立刻趕到現場一起找，可是就是找不到。」

阿山微微垂下眼神，「真的很抱歉，若我們先報警，也許孩子現在還活著……」

「未發生的事不需要再假設了，沒有意義，而且你們不需要向我們道歉，我們需要的是你們全力配合，好好說出當天的失蹤情況。」陳警官以嚴肅的眼光看著他們說。

他們兩人「嗯」了一聲。

「所以就這樣一路都沒有報警嗎？」

「是的，我們找了一夜。」麗如露出慚愧的臉，「一直到隔天早上小玉來接小孩時，我們才坦承孩子失蹤，然後報警。」

陳警官點了點頭。

「對不起，我們真的是很糟糕。」阿山又再次道歉。陳警官這時看了他一眼，彷彿對他的道歉很不耐煩。阿山覺得陳警官的眼神裡似乎帶有譴責的意味，使得他略微害怕。

「請問……」麗如支支吾吾地問，「新聞說的，那個紙條的事，什麼『變態殺童魔』……的事，請問是真的嗎？」

「這部分我們無法奉告。」陳警官回答這句話時的態度很嚴厲，使得她也不敢再追問。

阿山搓著手問：「那……關於孩子的死因？目前……清楚了嗎？」

陳警官搖搖頭，以略微指責的語氣看著他們，說：「也無法奉告——請注意，今天是我們發問，不是你們發問。」阿山與麗如尷尬地交換了眼神。陳警官這時跟阿西交頭接耳起來，半晌後阿西才問，「請問，小孩父母的感情好嗎？」

他們似乎對這個問題感到訝異，兩人相視一眼後，麗如才接著說：「我想應該是很好。」阿山也同意地點點頭。

陳警官沉吟一下，問：「那在你們的想法裡，有誰可能會想要對這個孩子不利嗎？」

他們不加思索，直接搖頭。麗如說：「應該是不會有這種人的存在。」

陳警官重重地用鼻子發出了類似嘆氣的聲音，「好吧，那今天就先這樣吧。」

阿西從文件袋裡抽出一張「詢問筆錄表」，要他們在上面簽名，並以國字寫下今天日期。

偵查會議上，參與案件的各個警員們交換了目前掌握的線索，大致情況如下。首先，據阿山供述，孩子是在西山公園失蹤的，但該公園並未架設監視器，所以警方對孩子當天實際的失蹤情況仍不清楚。此外，孩子屍體的發現地距離西山公園約十五公里，可知兇手把孩子從公園帶走後，再帶到棄屍地，途中竟然可以避開所有的監視器，兇手是如何隱匿行蹤這點，也讓警方大為不解。第二，依照孩子屍體情況判斷，孩子幾乎是被帶走不久後便死亡，孩子父母或保母也都沒有接到勒索電話，顯見兇手目的不太可能是綁架。再者，警方也確實在孩子身上發現紙條，在紙條上，兇手也自稱是「變態殺童魔」，但警方對這個線索的態度點有所保留，根據長期與警方配合的一位精神科醫師表示，「真正的精神病態者通常不會有病識感，更不會自認變態，多數會認為自己的所做所為是正常的或是因為處在不得已的情況下，所以自己是值得被原諒的。」精神科醫師認為兇手留下紙條，可能是為了誤導警方辦案。

偵查會議開了很久，阿西甚至開始耳鳴，他用手掌拍了耳朵幾下，卻起不了作用，又只好頻頻張嘴設法去除耳鳴，卻被分局長認為他在打哈欠，瞪了他一眼，嚇得他趕緊閉嘴，並挺直身子。

會議結束後，已是午餐時間，於是陳警官和阿西兩人驅車去吃飯。他們來到最喜歡的一間牛肉麵店，如往常一般點了特大碗的半筋半肉牛肉麵。

在等待麵上桌的時候，他們喝著剛從冰箱拿出來的可樂。咬著紙杯邊緣的阿西，這時忽然想起陳警官母親的事，想跟他聊聊，但不敢貿然開口，而且完全想不到該如何自然地提起這件事。陳警官則發現其他客人都聚精會神地看著電視。

陳警官也跟著看了一眼電視，電視上正在播著時事節目，正熱烈討論著他們偵辦的這起案子。節目上一位知名心理師正說著這起案件的兇手，可能是一名變態兒童殺手，極有可能是心理有問題，以殺害孩童為樂，還要民眾特別注意自己的孩子。

陳警官看了這段節目，頻頻搖頭。但已經擔任刑警多年的他，知道所謂「專業人士」

上電視胡說八道，是常有的事。

熱騰騰的牛肉麵總算上來了，肚子很餓的阿西看到麵時，雙眼簡直放出光來。這時傳來訊息的提示聲聲，是陳警官的，看來是有人傳了訊息給他。陳警官看了一眼，臉上出現凝重的表情，顯見那應是一條至關重要的訊息。

8

這間居酒屋已經營許久，老闆是台灣人，但過去曾在日本居酒屋工作過，老闆娘則是來自蠟筆小新的故鄉——日本琦玉縣，她雖沒有餐飲經驗，但非常熱衷在把日本文化帶進店內的事情上，尤其那用片假名寫上店名的紅色燈籠、用咖啡色木板裝飾的店面，以及滿牆的標準日文菜單，幾乎讓來消費的客人以為置身日本，她還在櫃檯放了一個蠟筆小新的玩偶，有時她會跟客人介紹小新是她的鄰居。很多在ＪＢ市工作的日本人特別愛來這裡，可能都是因鄉愁而成了熟客。

陳警官與阿西這時來到店內，老闆用日文熱情地說了聲「歡迎光臨」，但他們僅點了點頭，沒有表示身分，兩人在環視幾眼後，便直接走向靠窗的一張桌子旁，那邊坐了兩個穿著西裝、正在喝酒的男人，並說著流利的日文，其中一個男人看到他們時嚇了一跳。

「不好意思，我們忽然出現在這裡，有些事必須立刻跟你確認。」陳警官說。

已有幾分醉意的阿山「欸——」了一聲，面露為難之色，「真是不好意思，我正在跟客戶吃飯，真的必須現在談嗎？」

陳警官沉默以對，但臉上的嚴肅神情直接回答了阿山的提問。與阿山同桌的日本人則滿臉疑惑。他完全看不出這兩位忽然現身的台灣人是刑警，反而是他們臉上嚴肅神情，讓他以為他們是黑道分子。

「我明白了。」阿山說，接著愧惶無地得向眼前的日本人說了一些話。阿西聽見日本人嗨嗨了幾聲後，阿山便起身，向日本人深深一鞠躬，然後轉身問陳警官：「那……我們到哪裡談？外面好嗎？」

「你可能得跟你客戶道別，並收拾一下。」陳警官用沒有情緒的聲音說：「我們必須勞駕你到分局裡談，而且可能花上不少時間。」

偵訊室

阿山來到偵訊室時仍一身酒味，偵訊室裡的沉默讓他十分不安，加上也許是酒精揮發的緣故，除了不安之外，他還覺得冷。這時偵訊室僅有他一個人，陳警官與阿西把他帶進偵訊室後，便請他在裡面等，他已經等了將近半小時，幾乎冷到打起哆嗦。

「啪」地一聲，門總算被打開，陳警官與阿西走了進來，阿山看見阿西還抱著一台筆電。

「不好意思讓你等那麼久。」

「沒關係。」

「今天把你找來，如同剛才所說的，我們有急事想跟你確認。」陳警官笑著說，但此刻他的笑容裡，卻藏有威脅感，阿山內心湧現不祥的預感，不由自主地挺直了身體。

「好的，沒有問題，請說。」阿山的聲音略顯乾澀。

「但在開始之前，我有義務先跟你告知，這是一次正式偵訊，我們將會錄影。」

「正式偵訊？這是為什麼？」阿山以顫抖的聲音說，他試圖讓自己冷靜下來，但他覺得自己就快吐出來了。

陳警官露出一個難以定義的微笑，「怎麼說呢，也許只是檢察官的交代吧。」

「是認為我可能……」阿山不禁結巴。他忽然覺得頭一陣暈，忍不住抓緊了椅子的扶手。

陳警官只是靜靜地看著阿山沒有說話，臉上依然維持著那難以定義的微笑。

半晌後他才說：「總之，我們先跟你確認個資吧。」他看了阿西一眼。

阿西點頭，然後看著筆電對阿山說了他的個資，阿山以口頭確認個資無誤。

陳警官用手抹了抹下巴，「好的，那我們現在就開始吧——之前你跟我們說，當天你帶孩子去西山公園走走，然後因為你在玩手機，一不留神，孩子便不見了，對吧？」

「對。」

「你知道我們一定會去你所說的地方調閱監視器吧？」

「嗯。」

「你應該知道我們什麼也查不到，對嗎？因為那裡沒有監視器。」

「這部分我不清楚。」

「是嗎？」陳警官又笑了一下，「你不是刻意挑那個沒有監視器的地方嗎？」

「你說『挑』——是什麼意思？」

「我的意思是，你是故意說那個地點的，因為那裡沒有監視器。」陳警官又笑。

「這……我為什麼要故意？」阿山感到越來越不安。

「這就得問你自己了。」仍帶著笑意的陳警官逼視著他說：「難道不是嗎？」

「我……」

「對了，你知道孩子是怎麼死的吧？」

「聽說……是被變態殺童魔殺死的，不是嗎？」阿山說：「孩子身上還留有紙條？」

「一半對一半錯，」陳警官說：「孩子身上留有紙條是真的，但孩子是脫水而死的，那些傷口是死後被狗咬的。」

「脫水而死？」阿山露出不解的臉。

「你會不知道嗎？好啦，別再演了。」陳警官這時向阿西使了一個眼色，「阿西，把畫面調給他看。」

阿西把筆電轉向阿山，按下了播放鍵。那是某駕駛人提供的一段行車紀錄器影片，畫面是阿山在路邊提著一個小紫色行李袋行走的影片。

「雖然你很聰明，挑了完全沒有監視器的路段移動，但百密總有一疏，你可能忘了世上還有行車紀錄器這東西吧？畫面中的時間就是小朋友失蹤那一天的晚上，你能不能告訴我，影像中的你——在幹什麼？」

阿山結巴起來，他感到汗水順著太陽穴流了下來。「這、這是……」

「你不是說你跟你老婆在找小孩嗎？」陳警官說：「但看起來，你不像在找小孩呀。」

「我……」

「你手上那紫色行李袋是你的或你老婆的嗎？」

「我不知道。」

「又不知道？不知道的話，怎麼會出現在你手上？我告訴你，那是你們朋友，也就是孩子母親的手提袋，當天，應該說前一天，她拿給你老婆的，請問畫面中的你拿著這個手提袋幹嘛？裡面裝了什麼？」

「這個……」阿山無力地低喃。

陳警官又向阿西使了一個眼色，阿西隨即把一張照片從文件夾抽出，放到阿山面前。那是小萊的驗屍照，阿山看了一眼，便畏怯地把頭別過去。陳警官這時挺直了身子，正色起來，「羅盛山先生，這個手提袋現在正在我們分局的證物室裡，而這個手提袋是在發現小孩屍體的附近找到的，裡面滿滿小孩的DNA。你老實告訴我，畫面中的你——是去遺棄屍體吧？」

「啊……」阿山發出哀號聲，並面露痛苦神情，把臉埋在雙掌裡。

「還有，」陳警官繼續說，並把桌上文件夾打開，裡面是兩張字跡比對的照片。「我們的字跡專家已確認你的簽名字跡與遺留在孩子身上的紙條上的字跡是高度相似，這部分……你又如何解釋？」

阿山戰戰兢兢地微微抬起頭來，嘴角不斷顫抖，且滿臉淚水。

「孩子究竟是怎麼死的？」陳警官的雙眼用力地瞪著他。

阿西也接著說：「羅盛山先生——我們現在給你最後坦承的機會，請你把實情全盤托出，這對你而言才是上上之策，若再隱瞞或欺騙，你恐怕將面臨更嚴重的後果。」

9

酒吧牆上的時鐘指著十一點半，窗外暗黑的天空說明了現在是深夜時分。一個穿著淡紅色洋裝的女人獨自坐在窗旁，若有所思地看著空氣。雖然她身處酒吧，但她沒喝酒，桌上是一杯熱的普洱茶，以及一盤切塊烤雞腿與切片馬鈴薯。

這時一個穿著深藍色西裝的男人走了進來。綁著馬尾、面容可愛的服務生喊了一聲「歡迎光臨」後，便向他走去。他巡視一圈後，向服務生指了指女人方向，便走到她面前落坐。男人一坐下便開始抽菸。女人看了他一眼，沒有說話。服務生拿著菜單走了過來，男人點了一杯威士忌。

「你最近瘦了很多……」女人說，伸手去摸男人擱在桌上的手，但男人把手縮回，女人的雙眉皺了起來。

男人繼續抽著菸，女人喝了口桌上的普洱茶。

片刻後，男人把菸捻熄，打破沉默說：「今天找妳來，主要是想問妳一件事。」

「只是想問一件事？這麼久沒見面了，你第一句話就是這一句嗎？」女人口氣透漏著不滿。

「不然妳期待我說什麼？」

女人重重地嘆口氣，露出失望的神情。

男人搖搖頭，也嘆了口氣，「妳覺得我們還有未來嗎？」

「為什麼沒有？」女人說：「你明知道我愛的是你，而且一直在等你，你是知道的。」

「妳丈夫殺了我的孩子。」男人說：「妳要我怎麼原諒？」

這時服務生單手捧著置有一杯威士忌的托盤走了過來，帶著甜美的微笑送上威士忌，這對男女又沉默下來。

待服務生回到櫃台後，女人才說：「你明知道那是一場意外。」

「他讓我的兒子在酷熱的夏天待在車上被活活悶死，又把屍體遺棄，讓野狗隨意啃咬，還寫紙條企圖誤導警察……就算真的是意外，他也太可惡，知道孩子發生意外的當下，居然不是叫救護車，萬一、萬一……我兒子他根本沒死就被遺棄，萬一他被狗咬的時候還活著……我真的很不甘心，無法原諒。」憤怒此時在男人內心不斷膨脹，女人看見他擱在桌上的雙手慢慢用力握成了拳頭。

「這是不可能的……」女人說：「我確定他已死了。」

「妳……確定？」男人看著她問，女人在他眼眶裡看見淚水。

「我的意思是，他一定是確定孩子死了才遺棄屍體的……」女人解釋，「我丈夫他不是壞人，這一定是意外……」

兩人又沉默半晌。

女人正打算開口，卻被男人搶先一步，「我孩子的死，妳也有責任。」

「我有責任？」

「要不是妳……」男人說到這時停了下來，女人看見男人臉上流下淚水，她伸手想把男人臉上的淚水抹去，男人卻別過了臉。

「你認為我怎麼樣？」女人說：「你就坦白說吧。」

男人乾咳了幾聲，試圖冷靜下來。「我這次約妳見面是想問妳一件事，我一直想不透……」

「你問吧，我跟你之間沒有祕密。」

「……刑警跟我說，那天妳把孩子託付給妳請了特休的丈夫，而妳丈夫不小心把我兒子留在車上悶死，可是、可是……那天傍晚我在一間餐酒館看到身穿正式西裝的他與一群日本人喝酒，身邊還圍繞著很多酒促小姐，一直到八點左右我離開前，他還在那裡喝，且喝得醉茫茫。他那天究竟是怎麼讓我孩子悶死的，我想不透，難道他白天把我兒子悶死後，還去那種地方喝酒？難道，他直接把我已悶死的孩子留在他停在餐酒館外的車裡？他又跟刑警說你們到處去找，但他待得那麼晚，他……你們到底何時去找我的孩子。這不可能呀，我怎麼想也想不透，這……究竟是怎麼一回事？」

女人捂著胸口看著男人，「這……我也不清楚。我確實是把孩子託付給他，這點是我不對，我很抱歉……當天晚上我回家時也很晚了，他沒跟我說實情，只跟我說孩子失蹤了，甚至我還跟著他到處去找，很抱歉我沒有立刻報警，但其他的，我真的都不知道。」

男人這時用拳頭輕捶桌面，「我的孩子究竟是怎麼死的？麗如，妳能不能坦白告訴我？」

「小溫，我跟阿山結婚是個錯誤！當初我跟你因小事賭氣分手，你為了氣我就跟小玉交往，後來甚至奉子成婚，而你之前說你還愛我，這輩子只愛我一個，你跟小玉從頭到尾都沒有感情，你說你隨時願意跟小玉攤牌，只是你有小萊，你不想讓他成長在不健全的家庭裡，現在孩子已經離開了，我們之間已經沒有任何障礙……我們是不是可以就向前看？」

男人對女人這段話感到愕然，瞪大了眼睛：「沒有障礙……妳這話什麼意思？」

女人這時把墊在普洱茶下的一張紙拿起來並遞給了男人，男人看了一眼，「這是、這是什麼？」

「對……我懷孕了。你是知道阿山的情況的……無論如何你的孩子沒了也許是我的錯……但我懷孕了……我將賠給你一個孩子，屬於你的孩子，而我們的孩子將成長在健全、充滿愛的家庭裡，這一切都是我們當初想要的。我們就忘記過去，向前看好嗎？」

男人面露掙扎之色，低下了頭，雙肩不斷顫抖，女人看得出來他很痛苦。

「小溫，你說好嗎？」女人語氣聽來幾乎在懇求。

半晌，男人抬起頭，女人看見他額頭上滲出的汗水，他口氣嚴肅地說：「妳現在一句話都不要再說。」

男人這句冷酷的話貫穿了女人的心，她露出失望的神情，臉色逐漸發白。他解開襯衫鈕釦，把胸膛上貼著的一個小型金屬裝置拔下，丟進酒杯裡。女人詫異地看著他。男人面露緊張的神色四處張望，並把食指貼在她嘴唇上，再一次對她說：「妳現在一句話都不要再說……」

車門上的血掌印

1

每次有客人問芳草，「維持年輕美麗的祕訣是什麼？」她總會笑著說：「吃蘋果啦，吃蘋果可以永保年輕美麗，你瞧，我臉上沒有任何細紋哦，這可都是蘋果的功效呢。」

芳草這天早上打扮得風姿綽約，還噴上味道迷人的小蒼蘭香水。當然是因她的愛人，也就是與她結婚三年的阿能，即將來接她。這天是芳草的生日，但事業心很重的她，還是仔細巡視過她一手創立的水果店面，還拿起她最愛的蘋果深嗅了幾次，並跟員工交代過完工作之後，才跟阿能離開。

現年五十八歲的芳草，在三十幾年前嫁來台灣，大概是最早依靠仲介婚姻來台的越籍配偶之一。她初任老公姓黃，四十四歲不敵癌症便走了，芳草自此接下經濟重擔，不僅需要照顧一雙兒女，也得照顧失明的婆婆。儘管她聰慧伶俐，但受限於越籍身分，在台灣還是難以找到理想的工作，最後義無反顧地賣了丈夫遺留下來的田地並賣起水果，後來成功打造了她的水果王國，擁有五間店面漂亮的水果店。

身穿西裝的阿能就算已年屆六十，身材依然維持得非常標準，穿起西裝相當挺拔好看。阿能抵達時，將手中捧著的玫瑰花束交給了芳草。

「我們都幾歲了，幹嘛送花呢！」芳草嘴裡雖埋怨，還是一臉喜孜孜地上了阿能的車。

兩人在車上聊著即將前往的餐廳，那是一間標榜讓人吃不出是素食的高級蔬食餐廳。芳草自初任丈夫去世後便茹素，阿能不吃素食，但也不排斥，他其實比較愛吃肉，但為了愛，他能犧牲。

他們大概是五年前認識的。阿能是芳草水果店的常客，某一次的聊天中，芳草知道阿能也喪偶，不自覺也多注意了一下阿能，之後在阿能的主動邀約下，兩人便開始交往。原本芳草覺得他們兩人都有年紀了，不必結婚，但後來阿能覺得還是得給芳草一個名分，所以兩人還是結了婚。

阿能的開車技術極好，能讓芳草在車上補妝、剪指甲、吃飯，甚至是吃熱湯麵也毫無問題。芳草此刻正一面刷睫毛，一面跟阿能有一搭沒一搭地聊天。而此時阿能卻忽然把車停下，眼前的地方空無一人。

芳草放下手上的睫毛刷，看了看眼前的交通號誌，疑惑地說：「不是紅燈啊，怎麼停車了？」

只見阿能一臉愣住。「這個……」他吞吞吐吐地說。

「該不會是內急吧？」芳草心裡想，她知道阿能最近有攝護腺的問題，不能忍尿，但一尿又得等個老久。她看了看周圍，沒有半間廁所。

「我去外面吧。」阿能說完，便急忙打開車門，往一旁草叢跑去，隨即不見蹤影。

芳草看著他的背影，笑了一下，也覺得心疼，她知道攝護腺問題不好受。正當她準備重新刷睫毛時，右邊一台車高速往她撞去。

2

天氣陰沉沉的，天邊覆蓋著濃濃的黑雲，還不時下著小雨，但因是假日，這間小牧羊農場的客人依然絡繹不絕。來的客人為小家庭居多，父母帶著學齡孩童來農場餵羊，壞天氣完全影響不了孩子的玩樂興致，他們不時發出尖銳的嬉笑聲，嘴裡喊著「羊咩咩好口愛喔」，看來被羊群們逗得很開心。

一個穿著一身藍色工作服的年輕男人，正跟孩子們講解擠羊奶的方法，一個孩子問，「叔叔，我可以喝喝看嗎？」

「當然可以呀，」年輕男人用兒童台哥哥的語氣說：「但你要喝的話，不能叫我叔叔，要叫我葛格喔。」惹得眾人大笑。

「不過這個現在還不能喝喔，」年輕男人又說：「現在直接喝的話，可能會拉肚子，必須先消毒。如果小朋友你現在要喝的話，要喝這邊的。」

年輕男人用手比著身邊的一台綠色小冰箱，透明的玻璃門裡面看得見擺了很多瓶羊奶。年輕男子繼續說：「這裡面的羊奶已經消毒過了，而且冰冰的很好喝喔，羊咩咩生產羊奶很辛苦，我們是不是要給羊咩咩一點點鼓勵呢？所以要叫把把麻麻買喔。」

「好！」孩子們紛紛說。

幾個孩子拉著父母的衣襬，邁步向年輕男人走去，相繼要父母買羊奶，一罐大概兩百毫升，卻要價一百五十元。幾對父母覺得貴得離譜，根本是坑人，但孩子一直吵，不得已還是掏錢出來買。

「你們也要買羊奶嗎？」年輕男人對著兩位戴著墨鏡的男人問道。

「不，不是，」其中比較年長的墨鏡男人搖了搖手，「我們要找人。」

「找人？」年輕男子疑惑，「請問是小孩走失嗎？要不要我們幫忙廣播？」

對方又搖搖手，「不好意思，我們是警察，敝姓陳，旁邊這位是我的搭檔阿西，我們要找許安能先生。」阿西微笑向對方揮揮手。

「警察？」年輕男子嚇了一跳。一旁父母似乎也聽到，眼神紛紛投了過來。

「對。」

「這樣啊。」年輕男子說：「許安能是我們主管，他現在應該在辦公室裡面。」年輕男子指著他右前方的小屋子說：「不好意思，我現在這邊有客人，走不開，你們能自己過去嗎？」

「好的，沒問題，不好意思打擾了。」陳警官說。

「那個……」阿西忽然對年輕男子說：「我想要一瓶羊奶。」陳警官不耐煩地看了阿西一眼，阿西則看著陳警官，「啊呦——陳哥也要是嗎？」，又跟男子說：「那改兩瓶。」

「許安能先生，不好意思冒昧打擾，今天我們主要是想問一下關於你跟你妻子車禍的細節。」坐在雙人皮椅上的陳警官說，阿西坐在他旁邊，手上拿著兩瓶羊奶，一瓶已經打開了。

「沒有問題，」坐在辦公桌後方的阿能說，他面前放了一杯星巴克，「但真不好意思，沒有東西招待你們，我這間小辦公室什麼都沒有，咖啡也是外面買來的。不然喝點羊奶好嗎？」

身穿一件牛仔風格淡藍色襯衫的他，五官深邃立體，外型很有個性，雖然他們已知阿能大概六十歲，但阿西覺得看起來只有四十。

陳警官搖搖手，「不用了，我們剛才有買。」

「這樣啊。」阿能說：「讓你們破費，真是不好意思。」

「不會的，你們羊奶很好喝啊。」阿西舉起開過的那瓶羊奶說，但其實他覺得不好喝。這是他第一次喝羊奶，他記得小時候跟父親去德國法蘭克福出差兼觀光時，吃過羊奶乾酪，印象中很好吃，這裡的羊奶卻讓阿西覺得腥透了，但他沒打算放棄，打算稍後再挑戰一次。

「謝謝你的誇獎。」阿能說：「那針對我妻子的案子，你們還需要知道些什麼？請說——」

陳警官點點頭，「首先，我們想確認，你的妻子是在車停下來的狀態被高速行駛的車輛撞上的——對嗎？」

「對。」阿能很憤怒地說：「這個人很可惡，我們的車都停下了，他居然還撞上來……」

「當時你是跟老婆一起在車上，但你因為內急下車找廁所，才逃過一劫？」

「對……我真的好後悔，我寧願在車上跟她一起走，雖然我們是彼此的二婚對象，但她是我此生最愛的女人……」阿能微微駝起背，無比哀戚地說，然後用右手食指撓過鼻子下緣。

「請節哀……」阿西深感同情地說，他又喝了一口羊奶，腥味仍在嘴裡擴散，他忍不住撐大了鼻孔，雖然還是覺得好腥，只是第二次喝覺得腥味似乎沒那麼討厭了。

陳警官說：「你之前曾說，撞死她的人，是一個男人？」

「對，我回到現場的時候，我太太還沒死，我抱著她，她用最後的力氣跟我說，撞她的人是一個戴著口罩的男人，他有下車察看，但只看了一眼後，那個王八蛋就離開了，然後我妻子跟我說完話，就……」

「這樣啊，那真是太不負責任了。」陳警官說。

「對不起……」阿能忽然用歉疚語氣說：「雖然很謝謝你們繼續努力追查我太太的案子，但這些內容似乎之前都跟其他警察們講很多次了，你們為什麼還需要再問一遍呢？」

「我理解你的疑惑。」陳警官迎著阿能的視線說：「其實……我跟我搭擋今天是來偵辦謀殺案的。」

3

身子瘦小的阿文正騎著一台黑色電動機車，上面貼滿了密密麻麻的閃亮貼紙，小小的車子後面坐著阿華。雖已是十月底，天氣仍有點熱，坐在後面的阿華打著赤膊，身材看來黝黑精壯。

他們是來台工作的越南移工，但在三年前跟合法雇主鬧翻，現在是非法居留。兩人目前在一間水果店工作，老闆也是越南女人，年紀約是他們母親的歲數，事實上她也待他們如子，比方說讓他們住在她的房子裡，那是間改建過的三合院，雖算不上好，但至少乾淨、舒適又寬敞，且未向他們收取租金、水電費等，也常督促他們錢不要亂花，偶爾也煮飯給他們吃，賣不完的水果也讓他們隨便吃，或者讓他們拿去送給朋友做面子。老闆娘跟其中的阿文是老鄉，兩人是後來聊著聊著，才知道彼此還有些關係，能算的上是遠房親戚。

阿文他們在水果店雖賺得不多，但回越南的薪水更低，因此選擇留在台灣，其中阿文在越南已有老婆孩子，在經濟上比阿華更辛苦。他們挺喜歡台灣，內心打算若沒被抓到，就一直先待下去，等賺夠了再回國。

阿文將電動機車停在一間招牌看起來是麵店的「花花飲食店」前，兩人前後側身下車。阿華向裡面呼喊了幾聲，三位濃妝豔抹、踩著高跟鞋的越南小姐走了出來，其中兩位看見來者是阿文與阿華，立即露出白眼，又咂了咂嘴，然後返回店內。阿華邁步走到還留在原地的越南小姐旁邊，抓了她的屁股一把。

「幹嘛啦。」那位小姐一面笑，一面輕輕打了他一下。

「阿香，我來找妳呀，我們有一陣子沒見啦，妳不想我嗎？」

「我今天要上班啦，你們來幹嘛？」阿香用食指指背撓著阿華的手臂說。

「沒有幹嘛，找妳玩不行嗎？」

「就跟你說我要上班，玩什麼玩？沒賺錢的話，你要養我嗎？」阿香又說。

「養就養啊，妳來跟我好啦。」阿華說。

「就憑你那一點薪水，我跟你吃土嗎？」阿香戲謔地笑了一笑。

阿華這時從後面擁抱阿香，頂了頂她的臀部，「我用這個養妳，妳不是很愛嗎？」

「唉呦，別這樣啦。」阿香嬌嗔地叫了幾聲，又把阿華推開。阿文在一旁啃著蘋果，嗤嗤地笑著。

阿香此時認真地問：「欸，你們今天怎麼不用上班？」

阿華笑了笑，「老闆娘都被撞死了，還上什麼班？」

「什麼？幹嘛這樣亂講話？」阿香說：「而且她應該不知道你們今天過來找我吧？她若知道，又會生氣啦。」

「死人不會生氣啦。」阿華笑著說。

「你幹嘛一直亂講話。」阿香說。

阿華搖頭，「沒有亂說話啊，我們老闆娘被撞死了，不然你問阿文。」

阿文微微點頭。阿香一臉迷糊，不曉得阿華講的話是不是真的，他講話經常不正經。

就在這時，一台黑色豐田休旅車來到店前停了下來。阿香看了一眼，用手肘頂了頂阿華，說：「你們趕快走吧，有客人來了。」

他們轉身看了一眼，看見兩位男子從黑車下來，身材高大的他們一身黑，又面無表情，還戴著墨鏡，看來不是什麼善類。他們下車後，在車旁做了幾個伸展動作活絡筋骨，可能開了不短的時間，接著後門又被打開，一個女人走了下來。

4

牧羊農場小屋

阿能臉上露出詫異的神情，他挺直了身子說：「謀殺案？你是說，可能是有人蓄意殺害我太太？」

陳警官點點頭，「因為我們發現這起案子有些異於尋常的地方，可能不是單純的肇事逃逸。」

阿能一臉不敢置信。

還沒等阿能開口，陳警官便接著補充：「我想你大概滿腹疑問吧，但因偵查不公開的原則，請原諒我無法跟你說太多細節，今天我們來找你，主要是想跟你核實一些事情。」

阿能確實滿腹疑問，但對方已明確拒絕讓他發問，他也只能點點頭，「你請說。」

「首先，我要給你看一張照片。」陳警官用眼神示意阿西，阿西拿出平板點了點，再將平板放在桌上。

「這張照片上的車子，我們已檢查過上面的微量物證——就是因為撞擊，而從你的車上移轉到這台車上的漆痕——證實了這台就是撞到你們車子的那部車子。」陳警官說：「請問你對這台車有沒有印象？」

「居然已經查到車子了？」阿能表現地非常意外，身子往前挪了挪，低頭看了平板，陷入了思考中。

達美酒吧

吧檯後方的酒保是一個看來約二十來歲的年輕高瘦男人，有著時髦的挑染髮型，兩邊耳朵各戴了不只一個耳環，長相十分俊美，與已逝的日本演員三浦春馬有幾分相似。他背後的玻璃櫃反射著精緻的燈光，讓裡面各種品牌的酒看來更加高級。

酒吧內只有零星客人，每個都是獨自來喝酒的。此時傳來厚實門扉被推開的吱呀聲，兩個戴著墨鏡的男人走了進來。裡面的客人看了他們一眼，隨即又把心思放回自己的心事上。

兩名男人把墨鏡摘下後，直接走向酒保。正用白毛布擦著杯子的年輕酒保向他們微笑，「兩位請坐，喝點什麼嗎？」

男人們沒有坐下，只是交頭接耳了一陣，接著其中一位較年長的男人說：「請問你是黃志麥先生嗎？」

酒保嚇了一跳。「對，我是，請問你們是？」

年長男人向酒保出示手上證件，「我是ＪＢ分局的刑警，敝姓陳。」

「我是阿西，陳警官的下屬。」另一位較年輕的男人接著說。

酒保緊張地吞了口口水，「刑警？你、你們找我有什麼事情嗎？」

「對，我們是刑警，找你也確實有事。」陳警官邊說邊拉開了吧台前的椅子落座，阿西也跟著坐了下來。阿西看到吧台上有一盤花生米，隨即覺得嘴饞，於是抓了一把，丟進嘴裡嚼著，下一秒忽然覺得有些後悔，花生米有種霉味，應該是放很久了，他把嚼過的花生米吐在手裡，卻又沒有看到面紙，只好偷偷把嚼過的花生米丟在地上。

陳警官則緩緩拿出菸，把眼神投往酒保。酒保對他點頭，「請，我們這裡是菸客友善環境。」陳警官聞言便抽起了菸。阿西為了去除嘴裡霉味，也趕緊抽起菸。

酒保的眼神微微露出畏怯，「請問，今天來找我，會是跟我媽有關的……」

「你先等等。」陳警官打斷他的話，把菸放在菸灰缸上，「我們來找你，主要是有些事想問你。」

酒保把手上的白抹布放在桌上，微微收起臉上的待客笑容，「好……請說。」

陳警官向阿西揚了揚下巴，阿西也把菸放在菸灰缸上，接著拿出平板點開畫面，放在了桌上。

「你看一下這張照片，這台紅色的車子是你的吧？」陳警官說。

酒保垂眼看了看，露出震驚的表情，「對，是我的車，你們找到我被偷的車了？啊，但我的車怎麼變成這樣？」照片上的車子，車頭有明顯撞過的痕跡。

陳警官說：「很遺憾你的車變成這樣，但我們今天的重點，不是在車子的失竊事件上。」

「那是？」

阿西接著說：「根據資料顯示，你在三個多月前通報這部車子失竊？」

「對啊，三個多月前被偷了。」酒保邊說邊又看了一眼照片，臉上彷彿露出心疼神情，「請問我的車被撞成這樣，到底是發生什麼事了？」

「駕駛這台車的人發生了車禍。」陳警官說。

「你是說偷走我的車的人，把我的車撞成這樣？」酒保露出擔憂神情，「看起來很嚴重欸，等等，你們今天來找我，不會是要追究責任吧？」

陳警官搖搖頭，又拿起擱在菸灰缸上的菸，抽了一口，「既然你已報失竊，基本上這起車禍大概跟你就沒關係，還是……你覺得有關係？」

被陳警官這樣一問，酒保連忙搖搖手，「不不不，我覺得是沒有關係。」

「因為是涉及到一起嚴重交通事故的車子，儘管已報失竊，但我們還是必須跟車主談一下，你應該能理解吧？」

酒保膽怯地點點頭。

「當初車子是怎麼失竊的？」陳警官問。

「當初，就是我跟男友……朋友，去南部玩，在一間便宜旅館過夜，旅館的停車位滿了，我們只好把車停在比較遠的地方。停車的地方很偏僻，早上要取車時，就沒看見了。」

酒保懊惱地說。

陳警官點點頭。「後續都沒有任何消息了？」

「對啊，報案的時候問了警察，他們都說那地方太偏僻，沒有監視器，也幾乎沒人，所以找回的機率微乎其微，然後他還說，現今偷車集團都非常有效率，車子大概已被大卸八塊，四處賣掉了。不過我有保失竊險，所以沒有太大損失。」

「這樣啊。」陳刑警點頭。

酒保深吸了一口氣，「請問……把我的車撞成這樣的人是？」

「這部分無可奉告。」陳警官直接了當地說：「我們現在能告訴你的是，這台車不只是撞車而已，它還撞死了一個人。」

「撞死人？」酒保又大吃一驚。

「是的，」陳警官用沒有起伏的聲音說：「而且我們初步判定可能不是意外，是謀殺。」

牧羊農場小屋

「怎麼樣？」陳警官說：「對這台車是否有印象？」此時他們耳邊傳來幾聲高亢的羊叫聲。

阿能搖頭，「沒有，但這紅色車子的款式我熟悉，Yaris小鴨嘛，是很熱門的車款。」

陳警官對阿西使了一個眼神。

阿西將平板拿起，按了按，再將平板放在桌上。

「這是車主的照片，你看一下。」陳警官說。

阿能探身低頭看了一眼，臉上出現震驚表情。

「你認識他，對嗎？」陳警官問。

5

阿文看到眼前的三個人時，不知為何，內心不由得緊張起來。但面前的女人一臉笑容，長得也漂亮，阿華覺得大概也不是什麼壞事，只是內心暗想：「女人來這種地方幹嘛？」

女人用越南文跟阿文和阿華打招呼，「你們好呀。」

阿文與阿華嚇了一跳，她的越南文非常標準，女人的外貌與打扮十分像台灣人，他們沒料想到她竟是越南人。

阿文與阿華隨即用越南文回應她。阿香則露出疑惑的臉看著這一切。

「請問妳是？」阿文說。

「這個……」女人臉上忽然一陣尷尬，「這個我、我只是翻譯啦……我們是來找阮進文的。阮進文先生是你吧？」她的眼神落在阿文身上。

兩位墨鏡男人這時刻意把薄夾克的外套打開，讓他們看見腰際上的黑槍。他們內心一陣不祥預感，阿香則有點害怕。

「這個……你們不要害怕，」翻譯又說：「他們是警察，不是壞人，是特地來找你的。」翻譯對著阿文說道。

阿文與阿華互看一眼，想起自己居留權逾期的事，內心有了逃跑的打算，但那只是一瞬間的事，他們眼神後來又回到兩位刑警的槍上，不敢輕舉妄動。

翻譯接著說：「阿文，刑警他們要麻煩你跟他們回局裡一趟，沒事的，不要怕。」

JB分局小會議室

翻譯坐在兩位刑警中間，阿文坐在三人的對面，桌上放了一瓶礦泉水。

「阮先生，今天忽然把你找來很不好意思……」陳警官說。翻譯馬上翻譯了陳警官的話。

阿文聞言，端了端身子，問：「請問你們找我來做什麼？」

兩位刑警相當訝異，「你會說中文？」

「對，只是說得不是很好。」阿文說。

「不不，很標準欸。」阿西說。

阿文微微點頭，「謝謝。」

陳警官也點了點頭，「好的，那我們今天的訊問就以中文進行，若談到比較深入或聽不懂的地方，再有勞翻譯協助。」

翻譯比了個ＯＫ手勢，又跟阿文說了一串越南文，阿文點頭。

「請以口語明確告訴我們你理解。」陳警官說。

阿文略感意外，然後說：「是的，我理解。」

陳警官把手放在桌上，「好，首先，我們需要跟你確認身分，你的名字叫阮進文，是五年前從越南ＨＰ市來台的，對不對？」

阿文點頭，「是的。」

阿西接著拿出了一張Ａ４紙遞到阿文面前，陳警官問：「這是你的護照影本對嗎？」

阿看接過紙後，看了一眼，「是的。」又把紙還給阿西。

「你的合法居留權在兩年半前就已逾期——這部分對不對？」

阿文神情有些心虛。陳警官於是說：「我們今天找你來，不是要討論你的居留問題，不要擔心，請回答我的問題就好。」

阿文聞言才緩緩點頭，「對，我的合法居留日期已經過期很久。」

「你之前有登記的合法工作公司是在三茂公司？三年前已離職？對不對？」陳警官又說。

「對。」

「好的。」陳警官說：「你現在主要住在ＨＦ鄉，對嗎？」

「對。」

「好，」陳警官說：「那請你告訴我，在今年九月十號的晚上，你人在哪裡？」

阿文對於這個問題有些警覺，似乎不太想回答。「請問……」

陳警官立刻打斷他，「現在請你都先不要反問，屆時我們會告訴你原因，你只要回答就好。」

阿文微微點頭，接著露出一副拼命在腦裡搜尋記憶的樣子，畢竟已是一個多月前的事，「對不起，時間已過太久，我想不起來。」

陳警官點頭，彷彿理解，然後看了阿西一眼。阿西從文件袋裡拿出一張印有監視器截圖的Ａ４紙，遞給阿文，那是阿文在便利商店前抽菸的畫面。

陳警官問：「這是不是你？」

阿文接過A4紙，看了截圖一眼，表情略顯心虛，「應該是。」

「請告訴我是或不是。」陳警官說。翻譯這時也以越南文解釋一次。

「是……」阿文說。

陳警官又問，「截圖中你旁邊停著的車子，那台紅色的小鴨，是誰的？」

阿文說：「我不知道。」

陳警官這時正色起來，「我必須先跟你強調，這雖然不是正式的訊問，但我希望你不要說謊，你懂嗎？」翻譯把這串話翻譯了一次。

阿文搖搖頭，「我真的不知道那台車是誰的。」

陳警官這時冷不防地用力捶了一下桌子，發出砰地一聲。翻譯小姐嚇了一大跳，手上的手機不慎掉在地上。陳警官看著她，說了聲「抱歉」，翻譯搖搖手表示沒關係，彎身把手機撿起。陳警官隨即以嚴厲的眼神看著阿文，「我剛不是說過，不要再說謊了嗎？」

翻譯這時起身，坐到阿文旁邊，在他旁邊低語，應是要他老實點，否則會有麻煩。但阿文依然搖頭，面不改色地說：「我不知道那是誰的車。」阿西忽然不由得佩服起阿文，很少人面對陳警官的嚴厲訊問時，還能如此冷靜。

陳警官用鼻子吸了一口氣：「我告訴你，我們不只有監視器截圖，當然也有影片，你開著那台車去便利商店，接著下車買菸，在車旁抽菸，再上車的畫面，拍得一清二楚，你現在說你不知道那是誰的車？」

阿文還是固執地搖搖頭，阿西這時聽見翻譯一聲嘆息。

「好，沒關係。」陳警官給了阿西一個眼神，阿西點頭，並從文件袋裡拿出一張照片，「這是誰，認得嗎？」

阿文看了一眼，臉上出現震驚表情，隨即又收回。

「是誰？」陳警官逼問。

猶豫片刻後，阿文才說：「是黎芳草。」

「她是誰？」

「是我們水果店的老闆娘。」

陳警官又問：「她最近還好嗎？」

阿文閉口不語，神情痛苦，翻譯露出了遲疑的表情。

「她死了，對吧？」陳警官說：「既然她是你的老闆娘，你對這個消息應該是知道的，對吧？」

阿文仍舊沉默著。

「對了，她是怎麼死的？」陳警官又問。

阿文露出了惶恐的表情，卻沒打算回答。翻譯又翻了一次。

「你難道會不知道嗎？」陳警官又問，眼神露出質疑。

阿西這時看了陳警官一眼，彷彿取得他的同意後，說：「阿文，她是被車撞死的，而撞死她的車，就是這張監視器截圖中在你旁邊的車，你是不是該跟我們好好解釋，為什麼她被撞死的當晚，你在使用這台車呢？」

6

牧羊農場小屋

「對……」阿能說：「我認識他。」

「他是誰？」陳警官問。

「他是我妻子的兒子，阿麥，黃志麥。」阿能說。

「這下子你能理解，為何我們認為這起事件不是單純的意外事件了吧？」陳警官說。

阿能把眉毛皺成八字說：「可是這孩子、這孩子，會跟芳草的死有關嗎？他雖不算是個好孩子，但應該不至於……」

「但撞死他母親的車，居然是他失竊已久的車，這點很難不讓人起疑吧？」

「這話也是。」

「許先生，能不能跟我們說說芳草的兒子，阿麥，他是怎麼樣的人？」

阿能喝了口星巴克咖啡，舔了舔上嘴唇，語重心長地說：「芳草……在跟我交往以前，就跟阿麥鬧翻了。我聽芳草說，他原本是一個很貼心的孩子，後來交上了壞朋友……其實她所謂的『壞朋友』，指的是他的同志男友。越南那邊比較保守，她無法接受，兩人一度鬧翻，但在她女兒莉兒的勸說下，芳草漸漸理解同性的愛，也慢慢接受了。可是之後……阿麥交上了新男友，而這個男友是個徹頭徹尾的混帳，有賭博惡習還吸毒，在他的慫恿下，阿麥一直跟芳草要錢，芳草不勝其煩，後來兩人便斷絕來往，可是大概在芳草死前，阿麥又來找芳草，說自己要痛改前非，跟男友一起創業，希望芳草能資助他們……」

陳警官微微點頭，等著阿能繼續說下去。

「芳草當然不答應啊，可是阿麥天天都來找她，一哭二鬧三上吊，讓芳草每天都很難受，芳草她其實還很愛這個兒子的，內心很想幫助阿麥，但又擔心跟之前一樣，一旦給他錢，就會被他拿去跟男友一起賭博或吸毒，且莉兒也堅決反對，跟芳草說『哥沒救了，不要再幫助他。』唉，說到底，那孩子不是我生的，我也沒立場說什麼，總之那一陣子家裡成天鬧得雞犬不寧，日子很不好過。」說到這時，阿能一臉痛苦，「芳草說兩個孩子的父親很早就死了，是她一手拉拔他們長大，雖然後來爭吵不斷，但感情很好，她知道阿麥很愛她，也認為阿麥以後會變乖，可是……唉，卻也等不到這天了，你們真的確定阿麥有嫌疑嗎？我覺得不太可能，那孩子應不至壞成這樣啊。」

「這部分我們還在調查，雖然阿麥表示車子失竊已久，我們也證實了失竊的消息，但自己的母親被自己失竊的車子撞死，這未免太巧合了，要說他沒有嫌疑，也很難說得過去，你認為呢？」陳警官問。

阿能長嘆一聲，「真的，太巧合……」

達美酒吧

「所以你們是說，我失竊的車子撞死了人，而這可能還不是單純的意外，而是……謀殺？」酒保不禁結巴了起來。

陳警官這時眼神刻意看著酒保的眼睛，簡短且肯定地說：「是。」

「那……被我的車子撞、殺死的人……是誰？」酒保問。

陳警官向阿西使了一個眼色。阿西拿起平板，按了按，再把平板擱在桌上。

「你看一下，這個人就是被你的車子撞死的人。」

酒保畏怯地探身看了一眼，不禁叫了出來。

牧羊農場小屋

阿能喝了口星巴克咖啡，感慨著造化弄人。陳警官與阿西也暫時沉默著。阿西嚐了第三口羊奶，這次他不再皺眉，漸漸理解了這腥味之美。

半晌，阿能才說：「所以目前調查進展到哪裡了？」

陳警官用手抹著下巴，彷彿考慮著是否該說：「嗯……這部分我們還不太能說，但因為我們需要你的協助，所以打算跟你透露，只是——」陳警官這時瞪大了眼睛看著他，「以下我們所說的都是機密，請你務必不要說出去好嗎？」

「當然。」

「好。」陳警官點頭，把眼神移往阿西。阿西也點頭，然後拿起平板，點了點，再放回桌上。

「這張大頭像的人，你認識吧？」陳警官問。

阿能看了一眼，「這個人……我當然認識，他是阿文，阮進文，是芳草的水果店的員工啊，也是她的老鄉，請問為何提到他呢？」

陳警官略略清了一下喉嚨，「他可能才是真正撞死芳草的兇手。」

「什麼？」阿能不解。

「我們已初步拘留阿文，現在他人在警局裡，在這台車被發現被人遺棄在路邊時，我們隨即針對此車進行調查，確認這台車就是撞死你妻子的車子，接著又發現阿文與這台車的監視器畫面，他當時開著這台車去便利商店買菸，又在車旁抽菸，被監視器拍得一清二楚，而時間就在你跟妻子發生車禍前不久。」陳警官說完，阿西又拿起平板，點出監視器畫面，再給阿能，「你看一下。」

阿能看著監視器畫面，納悶：「這監視器畫面中的人確實是阿文啊，這……到底是怎麼回事？」

陳警官點點頭，「我們已偵訊過他，他一開始不坦承自己開車撞死芳草，看了監視器畫面之後才坦承，但後續我們追問他為何撞死芳草時，他……」

「他怎麼說？芳草對他很好呀，幾乎把他當兒子一般對待，他為什麼做出這種事？殺了芳草對他而言，一點好處也沒有呀？」

「他說是意外，不小心撞死的。」

「意外？可是你們警方鑑識報告不是說對方幾乎未煞車撞上芳草的，而且若是意外，怎麼那麼剛好竟撞死自己認識的人？這恐怕不像意外吧？」

「是的，你相當聰明。」陳警官說：「的確不像意外，根本是完全打算致人於死的，此外，更奇怪的一點是，他到底是如何取得這台車的？」

「對呀。」阿能說：「這台車是阿麥失竊的車，怎麼會在阿文手上？難不成？難不成……」

「你的想法是什麼？請說。」陳警官問。

「難不成……這跟阿麥也有關？」

阿西這時脫口，「許先生您實在太厲害了，很有能當偵探的能力呢。」說完，他合起掌，尷尬地說：「真對不起，我不該在這麼嚴肅的時刻講這種話。」

「你說的沒錯。」陳警官說：「就是跟阿麥有關。」

「到底是怎麼一回事？」

「阿文後來坦承其實他跟阿麥一直是朋友，在阿麥得知自己需要一筆錢支付他在越南不幸患有血癌的女兒的醫藥費後，阿麥就計謀著這一切。阿麥向阿文說只要自己的母親死了，自己就能得到她的財產，而在得到財產後，就會給阿文兩百萬，讓阿文能救自己的女兒了。」

「所以這一切是阿麥的計謀？是阿麥要阿文撞死自己的母親？」

「對，」陳警官說：「其實……你很幸運，因為你是芳草的丈夫，在芳草死後，你將會是遺產的最大繼承者，原本阿麥是計畫把你們兩人都撞死的……」

阿能露出不可置信的樣子，隨即怒氣衝天，咬牙切齒地說：「這孩子、這孩子真是畜生……」

陳警官這時也搖搖頭，嘆了一口氣，然後站起身子，說：「很遺憾你的家庭發生了這樣的事，希望你不要太難過。」說完，為表安慰，他拍了拍阿能的肩膀，最後又說，「很不好意思，因為我們需要再跟你正式做一次筆錄，所以必須勞駕你跟我們到警局一趟。」

陳警官與阿西開車載著阿能回到ＪＢ分局，後來又把他帶進一個小房間。他們要阿能坐在裡面稍待一會兒，同時拿了一瓶水給他。

不久後，手上拿著一張紙跟捺印檯的阿西走了進去，「許先生，不好意思，這是行政程序上所需要的，在正式筆錄前，請你在這份文件上蓋上你的掌印。」阿能照做。

「那再請你稍候一下，我必須去跑程序。」接著阿西向他禮貌性地頷首後，又離開小房間。之後阿能在裡頭等了快半小時，陳警官與阿西才進來。

「許先生，真的不好意思，讓你等那麼久。」陳警官說，但語氣裡依然沒有歉疚之意。

「不會，應該的。」阿能說。

「現在我們必須錄影，這是正式的筆錄，這點我們必須讓你知道。」陳警官說。

「好的。」

接著陳警官說了日期與當下時間、阿能的個資，以及這起案件的始末。

「以上都沒錯吧？許安能先生。」陳警官說。

「是的。」阿能說。

「那麼許先生，」陳警官說：「我們就開始吧。首先，我必須先說，我們今天請你來，主要是想確認一些我們想不透的事情。」

「想不透的事情？」

「對，」陳警官說：「阿西，請準備好相關資料。」

阿西點頭，接著把手上的一些文件整齊放在自己面前。

「首先，我們已經跟阿麥談過，得知他跟他母親已和好，這點你知道嗎？」

「和好？」

「是的，」陳警官說：「在受害者，也就是黎芳草小姐死前幾天，她匯了八百萬元給他。」

阿西抽出一份文件，移到阿能面前。陳警官以食指敲著該份文件，「這是匯款憑證，阿麥跟我們說，他母親原諒他了，並給他最後一次機會，希望他好好重新做人，而你稍早卻跟我們說，他可能是為了錢，而殺害他母親？這點可能不合理。」

阿能滿腹狐疑，「這我不清楚，而且這個為了錢而殺害他母親的說法，是你們提出的，不是我呀，其實我一向不清楚他跟他母親的事。」

「是這樣嗎？但你稍早不也同意嗎？」

阿能開始感覺氣氛似乎有些奇怪。

「當然，我先前跟你說過，我們已拘留阿文，所以你應該明白我們跟他一定談過很多次吧？先前跟你談的關於阿文的自白部分，我們原本也都相信，畢竟太合情合理了，對吧？但在我們讓阿文跟阿麥對質後，卻有了徹頭徹尾的變化。尤其當阿文得知芳草把大部分的錢都給了阿麥之後，阿文彷彿理解了什麼，因此大大地更正了自己的供述。整件事彷彿跟你，有很大的關係呢……」

阿能雙眼看著陳警官，「跟我有很大的關係？你什麼意思？」

「這陣子阿文不是一直找你嗎？」陳警官問。

「阿文找我？他為什麼要找我？」

「跟你要錢啊。」阿西忍不住插了一句話。

陳警官雙手抱胸，身體向椅背靠了過去，「好吧，我就坦白跟你說吧，其實阿文已經坦承真正指使他殺害芳草的人是你。」

「我？你到底在說什麼？」

「許安能先生，是你精心策畫了這場謀殺對吧？從一開始的偷車，找阿文撞死芳草，最後要他嫁禍給阿麥……等到事成之後，阿麥會因弒親而喪失繼承權，而身為丈夫的你，將得到芳草的遺產。你當初答應阿文在事成之後，你將會給他一筆錢，讓他醫治在越南得血癌的女兒，對吧？結果沒預料到芳草早已把大部分的現金給了自己的寶貝兒子，結果你便沒錢給他了，對吧？」

「荒唐！你到底在說些什麼？」阿能火冒三丈。

「許安能先生，我們手上還有其他證據，你確定要繼續裝傻嗎？屆時法官審理你的案件時，這些紀錄可都會是用來評估你罪刑的依據之一喔。」陳警官說。

阿能沉默著。

「請你說話。」陳警官又說。

阿能卻搖搖頭，「恕我直言，我根本不知道你們在說些什麼，我也不知道阿文為什麼要做這樣的指控。」

陳警官這時又給阿西一個眼神，阿西從資料夾拿出另一份資料，放在桌上。

「這是你近幾個月的通訊紀錄，你之前密切跟一支電話號碼聯繫，而該電話經我們查證，是登記在一個叫許蘭香的越南女人名下，我們也查過了，她是在花花飲食店工作的女人，是阿文的好朋友。她說那支電話是一個朋友拜託她辦的，且一直都是那個朋友在使用的。你猜猜，她口中的朋友是誰？許安能先生，請問你為何在芳草死前以及死後密切跟阿文聯繫？」

阿能又沉默不語。

陳警官再向阿西點頭，阿西隨即抽出一張照片，放在桌上。阿能看了一眼，隨即把眼神別開。

「這是你妻子的驗屍照，」陳警官說：「你應該知道她的真實死因吧？」

阿能露出痛苦的神情。

「根據我們的調查，車禍只造成她一些外傷，並不是她真正死因，她真正死因是窒息，法醫說，她極可能是被人徒手悶死的，而在車禍當下，你在她身邊，但她當時沒死，後續卻被人用手掌悶死，你要我們怎麼想？剛才我們已取得你的掌印，我們正把你的掌印跟車門上發現的血掌印做比對，許安能先生，我給你最後一次機會，若你現在坦承，就有機會獲得減刑，是不是你預謀殺害了黎芳草小姐？」

阿能這時坐直了身子，正面迎接著陳警官的眼神，激動地說：「不是我，跟我無關，當時我確實在現場，而我試圖搶救她，就算現場發現我的血掌印也證實不了什麼，我是為了救她！」

就在這時，有人敲了敲偵訊室的門。阿西把門打開，外面的人遞了一份資料給阿西。阿西把資料打開，看了一眼手中的資料，露出訝異表情，「陳哥，車門上的血掌印不是他的！」

7

ＣＹ大學

這間大學的門口上方鏤空雕刻著霸氣的「ＣＹ大學」四字，校內景致優美，建物摩登新穎，到處綠意盎然，隨處都可見抱著書本的學生氣定神閒地漫步著，看來十分愜意。

陳警官與阿西正站在校內湖邊，淡綠色湖面上閃耀著金色光線，幾隻羽毛雪白如絨的鴨子正悠閒地划著水。兩人在等著約定時間的到來，阿西看著一陣陣迎面吹來的秋風把湖水吹皺，也掀起了自己的回憶。原來這裡是小梅之前讀的大學，他們當時還常在校內約會，就在這湖邊牽著手散步，他還記得小梅當時說鴨子划水的姿態很可愛。阿西內心湧起千頭萬緒。

當初阿西大學畢業考上警專，但他父母一直苦口婆心要他去美國讀研究所，他們說當警察太危險，他們只有阿西這麼一個寶貝兒子，希望他未來好好承接家裡的機器設備工廠。但阿西就是想當刑警，也不是為了什麼崇高理想，原因簡單不過，他就是想當個逮捕壞蛋的警察而已。後來跟小梅交往之後，他父母轉而寄望在她身上，要她勸說阿西去留學，他父母甚至對小梅說：「妳若真愛我們阿西，就該勸他不要當警察。」甚至還利誘小梅，只要她能成功勸阻他當警察，就會送給他們一棟房子，房子還能將登記在小梅的名字之下。

不過外型亮眼的小梅當初同意微胖的阿西的追求時，根本不知道阿西的背景。她就是喜歡阿西那股單純的正義感，讓她想到了自己，她當國小老師也不是圖什麼安逸或穩定，她就是愛孩子而已。小梅當時聽聞阿西父母那番話後，居然在他們面前落淚，說：「這跟房子有什麼關係呢？為什麼要這樣瞧不起人……」阿西父母也沒想到那番有點半開玩笑的話，竟讓她如此不舒服，也自責不已。阿西想到小梅那張委屈落淚的臉，眼眶不由得濕潤起來。

就在這時，陳警官用手肘頂了頂阿西，把他從回憶拉回現實，陳警官說：「時間差不多了。」

「喔喔、好的陳哥。」阿西趕緊拿出手機，撥了電話，電話很快就接通了，「您好，是黃莉兒小姐嗎？我們已經在湖邊了，請問您人在哪裡？」

不遠處，一個年輕漂亮、穿著白色洋裝女子向他揮手。「我在這兒。」

阿西隨即掛上電話，和陳警官兩人邁步向女子走去。當他們靠近女子時，阿西發現她不僅漂亮，皮膚也十分白淨，臉上掛著婉約笑容，烏黑的頭髮像夜晚一般。

「不好意思在妳研究所課業這麼繁忙的時候，臨時來妳的學校找妳。」陳警官說。

「不會的。」莉兒眨著長長的睫毛說：「電話上，你們說要跟我談談我母親的事？」

「是的。」

莉兒問：「是找到肇事者了？」

「確實有一些新的消息，所以我們想跟妳談談，但可能需要花上一些時間。」陳警官說：「我們到一旁的咖啡廳談好嗎？」

湖畔咖啡廳

「莉兒小姐，再次跟妳道歉，我們直接來到妳的學校打擾妳，不好意思。」陳警官說：「研究所的課業很重吧？」

莉兒搖搖手，露出痛苦的神情說道：「課業上是還好，反倒是我母親的事……她連道別都沒說就離開……到現在還找不到肇事者，讓我很痛苦。反倒是我要謝謝你們警方努力不懈地幫忙我們，若有任何我能協助的地方，我非常樂意幫忙。」

「好的。」陳警官說：「來，喝點咖啡呀，不然等一下冷了就不好喝了。」

「好，謝謝。」莉兒拿起咖啡，啜了一小口。

陳警官也喝了一口咖啡，說：「妳哥哥黃志麥，最近還好嗎？」

「哥哥？你問我哥？」莉兒感到訝異，「我跟他其實已經很久沒有聯繫了，我只知道他最近好像在一間酒吧當酒保，請問……為什麼問到我哥？」

「沒什麼，關心而已。」陳警官說：「為什麼很久沒有跟哥哥聯繫？難道跟哥哥的關係不好嗎？」

「嗯……很不好。」莉兒說：「但這部分一定得回答嗎？我不太想提到他。」

「好的，那沒有關係。」陳警官說：「那叔叔最近好嗎？」

「叔叔？你是說跟我媽媽再婚的許叔叔嗎？」莉兒又露出疑惑的表情。

「對，許安能先生。」陳警官說。

莉兒雙眉一皺，露出遲疑的眼神，但很快又恢復自然，說：「其實……我們一直不是很熟，當然母親再婚我是祝福的，可是我總覺得他還是外人，所以在母親死去後，我們就沒有聯絡了。」

「這樣啊。」陳警官露出感慨的樣子。說完他看向阿西。阿西這時拿出一份文件給陳警官。

陳警官把文件給莉兒，「妳看一下這份文件。」

莉兒接過文件，看了一眼後，瞪大了雙眼。

「對不起，我們擅自調閱了妳跟許安能的聊天紀錄，其實妳跟妳口中的許叔叔，關係應該很好，對嗎？」

莉兒這時咬著嘴唇，沉默著。

見莉兒不回答，陳警官用略微嚴肅的語氣，說：「黃莉兒小姐，請問妳跟許安能先生之間，是不是存有著愛戀關係？」

莉兒依然閉口不語。

陳警官又恢復溫和的語氣說：「因為妳還是學生，我們不忍對妳太過嚴厲，但跟警察對話時，沉默不是一個好表現哦，希望妳能明白這點。」

「是的……」莉兒彷彿低吟般說。

「你們之間的關係只有你們知道嗎？」

「對。」莉兒愧歉地說，「沒有其他人知道。」

「多久以前開始的？」

「可能一年多前……」

「好的，請妳不要擔心，對於感情的事，我們不會多做批判。」陳警官說：「但這裡我們得跟妳說一件事……請妳做好心理準備。」

莉兒畏怯地看著陳警官。

「妳的許叔叔目前已被我們鎖定為殺害妳母親的頭號兇手了，他指示妳母親的員工阮進文，撞死妳的母親，雖然他矢口否認，但我們目前已掌握足夠證據起訴他。」

莉兒聞言，沒有露出震驚的樣子，但淚水已在眼眶裡打轉。

陳警官說：「妳……是不是早就知道這件事了？」

莉兒這時開始啜泣，「對……我知道的。」

「妳什麼時候知道的？」

「在我母親死後，許叔叔便向我坦白，他說他做這一切都是為了我……」莉兒哭著說：「因為母親很疼哥哥，他一直為我打抱不平……其實父親死後，他的田地是留給我和哥哥的，母親卻擅自賣掉，後來雖創業成功，卻不斷給哥哥錢，我跟母親說不要再給哥哥錢，他是個無底洞，會拖垮我們，但母親卻執迷不悟，許叔叔很生氣，也認為再這樣下去，我們的財產會被哥哥敗光，然後……他說想跟我在一起，但我母親絕對不會成全我們，所以才……」說到這時，莉兒痛哭失聲，「對不起，我早知道真相，應該早點跟警方說的。」

「沒關係，我們能理解。」陳警官安慰道。

這時莉兒哭著問：「這樣……我是不是也有罪責？」

陳警官點頭：「可能會有一些責任，但妳還是學生，我想法官會酌情考量的。」

莉兒摀著臉哭了起來，肩膀不斷抖動著。

陳警官這時給了阿西一個眼神。「不要太自責，我想大家都能理解，妳也是身不由己。」陳警官說：「只是這個時候，我們也需要妳的幫忙。」

阿西這時拿出一張紙與捺印檯。

陳警官說：「我們需要妳的掌印，能不能配合我們在這張紙上蓋上妳的掌印？」

「可以是可以，」莉兒依然啜泣著，「可是能不能告訴我蓋掌印的目的是什麼呢？」

「當然可以，」陳警官說，但口氣轉為異常嚴肅，「有件事，我們必須跟妳說，其實妳母親在被撞的當下，並沒有死……」

「什麼？」莉兒非常意外。

「是的，法醫證實了她的真正死因，是被悶死的，很可能是被人徒手悶死的。」

「你說許叔叔他……」

「我們研判是如此，但他否認。」陳警官又說：「後來我們在妳母親乘坐的事故車的車門上，發現了一枚血掌印，而車禍發生當下，只有妳母親跟妳許叔叔在現場，阮進文可能也有下車查看，但經過比對，這掌印都不是他們的……所以我們覺得很疑惑。」說到這時，陳警官露出意味深長的表情，「黃莉兒小姐，請問妳母親發生意外當晚，妳人在哪裡？」

「這……你們是懷疑我嗎？」

「妳應該手機都不離身吧？」陳警官說：「很抱歉，我們也擅自調查了妳的手機定位系統，當天從下午開始，妳手機的定位都在妳母親出事地點附近……請問妳人在那裡做什麼？」

「我……」

「所以現在我們才需要妳的協助。」陳警官用一雙銳利的眼神看著她，「黃莉兒小姐，請妳在紙上蓋上掌印。」

莉兒收起了哭容，也注視著陳警官的雙眼，眼神透漏著極深的恨意。

8

某露營地

他們在一台外觀相當高級的白色露營車前面。

因是野外，光害較少，夜晚星星顯得很亮，且氣溫宜人。嘴巴叼著菸、穿著深藍色短褲與白色吊嘎的陳警官正烤著牛肋排，可可在炒菜，阿西跟芊芊在擺設餐具，不時發出嘻笑聲，像極了兩個在玩鬧的小孩。在準備沙拉的小梅見阿西如此喜歡小朋友，心裡想著：「是不是應該提早要孩子了？」

這天他們的時間總算對上了，難得四人加上芊芊一起來露營。但因四人都是露營新手，所以決定先租一台露營車體驗看看，當然也選擇了適合新手的露營地點，這是一個露營遊樂區，除了有公廁、公共浴室外，甚至還有營業到深夜十二點的咖啡廳。

事實上，這台要價四百多萬的露營車是阿西父親從美國訂製的，阿西當然跟陳警官與可可說自己這台車是租來的。露營車裡面應有盡有，就連電視、抽水馬桶也有，甚至還有特殊燈光效果，能搞個小派對，簡直就是一個完美的小套房。

四個大人喝酒聊天，好不愉快，只是芊芊一個人玩著玩具，似乎有點寂寞。可可說：「芊芊跟我們大人玩一定很無聊，若有個同伴的話多好！」這話是對著小梅說的，小梅也知道，微微低頭嬌羞地說：「可可姐，我知道啦。」

每每案子破了，陳警官便會卸下嚴肅的一面，話也會稍微多一點。陳警官雖不會做菜，但烤肉技術一流，牛肋排被他烤得幾乎完美，非常好吃。晚上他嚷著要跟阿西大喝慶祝，但才喝了一點，便醉得呼呼大睡。雖然覺得他睡得太早，但眾人看他睡得如此香甜，還是不忍把他叫醒。

這時可可又談到陳警官母親的事，小梅也已經透過阿西知道這件事。可可後續又跟陳警官的弟弟通過幾次電話，有時小梅也在場，過去大考英文滿級分的小梅跟他溝通無礙。經過了幾次的溝通之後，她們發現陳警官弟弟的叫「哈瑞」，今年三十三歲，小陳警官九歲。哈瑞的爸爸是商人，已過世五年，年輕時曾來台灣出差幾次，哈瑞推測就是他父親出差時，認識了陳警官的母親。哈瑞說，他母親從未跟他提及自己在台灣有過一段婚姻，事實上她從不曾提及在台灣的日子，哈瑞當然也沒有見過她台灣的任何家人。後來才輾轉知道，原來自己的母親好像是孤兒。而母親在三年前因中風，智力受了影響，且行動不便，心智狀況時好時壞，清醒時，常常提及在台灣的日子，哈瑞這才知道母親在台灣曾結婚，且有個大兒子。

阿西一面聽著，一面嚼著牛肋排，滿嘴唾液的巴哥犬在旁邊一直看著他，「原來是這樣。」

這時在可可懷裡的芊芊也昏昏欲睡，可可見她腿上有隻蚊子，用手上的扇子拍了一下，趕走了蚊子。

小梅也點頭，「哈瑞提到他母親也把自己小時候住的孤兒院院名告訴了他，我們去查證了，是真的。」

可可嘆氣說：「哈瑞也說他母親對他非常好，在得知母親的過往後，雖然很詫異，但也很高興自己還有個哥哥，他母親在清醒的時候，一直說自己對不起大兒子，所以要哈瑞幫忙找到他，自己要跟他道歉……」

「這樣啊，難不成，她是拋棄了陳警官嗎？」阿西喝了一口啤酒。

「就是不知道啊……我在猜會不會是他母親當初跟來台灣出差的哈瑞父親有了婚外情，所以才衍生這麼多事……但這麼想又覺得自己有點過分，你陳哥的母親應該不會是這種人才對，」說到這時，可可把扇子放下，用手抹了抹芊芊腿上剛才被蚊子叮過的地方，又繼續說：「哈瑞說，他母親清醒時，他曾問過母親跟當時的丈夫、兒子之間，到底發生了什麼事，但不管哈瑞問了多少次，他母親就是不願談這塊……」

可可又拿起了扇子，繼續替芊芊搧風，然後露出懇求的閃神，對阿西說：「所以阿西，能不能幫嫂子一個忙？」

小梅搶著說：「當然可以。」然後看著阿西說：「你沒有理由說『不』，對不對？」

「什麼忙？」在啃著肋骨的阿西問。

可可搧風的動作停了下來，用懇求的語氣，說：「你動用一點資源，幫嫂子查查你陳哥的父母過去到底發生了什麼事好嗎？」

這時他們聽見陳警官震天乍響的打鼾聲，這不是阿西與小梅第一次聽見，他們已見怪不怪，反倒是巴哥犬被嚇了一跳，跑向可可，躲在她腳邊瑟瑟發抖著。

禁忌的殺意

1

「你們是刑警？」翹著腳坐在社區大樓大廳吃剉冰的馬先生露出驚訝的表情，接著低聲說，「難不成那件事是真的？這個……」

馬先生的年紀看來約五十來歲，穿著一件白色上衣，下面是一件很短、類似救生員的紅色短褲，阿西覺得很少有男人會穿這樣的短褲，他幾乎可以看到馬先生的大腿內側。

「你是說什麼事？」陳警官說。

馬先生搖搖手，「沒什麼。請問來訪有什麼事呢？」

陳警官說：「有件事我們想麻煩你一下。」

馬先生把剉冰擱在桌上，雙手往褲管抹了抹，以一副很刻意的恭敬態度說：「好的好的，請說，能幫的我一定傾力協助。」

「針對你們住戶一個叫許婷婷的少女，不曉得你認不認識？」

「果然……」馬先生又低喃，接著又看著他們說：「婷婷呀，知道呀，怎麼了嗎？」

「我們想看一下她上次離開這裡的畫面。」

馬先生點頭，「幸好你們是現在問，不然我們以前是沒有監視系統的。我們這老社區大樓沒有管理員，監視器系統是十個月前大家出錢裝的，治安越來越糟了嘛。他們一個月給我八千，負責管理，反正我退休了，也閒閒沒事……」說完，他站起身，「監視器主機在裡面，你們跟我來。」

馬先生領著他們走進後面一個小房間。他把日光燈打開，裡面有整套的監視系統。他在螢幕前的椅子上坐了下來，「讓我來查一下。」

「謝謝你。」陳警官說。

馬先生開始快速瀏覽監視檔案，半晌，他皺著眉頭說：「奇怪了，昨天好像沒有看到她呢，你們再等等喔……」

片刻後，他說：「喏——總算查到了，這段就是婷婷上次離開這裡的影像，但那是在前天，時間的話，哇哇很早欸，是早上五點多……」說到這時，他按下暫停鍵。

阿西皺著眉看著螢幕，跟陳哥說：「看來她在講電話，而且一隻手不斷揮動，確實有點不安的樣子。」

「請繼續播放。」陳警官說。

「好的。」馬先生又按下了播放鍵。

畫面中的婷婷講完電話後便靠牆站著。不久後，畫面上出現一個戴著墨鏡的男人走進大廳，之後向婷婷揮手，婷婷便向他走去。

陳警官忽然說：「這邊請暫停。」馬先生靈敏地按下暫停鍵。陳警官看著阿西，「好像是他——對嗎？」

阿西點頭，「應該是。」又指著畫面的男人問馬先生，「請問你認識這個男人嗎？」

馬先生搖搖頭，「不認識欸。」

「好的，沒關係。」陳警官說：「這樣就可以了，謝謝你的幫忙。」

「小事不足掛齒，」馬先生抬眼看著陳警官說，接著又有點擔心地問：「這個……婷婷她不會是出了什麼事吧？其實我們已聽說可能是跟那個旅館殺人案有關啊？希望不是才好，她還那麼小，又很乖巧、貼心，很懂得照顧她姨婆欸，若是的話，就太遺憾了。」

陳警官不置可否，「很抱歉，目前我們無可奉告。」

2

小童與阿珊一直是《鬼滅之刃》的超級粉絲，電影上映第一天她們就約了婷婷一起去，但婷婷對《鬼滅之刃》沒什麼興趣，事實上她對動漫無感，覺得幼稚，但她們是自己與姨婆搬來新庄子後最好的朋友，當然是得陪她們去的。

電影結束大概四點多，她們家人都規定她們在天暗前一定要回家。她們是搭公車去市區的，從市區回新庄子通常要二十五分鐘，若塞車就要四十分鐘了。那天下午天氣很潮濕又悶熱，車上人又很多，上車時車上味道混濁，很不好聞，阿珊看見僅剩的兩個位置，開心地坐了下來，小童說自己站著就好，於是婷婷便坐在阿珊旁邊。

三個女孩嘰嘰喳喳地聊著電影的事，但片刻後婷婷便安靜地看著手機回訊息，臉上似乎有點不耐煩的樣子。

阿珊與小童湊了過去。阿珊問：「妳看Line的頻率好高呢，到底是在跟誰Line來Line去？幹嘛都不跟我們說呢？」

婷婷把手機蓋住，「討厭，別偷看，現在還不能讓妳們知道。」

小童露出很八卦的臉，「是有人追妳嗎？還是妳該不會是交男朋友了？」

婷婷還是露出神祕的微笑。

就在這時，公車停了下來，一個跛腳的身障男人上了車。婷婷想都沒想便把位置給了他，坐在靠窗位置的阿珊這時傳了Line給婷婷，「妳幹嘛離開啦，這人好臭，我又出不去。」

婷婷傳了一個哭臉給她。就在這時，又有人傳Line給婷婷，她看了一下，但她的臉上卻出現極為甜蜜的微笑，她快速在對話框中輸入文字：「對，寶貝，我們要回去了。」之後又傳了一張愛心圖。

小童這時嘻嘻笑著說：「齁，我剛才偷看到妳回傳的人的圖像了——奇怪，他怎麼跟我爸用一樣的老人愛用的圖當頭像，妳居然跟老人傳訊息喔？」

「沒有啦，妳不要亂猜。」婷婷笑著說。

她們下車後，阿珊還一直跟婷婷抱怨，「齁，那人真的好臭喔，妳剛剛幹嘛讓位，害我被他臭到都不敢呼吸。」

小童也捏著鼻子，一邊搧風，「真的很臭，我也有聞到。」

「妳們幹嘛這樣啦？」婷婷說：「那又不是他願意的。」

「好啦……不說就是了。」小童嘻嘻笑著說。

她們下車的地點是KS科技二廠站。那裡有一間賣雞排的店家，小童跟阿珊是忠實顧客，幾乎每個禮拜都會吃。這時兩人又嘴饞，於是各買了一塊雞排。老闆娘露出婉約笑容問婷婷為什麼不買，「真的很好吃哦，我有特製祕方，而且雞肉都舒肥過，很嫩喔。」其他兩人也說：「真的超好吃啦！」婷婷搖搖手，說怕長青春痘。老闆娘暗自覺得她的顧慮也是對的，便不再推銷。之後三人走路回家，阿珊與小童邊走邊吃，可能因為有點辣，兩人不時發出「嘶——」的聲音，但又對美味的雞排欲罷不能。這時大概五點半，但天空還沒有打算要暗的意思。

她們三人住的距離相隔不遠，大概只隔幾百公尺。小童的家先到了，她家是一間豪華又新穎的白色大房子，外面大院子還有遮棚，裡面種了很多花花草草。大院子裡停著一部黑色賓士，那是阿廣的車。阿廣是小童的父親，阿廣一見到她們便走了出來。他那向後梳的油頭，濃密又烏黑，身穿貼身粉紅色襯衫，下身著很潮的刷白牛仔褲，看來十分年輕、俊朗，有幾分像演員戴立忍。

「妳又買雞排？妳媽飯已經煮好了，等等妳會被她罵。」阿廣跟小童說。

「我肚子太餓了咩。」小童再咬了一口雞排，「我現在就在這裡吃完，爸你別跟媽說。」

「對嘛，」也正吃著雞排的阿珊說：「叔叔你都不知道這家雞排多好吃。」阿珊的父親跟阿廣是從小一起長大的好朋友，所以她跟阿廣說話就像跟自己爸爸說話一樣。

阿廣笑了一下，沒打算再責備小童吃雞排的事，接著問：「《鬼滅之刃》好看嗎？」

「超好看的。」阿珊說。

小童這時納悶地問：「欸，爸你怎麼知道我們看了《鬼滅之刃》？」

「剛妳媽說的。」阿廣說。

「是嗎？」小童還是納悶不已，她記得自己只跟媽說她去看電影，沒說看什麼呀。

阿廣這時把視線移向婷婷，但婷婷刻意閃躲他的眼神，抱起了雙臂，臉色也變得冷漠。

阿廣這時問婷婷，「妳怎麼沒買雞排？」

婷婷看著小童說：「我不喜歡。」

「這樣啊。」阿廣轉而笑著看向小童與阿珊，「妳們兩個，看看人家不吃雞排身材多好，妳們的肥肉都快要變三層了，要檢討了。」

阿珊拍了一下阿廣的手臂，「叔叔你討厭啦。」

就在這時，婷婷說：「時間不早了，那我先回家了。」

「我在這裡吃完雞排再走。」阿珊說。

小童、阿珊跟婷婷揮手：「掰掰，明天見。」

「掰掰。」阿廣也跟婷婷說。

但婷婷只跟小童和阿珊揮手道別。

「那就是我最後一次見到婷婷的情況了。」眼睛紅腫、手上拿著面紙的阿珊說。

「當天她都沒有任何異狀嗎？例如看來心情不好之類的。」陳警官問阿珊。

「沒有，很正常。」阿珊用面紙按著眼角說：「怎麼會發生這種事……我真的不敢相信。」

「婷婷最近有沒有跟妳說一些感情上的困擾？」阿珊的母親坐在阿珊身邊，面對陳警官的疑問，阿珊對這個問題感到訝異，阿西則注意到阿珊的母親露出不以為意的神情。

「感情上？沒有啊，我們還那麼小，唯一就是我剛說的，她有時會跟人傳 Line，但我不認為她是交男友，可能只是她其他的朋友吧。」阿珊眼淚又流了出來，「我真的不敢相信阿廣叔叔居然對她做這樣的事，他壞透了，真討厭……」

阿珊母親這時再也按耐不住，「這樣可以了嗎？她只是個孩子，而且她也不知道這件事的來龍去脈，你們問她大概也沒什麼意義的。」

陳警官點頭，「我知道，但我想再問一下，婷婷跟小童的父親阿廣，就妳的觀察，他們之間的互動是怎麼樣的？」

阿珊咬咬嘴唇，「其實阿廣叔叔人很好的，我之前都很喜歡跟他開玩笑，但婷婷跟他比較不熟，有時阿廣叔叔會跟她講話，但她都愛理不理的，但他們本來就認識不深，也沒什麼好奇怪的。」

阿珊母親說：「阿廣跟我先生是一起長大的，我們都很熟，真的沒想到他會做出這樣的事，還真是知人知面不知心。」

阿珊又傷心地哭了起來。阿珊母親摸摸女兒的背，用眼神示意他們今天應該到此為止。

「好的，那謝謝兩位了。」陳警官這時說：「今天我們就問到這裡。」

結束訪談之後，陳警官與阿西離開阿珊的家，然後跨越馬路，回到偵防車前，準備直接回分局。但他們臨時改變心意，決定先到隔壁的便利商店買咖啡，畢竟待會回分局，還得再開偵查會議，兩人得提提神才行。

他們走進便利商店，迎面而來的空氣都是茶葉蛋的味道，讓阿西覺得肚子有點餓，但茶葉蛋上面覆蓋了一層白布，看起來還沒煮好。陳警官也沒問阿西，直接跟店員點了兩杯大杯冰美式——儘管阿西很想喝拿鐵。就在這時，阿西口袋裡的電話震動了起來，他拿出手機，看了一眼，打來的人是可可。他跟陳警官說自己得去廁所一趟，然後走進廁所回撥給可可，但可能是不久前才有人在廁所裡面大號，裡面空氣難聞極了。

「所以妳們跟哈瑞見面了嗎？」捏著鼻子的阿西迫不及待地問

原來又經過幾次電話溝通後，哈瑞決定自己先來台灣一趟，所以在今天早上跟可可約定見面，可可拉上小梅一同赴約。原本阿西也要一起去，但案子在身，他臨時走不開，也擔心陳哥察覺。

「對。」電話的另一端說：「我們跟他見面了——你的聲音怎麼那麼奇怪？鼻音怎麼那麼重？」後面的問題是小梅問的，阿西心想她們大概是開擴音。

「我在廁所，裡面剛有人大便，不曉得那個人吃了什麼，超臭的，所以我捏著鼻子啦。」接著又用帶有很重的鼻音的聲音問：「所以他說的都是真的嗎？陳哥的媽媽，確實還活著？」

「對。」可可說：「他還給我看了相片，確實是我們客廳那張合照的女人年老的樣子，絕對不是詐騙，是你陳哥騙了我……」

阿西聽出她聲音的失落，「所以……」

「其實……哈瑞說他原本是先連絡你陳哥的，但你陳哥知道後怒不可遏，說哈瑞不是他的弟弟，那女人更不是他的母親，又說他們跟他一點關係也沒有，之後就拒接他的電話……」

「這樣啊。」

「然後，」可可又說：「哈瑞也補充了陳哥母親目前的狀況，他說她身體狀況不太適合坐飛機，希望陳哥能去美國與她見一次面，但陳哥連他的電話都不接，哈瑞希望他在台灣的這幾天，能不能安排讓他跟陳哥見一面。」

「妳怎麼說？」阿西問。

「我才不敢咧。」可可毫不猶疑地說：「你陳哥過去就曾說他父母很早就離開了，沒什麼好說的，每次講到這個，他就會板起臉孔，我怎敢擅自安排哈瑞跟他見面？你不要看你陳哥好像對我一向溫柔，其實他只要稍微嚴肅一點，我還是很怕的。」

阿西覺得自己可以理解，他對陳警官也是這種感覺。「那妳打算怎麼做？」

「這……我當然希望陳哥可以跟他母親見面啊，再怎麼樣，畢竟也還是母子呀。」可可難過地說，「只是他連這事都不告訴我，我又能怎麼勸他呢？而且我也不知道他們過去到底發生了什麼事……」

「說到這，你到底查的怎麼樣了？」阿西這時聽見小梅的聲音。

「我記得你陳哥的祖母還在世的時候，也從不提她，但有一次我曾聽到祖母說『那個女人實在很壞』……我於是問她，我的婆婆到底是什麼樣的人，她卻又閉口不語了。你也知道，你陳哥從來不是一個記恨的人，就連過去開槍打他的嫌犯，他都請求庭上從輕發落了，若陳哥對哈瑞的來電反應這麼激烈，想必他一定很怨恨母親，但，那到底是為什麼呢……」可可接著說。

阿西正想著該怎麼回應時，忽然有人敲了幾聲廁所的門。「阿西，你好了沒？我們該走了！」

3

青葉草飯店

阿凡的制服是白色的合身中山裝，他剛來這間飯店工作時六十五公斤，但這間飯店老闆很大方，櫃台人員下班前若遇吃飯時間，可以隨心所欲免費吃Buffet。他經常吃得不亦悅乎，櫃台人員的工作又不太需要消耗，才一年而已，體重一下子飆破八十，現在中山裝在他身上就如灌香腸似的。

「住得還舒適吧？」阿凡對眼前染著金髮、打扮像搖滾歌手的客人說：「這是您的發票。」這時他才注意到，他的金髮尾端已經露出黑色髮根。

金髮客人接過發票，撥了一下眼前的金色劉海說：「你們飯店是還不錯啦，但那件事……坦白說知道消息時我本想退，但來不及……雖然我是無鬼神論者，但昨晚還是睡得心驚膽跳。」

「真是不好意思，造成您的困擾。」阿凡深深一鞠躬。

「算了，也不是你們的錯。」金髮客人似乎也不打算繼續聊這個話題，只說：「不好意思，能不能幫我叫計程車？」

「當然可以啊，請問您要去哪裡？」阿凡問。

「機場。」

「桃機對嗎？」

「對。」

「好的。」阿凡說，然後低頭打電話叫計程車。當他抬起頭時，櫃檯前方已經站了三個人。

「車子等一下就到，請您稍等。」阿凡跟原本的金髮客人說。對方點頭後，便拉著上面貼滿機場標籤的銀色行李箱到旁邊的暗紅色沙發椅落坐，之後阿凡又看著另外兩位男人說：「兩位好，請問有什麼需要幫忙的嗎？」

「您好，我是警察，敝姓陳，」陳警官微微頷首說：「這位是阿西，我的搭檔。」

「你好呀。」阿西露出溫和的微笑說。

阿凡沒有露出訝異表情，但肩膀明顯垂了下來，讓阿西覺得他兩側的手彷彿都變長了。他小聲地說：「是……為了那件事吧？」他不想說出任何跟「殺人事件」有關的字眼，主要是排斥，也擔心被客人聽見影響商譽，雖然現場僅有的那位金髮客人早已知悉。

「是的。」陳警官心神意會地點點頭。阿西則從口袋拿出筆記本與筆。

「好的，那有什麼問題請直接問吧。」阿凡微微凸起下嘴唇說：「但我之前已跟你們的人說得差不多了，就是——那天早上因房客一直沒下來，電話也沒接，於是我請我們工務上去查看，就看到屍體了，之後我們便報警。大概就這樣，我能說的好像也不多……」

「請問那位工務今天在嗎？」

「在啊。」

「能否也請他過來？」

「好的。」阿凡說，拿起桌上的對講機，「阿友阿友，聽到請來櫃台，Over。」

對講機這時傳出一個男人聲音說「收到，來了來了，Over」。

「請你們稍等一下。」阿凡說。陳警官點點頭。這時剛才那位金髮客人從手機上抬起頭，問，「請問……我的車多久會到？」阿凡說：「不好意思，我們飯店位置不太好，有時車都會比較慢到，您再等一下，到了我通知您。」金髮客人聞言，也沒回應，僅把視線移回手機。

這時，吹著口哨的阿友踏著輕快的步伐走了過來。他個子雖矮小，但五官精緻好看，阿西覺得他看來可能才剛成年，且長得有點像日本影星瀧澤秀明年輕的樣子。

「你們好。」阿友笑著說，臉上的眉毛很搶戲，展得很開，像一個人高舉雙手的手掌。他上身穿著上面有飯店 Logo 的黑色T恤，下身穿海軍藍迷彩工作褲。

「他們是刑警……」阿凡看著阿友，語氣尷尬地說：「你應該猜得到他們要幹嘛吧？」

阿友聞言點點頭，並收起笑容，微微挺直了身子，「是要問……那天的事嗎？」

「對。」陳警官說。

「了解。」阿友說。

陳警官點頭，「能不能請你說一下你發現屍體的過程？」

阿友點點頭，「嗯，那天早上我在地下室忙嘛，然後阿凡用對講機跟我說七〇五的住客到約定的退房時間還沒出現，電話也沒接，請我上去看一下，於是我就上樓了。到了門口敲門但沒人回應，我便用對講機問跟阿凡再次確認七〇五的退房狀況，確認對方真的還沒退房後，我就大喊一聲『打擾了』，便開門進去——我們是有每間都可開門的萬用磁卡的——就看到側臥在床上的屍體了，好像是心臟被刺中，超多血的咧，整張床單都是血，我想地上一定也有，幸好我們地毯也是紅色，比較看不出來，要不然一定更恐怖！」

陳警官點點頭，「所以跟受害者同住的嫌疑犯，是幾點離開的？」

阿凡與阿友交換了眼神，彷彿在決定誰該來回答問題，後來是阿凡說：「之前也交代過，大概就是早上七點多吧。其實當時我有看到那個人，但很抱歉，當時還不知道那個人可能是兇手，居然就讓嫌疑犯大搖大擺地走出去了，可是那個人看來也真的一點都不慌張。」

「了解，」陳警官問，「嫌疑犯離開時，有跟你說話嗎？」阿西用原子筆的尾端搔了搔後腦勺。

「沒有。」阿凡說：「我當時猜想那個人只是去外面便利商店買菸而已，完全沒預期會是這樣。而且前一晚他們入住時，兩人互動非常親密，雖然覺得女生很年輕，我當時猜想可能十八九歲左右，但當下我以為他們只是一般情侶，現在這個時代，差距很大的年下戀也不必小題大作，對吧？女生很漂亮，身材又像模特兒般修長，還穿著一件紅色迷你裙呢，我當時也想，她也有可能是那個……我想你們知道我的意思。後來我才知道那個女生才十四歲，把我嚇了一大跳。可是她的穿著打扮，還有講話口氣根本不像個少女，遣詞用句也很成熟，天啊，完全像個大人……」

陳警官在聽完阿凡一大段的說明後，心中暗自猜想，阿凡應該是那種很愛說話，但說話不著邊際的人。果然他又繼續說：「大概就因為這樣，所以嫌疑犯離開時，我就沒多問了，真抱歉。而且我們飯店都先收錢，所以通常住客要做什麼，我們不太會問的，他們也不喜歡，畢竟我們是民主國家嘛，誰喜歡被干預呢？對不對？」

陳警官忍著性子點了點頭，又問：「對了，他們在入住時，有沒有提及隔天要去哪裡之類的話題？或者有沒有預定車子？」

阿凡偏著頭想了一下，「沒有啊，他們是開車來的，應該不用預定車子吧？他們進來就說要住宿，然後互動親密，也完全看不出來女生有被脅迫的感覺——當然這只是我個人感覺，我不是心理醫師，對不起，應該說精神科醫生，我在想也許她當時很害怕，只是無法表現出來也不一定。不曉得會不會有這個可能？說到這裡，我就有點自責，若我再警覺一點，也許這樁憾事就不會發生。可是——」阿凡說到這時，摸著額頭，露出自責的表情，但似乎話還沒要說完，當他正要繼續說時，陳警官看了阿西一眼，阿西趕緊拍拍阿凡肩膀，安慰：「你說的沒錯，她或許是被脅迫，才刻意佯裝輕鬆，但請務必不要自責，你一點過失都沒有。」

「真的嗎？可是我還是覺得——」阿凡還想繼續說，幸好這時剛剛替金髮客人叫的計程車到了，「不好意思，失陪一下。」阿凡對兩位刑警說，然後小跑步跑出櫃台，又對著正坐在沙發上看手機的金髮客人說，「您的計程車到了。」

金髮客人「喔」了一聲，然後起身。阿凡替他拉起行李，兩人便一同往門外走去。

阿友這時摸著頸脖，小心翼翼地問：「所以——現在還有我能協助的地方嗎？」

陳警官搖搖頭，「原本我們對監視器的部分有點疑問，但我們監視器小組已把主機帶回去，所以目前我們就暫待他們的結果。」

陳警官這時看著阿友的眼睛，陳警官的臉上雖然沒有任何表情，但天生炯炯有神的眼神令阿友頓時感到一股壓力，阿友刻意眨了幾次眼，說：「喔你說的『疑問』——是指針對案發當時，七樓走廊的監視器畫面無故消失的事嗎？」

陳警官點點頭。

阿友露出遺憾的表情說：「我們監視器系統有點老舊，偶爾就是會出現這種問題，之前也跟上面反應過，應該要全部更新，但就是沒有下文，關於這點，很抱歉。」

陳警官點頭，「沒有關係，我們理解。」

4

陳警官與阿西再次來到這棟老舊社區大樓的一樓大廳，又遇到了馬先生。穿著藍白拖與吊嘎的他嘴上叼著一根菸，坐在門前看著報紙。阿西注意到他腋下的毛很多。「你們又來了？」馬先生好奇地從報紙抬眼問。

「對。」陳警官只說了這麼一個字。

「這次來找誰？還是關於那個飯店殺人案嗎？」

「不好意思，無可奉告。」陳警官說。

「果然是刑警啊，真神祕。」馬先生說，語氣有點酸。

阿西這時搖搖手，「啊呦大哥你不要誤會啦，我們不是神祕，只是偵辦中的案子不能隨便說，擔心影響案情。」

馬先生聞言，沒有回應，只把眼神移回報紙。

這時電梯叮地一聲打開了，一個年紀看來約莫五十來歲的婦人從電梯裡走了出來。她雖已上了年紀，但保養得宜，阿西覺得她年輕時一定是個大美人，此外她身上用了很重的香水，讓阿西的鼻子都癢了起來，忍不住揉了幾下。

陳警官這時向她點頭，「請問是陳小姐嗎？」

陳小姐沒回應，但眉間擠出的皺褶，已說明了她的態度，僅說：「我們上去吧。」

三人在電梯裡一語未發，唯一的聲音是阿西被香水誘發的接連不止的噴嚏聲。抵達五樓後，電梯門打了開來，陳警官與阿西跟著陳小姐步出電梯。她同樣一聲不吭，接著似乎刻意拖著不耐煩的步伐走在灰暗的長廊上。不久後，他們跟著陳小姐來到家門前。

她把門打開，映入眼簾的是相當乾淨整潔的客廳，桃紅色的沙發與大理石桌看來都是簇新的，且應不便宜，牆上還掛了一張很有波斯風格的壁毯，阿西覺得小時候似乎在土耳其看過類似的壁毯。

她在裡面扶著門，帶著沒有情緒的聲音說：「進來啊。」

「不好意思打擾了。」陳警官說完，與阿西進入她家。

「你們電話上說，是要看婷婷的房間嘛？」陳小姐面無表情地說。

「對。」

陳小姐沒有回應，直接領著他們到婷婷房間前面，然後冷冷地說：「這間就是了，你們自己看吧，只不過我真的不知道看婷婷的房間，對你們會有什麼幫助。」說完便掉頭離開。

婷婷的房門前掛著一張淡藍色門簾，上面圖案是富士山與楓葉。打開門進去後，發現裡面同樣乾淨整潔，還有一種淡淡的香水味。不知為何，阿西覺得似乎有什麼地方不對勁，但一時之間也說不出奇怪的地方。

阿西用手輕輕碰了一下整齊平鋪於床上的棉被跟床單，說：「哇陳哥，這是整套的蠶絲被套組，而且等級很高。」

「這樣啊。」陳警官微微納悶，他不太懂蠶絲被，也不理解阿西為何懂，但他沒有多問。

阿西繼續巡視，片刻後才察覺出異於平常的地方——這房間沒有半點小女孩的元素，反而像個成熟女人的房間，例如她的書架上有幾本應該不是她年紀會讀的小說，化妝台上也有很多保養品，衣櫃旁的鞋櫃上擺了二十來雙鞋子，有些看來名貴，也不是她這個年紀應該穿的。更令他意外的是，旁邊還有幾個掛在衣架上的名牌包，阿西之所以認得，是因為他母親也有。

阿西抓著臉說：「這個婷婷未免也太早熟了吧。」陳警官也深有同感。

她的書桌上立有一個外型像復古畫框的相框，相框裡的照片看起來是她父母抱著襁褓中的她的親密合照。照片中婷婷的母親很美，不過並不年輕，可能四十左右，旁邊穿著黑西裝的父親同樣上了年紀，但儀表不凡，看得出年輕時應該很俊俏。其他偵查佐已調查過，她父母在中年才生下她，但在她一歲多時，她母親與她外祖父母三人死於一場慘絕人寰的車禍，她跟父親生活到八歲時，父親又死於癌症，之後便跟她僅剩的姨婆一起生活。

這時他們開始搜索，動作雖不算粗魯，但這樣在一個少女的房間裡翻箱倒櫃，阿西仍覺得有點彆扭，腦裡不明所以地浮現了「癡漢」兩個字。

就在這時，阿西找到了一本日記本，他直接打開，翻閱了一下。陳警官則翻閱著她的小學畢業紀念冊。

陳警官翻到婷婷的頁面，微微吃驚，她的大頭照看來完全不像國小畢業的女童，不但臉蛋成熟，髮型也像個大人，還有挑染，之後又翻了生活照，發現她幾乎沒出現在跟同學的合照裡，但最後一頁有她的一張個人生活照，穿著、打扮簡直像個大學生。陳警官想著，她當時大概也才十二歲，若自己四歲的女兒八年後變這般成熟，他覺得自己大概無法調適。

就在這時，阿西忽然說：「陳哥你看一下，」阿西把日記本拿到陳警官旁邊，「這好像是講感情的部分。」陳警官讀了一下，發現這個小少女確實已在談戀愛了。她日記內沒有寫出交往對象的名字，僅用英文代號表示，但可以看得出她愛得很深，此外，還有一些對愛情的宣言，比方說「愛其實很簡單，就是兩個人互相吸引，兩人若相愛，無論有什麼差異，都是偉大的愛」，又如「為了愛，我可以不顧一切，就如飛蛾撲火一般，毀滅自己也不足惜。」之類的語言。陳警官讀著讀著，又想到自己女兒，若再幾年，她也有了少女的煩惱，這該怎麼辦……。

看完日記後，他們走出少女房間。

外頭的陳小姐正坐在沙發上一臉不耐地抽著菸，雙腳交叉著。

陳警官把手上的婷婷的日記本立在胸前，「請問……這本婷婷的日記本，是否方便我們帶走？」

陳小姐刻意把眼神投往別處，不耐煩地說：「你們不是都有搜索票了，要拿什麼你們就拿啊，還裝什麼客氣。」

「謝謝哦。」阿西舉起手像道歉似的說。

「房間都看完了嗎？」陳小姐問。

「是的。」

「恕我不送你們了，請自己離開吧。」她直接下了逐客令。

陳警官說：「但不好意思，我有個問題想問。」

陳小姐聞言，還是一副不耐煩，口氣粗暴地說：「要問什麼你就快問，但我跟你們的人說過很多次，我什麼都不知道，她的父母很不負責地把孩子丟給我照顧，但我老了，即便自己都快自身難保，但我還是盡心盡力顧了她五、六年，她的生活我不是很懂，我這輩子沒結過婚也沒小孩，就這樣丟一個小孩給我，我怎麼會養？而且現在的小孩又奇怪得很，會發生這個問題我也很遺憾，但你們不要把這個過錯推到我身上。」

「這個……請妳先冷靜。」陳警官試圖安撫她。

「誰跟你說我不冷靜了？女人就一定情緒化嗎？你未免太沙文了吧！告訴你，我冷靜得很！」陳小姐深吸一口氣，「你到底還要問什麼？」

陳警官點點頭，「我是想問……婷婷現在是不是有在談戀愛？」

「又再問這個，我說過很多次了，我不知道啦，但這個到底跟那個叫羅城廣的人有什麼關係？你們不會又是要問她是否在跟他談戀愛，又要指控她自願跟他去旅館是不是？你們這麼說我不接受！」陳小姐這時已明顯惱怒，「其實她的事我也不想再管了！」她後面這句話的聲音變得極其尖銳。

陳警官依然平心定氣地說：「我能理解妳的憤怒，但現在我們必須釐清殺人動機，才能幫助我們盡快找到人──無論如何，我相信……妳還是希望我們盡快找到人吧？」

「那王八蛋都四十好幾，居然對小女生做這種事，真的無法原諒，他一定會下地獄的！」陳小姐說到這時，忽然卸下偽裝的憤怒，傷心地說：「她還這麼小，她才十四歲欸……你們一定要好好偵辦這起案子，這孩子很可憐的，從小沒了母親，父親又早早離世，但──你們知道她多懂事嗎？」說到這時，她把右腳褲管拉起，阿西嚇了一跳，原來她的右腳小腿是義肢，「我的生活起居，都是她在照顧的，沒有了她，我該怎麼辦啊……」

陳警官見狀，安慰道，「我們會努──」他話都還沒說完，陳小姐便大聲嚎哭：「她原本可有大好人生，都是被他毀掉的……那個狼心狗肺的男人……」

5

阿蜜是阿廣的妻子，今年三十七歲，自事情發生後，她幾乎沒睡沒吃，丈夫的事讓她大受打擊，小童也一樣，這幾天都是以淚洗面。阿蜜的父母還特地從南部趕上來陪伴阿蜜，除了探望她之外，也幫她照顧孩子，小童妹妹今年才三歲。

站在他們家門口的陳警官這時說：「不好意思打擾了。」阿西也欠身示意。

開門的人是阿蜜的母親，雖已有年紀，但仍十分有女人的魅力，「不會，你們只是做你們該做的事而已。」說完，她把門完全打開，「請進，她在裡面。」

陳警官與阿西走了進去。

他們一群人都在裝潢華美的客廳裡，很有北歐風格的平釘式天花板下面懸吊著一盞漸層藍色玻璃燈，非常漂亮。小童與神情憔悴的母親一起坐著，小童妹妹則坐在外公腳上。不曉得發生何事的她，正搖著手上的花鹿手搖鈴玩具，發出叮叮的聲音。

「兩位刑警要喝點什麼嗎？」小童的外婆打起精神問。

陳警官這時搖搖手，「不必麻煩招呼了。」

半晌，客廳只剩陳警官、阿西與阿蜜。其他人在陳警官的要求下，離開了客廳。

阿蜜這時說：「我丈夫阿廣……真的是一個很好的人，我真的不知道他為什麼做這種事……」阿西這時才發現阿蜜是個大眼高鼻的美人，且美貌明顯是傳自於母親。

「這我知道。」陳警官說。

「你們要問什麼就問吧，」阿蜜自暴自棄地說：「我丈夫做了那樣的事，事到如今，我已沒什麼好隱瞞了。」

「謝謝妳的理解，那麼我就直截了當地發問了。」陳警官點頭，「第一個問題，我們想請教一下，請問您先生，是否對未成年少女有特殊的喜好？」

阿蜜搖搖頭。「我跟他結婚十六年，在結婚之前又交往三年，總共十九年的時間，我覺得他是一個很正常的男人……」

「任何一點奇怪的跡象都沒有嗎？例如有沒有見過他一些奇怪的網路搜尋紀錄之類的？」

阿蜜還是搖頭，「其實，在我生下第二個孩子之後就一直為了孩子的事情忙碌，所以我們之間有點疏離，但感情上還是很好。」

「好的，針對這個問題，謝謝妳的確認，」陳警官點頭，「那第二個問題，我們還是想知道，阿廣跟婷婷之間到底是什麼關係？」

「這個我之前都說了，」她無力地搖頭，「我不知道，我真的不知道，我怎麼會知道他一個大男人竟跟一個才十四歲的少女扯上關係，老天，她跟他女兒一樣大啊！你們不是說她是被強迫的嗎？也許你們是對的，也許他本來就喜歡小女生，也許他就是病態的……我什麼都不知道，我只知道他根本不是我認識的那個人了，事實上我現在也不清楚我到底嫁給了誰……」阿蜜說到這時，不由得哭了起來。

「他是不是強迫她，這點我們還在查。」

「就算不是又怎樣？他還是一個跟小女生去飯店開房間的變態啊？這誰能接受？」

她的回答讓陳警官難以立刻回應，他覺得她說得沒錯。思索片刻後，才又問：「妳真的完全不清楚阿廣跟她之間的關係嗎？」

阿蜜還是搖搖頭，「雖然她跟我女兒是好朋友，但她才搬來這裡不到一年，我跟她其實不熟，我只覺得她是個很早熟的女孩，可能成長過程備嘗艱苦，所以比我女兒跟阿珊都還要懂事，其實是懂事得多，甚至可說是世故……這樣一個早熟又漂亮的女孩，若她跟阿廣之間真有點什麼，或許也不是非常難以理解吧。」說完，她抬起泛紅的一雙眼，看著陳警官，無力地說：「不過悲劇已發生了，問這些到底又有何意義？」

「我們理解妳的想法，只是我們還是想釐清他們之間的關係，也許能夠幫助我們早點找到人。」陳警官說到這時，又說：「我再問一下，能不能告訴我們，妳跟妳先生過去最常約會的地點是哪裡？」

阿蜜搖搖頭，不解地問：「請問你問這個幹嘛？」

陳警官說：「通常情侶之中若發生兇殺，根據我們的經驗來看，常會有一種情況是，兇手會躲在他們最常約會的地方，所以能不能告訴我，妳跟妳丈夫過去最常約會的地點？」

「你這麼問是假定我先生跟她真的是在談戀愛，然後他帶她去我們的定情地嗎？我的老天……」

「我們不能排除這個可能性，而且人對於浪漫場所的定義及感覺很可能會重複，儘管對象可能不同。無論如何，我相信妳也希望我們早日找到人吧？」

阿蜜閉上眼睛，用手掌按著眉心，陷入了思考，片刻後才搖搖頭，痛苦地說：「用刀子直接刺入心臟，根本是完全不打算給對方活命的機會，這實在太可惡，我無法原諒……」她用力地咬了咬下嘴唇，又說：「若你們問我的話，雖然這麼說有點過分，但我認為那個人若還有一點良知的話，應早點去死一死。最好、最好，是已經死了……」說完，她痛哭了起來。

陳警官與阿西走出阿蜜家大門，向阿蜜母親敬禮道別後，兩人站在圍牆外抽菸。才抽沒幾口，陳警官的手機傳出震動的聲音。

在陳警官講電話時，阿西看著彤雲密布的天空，胡思亂想了起來……原來，就連結褵十幾年，不，甚至一輩子，對方對自己仍可能有隱瞞的地方，而且還是非同小可的事，就像阿廣對阿蜜，也像陳警官對可可……那自己跟小梅呢？他知道自己對小梅毫無隱瞞，但想到這裡，他不知不覺地抓起臉，雖然他覺得自己很懂小梅，又不禁懷疑，「那小梅會不會也有什麼沒有讓他知道的事情？」

陳警官這時已講完電話，跟阿西說：「檢察官已同意科技偵查隊的監聽申請了。」

「啊呦，那太好了。」

就在這時，一陣急驟的腳步聲從裡面傳了出來。

原來是小童。紅著一雙眼的她說：「我有話要跟你們說。」

6

一個穿著白色薄長袖與紅色救生短褲的中年男人駕著一台深藍色皮卡車，行駛在山路上，眼前路段相當窄，且路肩土石鬆動，稍有不慎，有墜落河川的可能性。副駕駛座上有三瓶被他喝掉的蠻牛空罐，他一路上繃緊精神，小心翼翼地行駛著，可能就是因為太聚精會神於注意路況，才沒有發現有人一路跟著他。他開了近兩個半小時，才好不容易抵達目的地。

那是一間看來已無人踏足的古舊三合院，附近也無鄰居，前面還有條深度及膝的小溪，過去是有條小橋的，但已年久失修，所以現在要去三合院，還得先涉水。

男人在小溪旁將皮卡車停妥後，又從後斗中拿下好幾包從賣場買的東西，然後涉水走向對面的小三合院。這時，頂上的天空是黑紫色的，雨意很濃，似乎要下雨了。他只穿著藍白拖，差點因滑溜溜的鵝卵石滑倒。

他來到三合院前，往裡面喊了一聲。一隻咖啡色土狗看了他一眼，叫了幾聲，一個女人隨即從裡面走出來，還罵了一聲「笨狗閉嘴。」

他把東西交給女人，「這些應該夠吧？」

「應該夠了。」女人露出深懷謝意的眼光說：「一直麻煩你，真不好意思。」

他溫柔地摸著她的臉頰說：「妳這麼客氣我會傷心，妳的事就是我的事啊，而且她也如同我孫女一樣。」

女人輕輕地抱了一下男人。

當他們結束擁抱時，女人忽然面露詫異地看著男人，視線卻落在男人身後。他納悶地問，「怎麼了？」隨著女人的眼光轉身，他便看見兩位戴著墨鏡的男人。

陳警官這時說：「兩位好，你是馬先生沒錯吧？至於陳小姐，我們又見面了，那個人，現在在房子裡面吧？」

馬先生跟陳小姐瞠目結舌地看著他們。

「很意外嗎？」陳警官笑著對他們說。

阿西搖搖手，咧嘴笑著說：「啊呦，其實不是什麼大不了的事啦！」這時他把視線移往陳小姐說：「檢察官同意我們這幾天監聽妳，但妳很聰明，手機這陣子都關機放在家裡沒使用，但我們知道妳跟馬先生的關係匪淺，於是改監聽馬先生的手機，然後我們便跟著手機定位來到這裡，就是那麼簡單而已。」

陳警官面露微笑看著陳小姐說：「這裡太偏僻，再加上妳身體不太方便，躲了那麼多天，辛苦了，」說到這時，飄起了毛毛雨，他抬眼看了一眼烏雲滿布的天空，「而且恐怕要下大雨了，待在這裡會不會有危險啊？我想你們還是奉勸那個人跟我們回警局吧？」

偵訊室

「請問我姨婆跟馬伯伯會有事嗎？」紅著一雙眼的婷婷問，「他們只是幫我而已，他們是無辜的。」

婷婷的膚色極白，煥發出珍珠般的光澤，脂粉未施的五官，美得幾乎可以譜出一首交響詩。不過完全不像十四歲，阿西覺得她看來像剛成年或接近成年的年紀。

陳警官這時搖搖頭，以柔和的語氣說：「他們已被飭回，也就是他們已先回去了，但他們是所謂的『幫助犯』，在法律上還是有罪的——妳不該請他們幫妳這麼做的。」這還是阿西第一次在偵訊室看到如此溫柔的陳警官，但這也是必要的，畢竟對方未成年。

「怎麼辦？」婷婷留下了淚水，「他們已經那麼老了，而且我姨婆的身體又不方便，不能坐牢啊。」

陳警官這時沒有回應，只靜靜地看著她，但表情裡有思考的痕跡。片刻後才說：「這妳不必太擔心，應不至於會到坐牢的程度。」

婷婷用手抹去臉上淚水，微微點了頭，又抽噎了幾聲。

「那現在我們要問妳一些問題，可以嗎？」陳警官還是溫和地說。

婷婷又微微點頭。

阿西點了點平板，然後把平板移到她面前。

陳警官說：「這是那天早上妳離開飯店的畫面，請問——妳為什麼會出現在飯店？」

婷婷慘然地咬著下嘴唇，「你們應該都知道了，不是嗎？」

陳警官點頭，「那請妳告訴我，妳為什麼要殺他？」

婷婷低著頭沉默。

陳警官又說：「婷婷，妳才十四歲，我們也不忍對妳太嚴厲，但妳必須告訴我們，那天到底發生了什麼事。」

婷婷點頭，「是他……阿廣叔叔，脅迫我跟他去飯店，然後逼我跟他做那件事，我不願，才……」說完，她又流下了淚水。

「妳跟阿廣叔叔是什麼關係？」

婷婷再次抹去臉上的眼淚，「我們什麼關係也沒有，」隨即又落下淚來，「他是我朋友小童的父親，我們偶爾會遇到，如此而已。有時我覺得他的眼神很怪，所以我會躲著他，但沒想到那天早上，我在路邊走著，他開著車來到我旁邊，然後要我上車，說小童要他來找我。我原本覺得奇怪，但他一直堅持，我才上了車。」

「之後呢？」

「之後他就在車上說他喜歡我很久了，我很害怕，我說我要下車。可是他力氣很大，抓著我的手……我根本反抗不了，只好一路跟著他到飯店。」

「當時在飯店，不是有櫃台人員嗎？為什麼不趁機跟他反應呢？」

「我沒有辦法，是他要我跟他假裝親密，他說我若不配合，就要對我姨婆不利。他是一個大流氓，我們這裡大家都知道的，所以我才、我才……然後進到房間，他要做那件事，我大叫叫他不要碰我，說我是小童的同學，跟小童一樣大，就像他女兒一樣，他不能這麼做，但他幾乎已失去理智……」

陳警官聞言，忽然沉默下來。阿西則抓著臉，一副困惑的樣子。

片刻後，陳警官才說：「妳說的這些都是真的嗎？」陳警官重重地嘆了口氣，「還是這是有人教妳，或者是妳自己想出來的內容？」

婷婷抬起眼，好像不理解陳警官的問題。

陳警官又給了阿西一個眼神，阿西隨即從文件袋裡拿出幾張文件，把其中一張挪到她面前。

「這是我們在你們社區大樓一樓的監視器調出來的，當天早上的影像截圖，」陳警官說：「當天一大清早，是他來接妳的，不是嗎？」

陳警官說完，阿西又把另一張文件挪到她的面前。陳警官又說：「這是妳阿廣叔叔手機裡面的訊息截圖，你們顯然通訊已久，請問你們彼此為何以『寶貝』相稱？」

婷婷這時非常訝異，「你們為什麼……」

「為什麼……全都知道，對吧？」陳警官把手肘放在桌上，下巴靠在交疊的手上說：「婷婷我跟妳說，我們警局裡有很多專業的人才和資源，所以妳很難騙得過我們，所以等一下不要再撒謊，好嗎？」

婷婷點點頭。

「所以……你們在交往對吧？」陳警官說。

婷婷低頭不語。

「婷婷，請妳告訴我們實話。」

「沒有……我沒有跟他交往。」婷婷搖頭。

「那你們之間為何以『寶貝』相稱呢？」陳警官說：「還是……你們之間是不是存有交易？」

婷婷一臉不理解的樣子。

陳警官這時看著她的雙眼說：「妳知道小童一直知道她爸爸有外遇嗎？她知道自己的爸爸外遇，且一直拿錢給外遇對象，她對此很在意，只是她不知道自己爸爸的外遇對象是妳，直到這件事發生以後……」陳警官說到這時停了下來，注視著她的雙眼。

半晌，他才問：「所以，對於小童的說法，妳有什麼話要說嗎？」

婷婷又沉默以對。

陳警官再給了阿西一個眼神，阿西點頭，從文件袋裡拿出幾張照片，一張一張地輕輕放在婷婷前面，那是她房間裡面的名牌鞋子跟包包的照片。

「我們都已經確認過，這些鞋子、包包都是真貨，且價格非常昂貴，」陳警官說：「這不是妳姨婆買給妳的吧？是阿廣叔叔買給妳的對不對？他是不是給妳錢要妳陪他？」

婷婷仍然沉默，眼淚又流了出來，似乎不願面對這個問題。

等了半晌，陳警官才說：「好吧，那告訴我們，妳是怎麼殺他的？」

「用刀子……」

陳警官這時向阿西使了個眼色，阿西點頭，打開旁邊一個小盒子，拿出裝在透明密封證物袋的刀子，放在桌上，上面還明顯留有血跡。

「就是這把刀嗎？」

婷婷將眼神移到刀子上，又立刻移開，然後點點頭。

「妳刺了他幾刀？」

「這我、我不記得了。」

「那妳刺了他哪裡？」

「我……」

「這把刀子是怎麼來的？」

婷婷這時忽然支吾起來，「我在外面……買的。」

「是嗎？」

婷婷這時點頭。

「在哪一間店買的？多少錢？妳什麼時候買的？」

阿西看見婷婷嘴巴在動，但幾乎沒有發出聲音。

陳警官這時用手捏了幾次手指關節，發出喀喀的聲音，模樣有點讓人害怕，阿西覺得他是故意的，但後來陳警官還是以溫和的語氣說：「這把刀是很特別的軍事戰術刀，非常尖銳，也不容易買到，通常是軍事迷買來收藏的。」說完他停頓了一下，偵訊室裡一陣靜默，極其安靜，就連呼吸聲也沒有，陳警官一直觀察著她。

過了許久，他才開口，「婷婷，請妳把頭抬起來——」婷婷微微把頭抬起，陳警官這時注視著她的眼睛，問：「妳——是為了誰說謊？」

「我沒有、我沒有，我說的都是實話……」

陳警官又再看向了阿西，阿西從文件袋裡面拿出一張照片，挪到她面前。

陳警官這時嚴肅地問：「這個人是誰？」

婷婷看了一眼，情緒激動地說：「這個、這個……跟他一點關係都沒有，你們不要把他扯進來……」

7

青葉草飯店

抱著雙臂的阿凡站在飯店大廳張望著窗外。

這陣子飯店因殺人案，生意淡了很多，接下來就是連假了，可是飯店預約情況很差，連三成都不到，往年飯店在連假的兩個月前就會被訂滿，殺人事件的影響果然不小。阿凡雖有時抱怨工作太忙，不過很愛跟客人聊天的他，對於冷清的飯店很不習慣，尤其現在簡直完全沒事做，讓他閒得幾乎發慌。這時飯店的大門突然打開，阿凡正期待是有客人來了，但正眼一瞧，他卻露出失望眼神。

當然，走進飯店大廳的人正是陳警官與阿西。阿凡注意到他們刻意把槍套別在腰上，他印象上次他們是沒有帶槍的。他看著他們說：「你們是上次來訪的刑警吧？」

「你的記性真好。」陳警官點點頭，「不好意思，又來叨擾你工作。」

「沒差了，反正根本也沒客人呀，那件事恐怕會影響好一陣子，」阿凡自暴自棄地說，然後露出一副想要聊天的表情，「我跟你們說，若是往年這個時候，我們都超忙的，很多商務客，也有很多日本、韓國來的觀光客，可是我個人比較喜歡商務客，因為他們來出差的，通常很好處理，不會抱怨，也不會有奇怪的要求，可是就因那個事件——」阿凡說到這時，陳警官忽然向他比出手掌，「不好意思，我們今天不是來閒聊的，能否先停止？」

阿凡覺得委屈，他覺得自己也不是要閒聊，只是想要說話而已，他覺得陳警官很沒禮貌。阿西則覺得可惜，他還滿想知道他們飯店往年這個時候有多忙。

阿凡露出無奈的眼神，「那……今天來訪，請問還有什麼事嗎？」

「我們來找一個人。」

「找人？找誰呢？」

「上次跟我們聊過的那位工務。」

「你說阿友啊？」

「對，」陳警官說：「我們剛才去他的住處問過了，沒有人在，他的鄰居說，他應該在上班，請問他現在在嗎？」

阿凡露出狐疑表情，「在啊，我剛剛才跟他講過話呢。」他正打算伸手拿起對講機時，阿友正好正往飯店大廳走來。他看到刑警以及他們腰際上的槍時，眼神閃爍了一下——無論他有什麼念頭，那念頭也已一瞬而逝。

「阿友你來一下，刑警又要找你了。」

「喔，來了。」阿友輕鬆地回覆，但語調聽得出刻意。來到陳警官他們面前時，他問，「請問……還需要問什麼呢？」

陳警官這時看著阿友的雙眼說：「不好意思，因為這次可能會花比較多時間，所以必須勞駕你跟我們回警局一趟，到警局一面喝茶一面慢慢談吧。」

JB分局小會議室

「不好意思，突然把你找來警局。」

「沒關係。」阿友眨了幾次眼睛，「只是，我還能幫你們什麼呢？該說的部分我已經都說了。」

「不好意思，」陳警官說：「因為我們還有一些別的問題想要請教你。」

「好的。那請說吧。」

陳警官問：「請問你現在有沒有女朋友？」

阿友對於這個問題有點意外，「女朋友？目前沒有，請問為什麼問這個呢？」

「真的沒有嗎？」陳警官說。

阿友吞了一口口水，「真的沒有啊。」

陳警官這時給阿西一個眼神。阿西從文件袋裡拿出兩份文件，並把其中一份給了陳警官。

陳警官先把其中一份挪到他面前，「這是一個叫許婷婷的女孩的通聯紀錄，這一陣子最常打電話給她的人就是你，請問你跟她是什麼關係？」

阿友看了一眼，立刻脫口：「喔她喔，她是我乾妹啦。」他的態度十分自然。

「她就是在你們飯店殺了人的兇手。」

阿友瞪大了眼睛，「真的嗎？」

陳警官忽然與阿西相視而笑。

「真的啊，難道你不知道嗎？」陳警官笑著問。

「我不知道，我怎麼可能會知道……」

陳警官收起了笑臉，「好吧，我們暫且相信你。那再說回到乾妹的事，你說她是你的乾妹，請問你所謂的『乾妹』怎麼定義？」

阿友用食指摳著太陽穴，露出思考的表情，說：「就比一般朋友好一點吧。」

陳警官眼神忽然嚴峻起來，「是這樣嗎？你知道我們不喜歡有人在警局裡說謊的。」

阿友點頭，「真的，她就是我乾妹，如此而已。」

阿西再把另一份文件挪到阿友面前，「那——這個你怎麼解釋？」那是一份 Line 的對話紀錄，上面是他與婷婷的對話，他們彼此互稱「婆與公」。

「這個……」阿友看了文件後，立刻改口：「我們確實有曖昧啦，就是純曖昧而已，她太小了。」

陳警官這時說：「你今年其實已滿三十三歲了，對不對？」

阿友露出像做壞事被抓包的表情，說：「對……」

「真厲害欸，你看起來像十八歲，」阿西忍不住說：「她知道你三十三歲嗎？」

「這……」阿友似乎不想回答。

陳警官這時說：「好吧，這個部分我們也暫且不談……」他伸手用食指敲敲剛才那份通聯記錄，「你再仔細看一下，請問她為何在與被她殺的羅城廣在你們飯店房間裡休息時，打電話給你？那時可是半夜三點。」

「這個……」

「你對於她跟羅城廣在飯店裡的事，其實是知情的吧？」陳警官又說：「她當時應該跟你通報了什麼吧？」

阿友這時開始露出緊張的樣子，「我們只是聊天而已。」

「聊天？你是說她半夜三點，跟別的男人在一起時，打電話跟你聊天？而且通話時間只有二十秒，請問二十秒能聊什麼？」

「……我忘記了。」

陳警官聞言，給了阿西一個眼神，阿西隨即從證物盒裡，拿出裝在證物袋裡的兇刀，放在阿友前面。

「看你老穿迷彩褲，應該是軍事迷吧？」陳警官問，「這把軍事戰術刀你應該認得吧？」

阿友看了一眼，沉默地點點頭。

「這把是殺了羅城廣先生的兇刀，你在半年前曾經在網路上買過同款，」陳警官說：「對於這點，你有什麼要解釋的？」

阿友不加思索地說：「這是我失竊的刀。」

「失竊？」

「是的。」阿友點頭，「所以我也不知道為何它會變成兇刀。」

陳警官沉吟半晌，然後點頭，「好，沒關係。那你那天凌晨三點時，是不是曾經進入他們的房間？」

阿友露出訝異的表情，雙手手肘用力壓著椅子把手，說：「進入他們房間？你們問這個……是什麼意思？」

「你應該知道我們的意思啊。」

「我沒有……」

「真的沒有嗎？」

「沒有！」阿友斬釘截鐵地回答。

陳警官露出微笑，「你這麼有把握，是因為知道我們沒有證據吧──那夜凌晨你們飯店七樓走廊的監視器畫面消失，並不是因為監視器壞掉，而是被你刪掉了，對不對？」

阿友面露慌張，「我不知道你在說什麼。」

「你也太小看我們了。」陳警官笑了起來，阿西也嘻嘻笑著。

「這是我的假設，你聽聽。」陳警官這時說：「首先，我們在阿廣的網路搜尋紀錄裡，查到他喜歡瀏覽一個關於未成年少女約會的網站，然後有個跟約會網站有關係的人，介紹了一個少女給他，少女跟阿廣之間便有著長達兩年的交易，也就是從少女十二歲起便跟那個男人開始交易。你猜怎麼著？那個男人最近被殺了。後來我們找到了少女，她向我們全盤托出，她說那個男人嫌棄她年紀太大了，對她沒了興趣，而在那一次交易後，他想終止兩人之間的關係，於是少女打電話跟介紹人通報，但介紹人實在不希望這麼好的交易就這樣終止，所以介紹人便拿刀恐嚇男人，要男人給他們五百萬，否則要把男人的醜事告訴他的老婆。但就在介紹人恐嚇男人時，未料那男人竟想奪刀，介紹人在一陣慌亂之中，把男人給殺了……」

陳警官說到這時，看向阿西並笑著說道：「你覺得我這個假設好不好？」

阿西回以陳警官一個大力地點頭，「而且聽說那個介紹人超爛，明明已三十三歲，卻欺騙少女自己僅十九歲，還哄騙少女說很愛她，他們能有美好的未來什麼的，然後誘騙她去跟四十歲的男人發生關係，簡直是畜生，而且這還不是個案，他已經為那個網站牽線很多次了。更可惡的是，他這次殺了人，還把刀子上的指紋抹淨，然後要少女在刀上留下指紋，跟少女說，『如果事跡敗露，妳未成年會沒事的，我也一定會保護妳』，後來卻把凶器刻意遺留在飯店附近，讓我們輕易找到，之後又故意只把自己在七樓露面的監視器畫面給刪除，卻刻意留下少女離開飯店的畫面，他這麼做，是想嫁禍給少女，真是爛透了，卑鄙透頂！」

阿友聽完兩位刑警的對話，臉色瞬間刷白。

陳警官忽然轉頭看著阿友，刻意露出帶有邪意的笑容，「你這麼驚訝看著我們幹嘛？你有話要說嗎？」

阿友怔住了，幾乎說不出話。

「你沒有的話，我們有！」陳警官收起了笑容，從阿西手上拿來文件袋，抽出一份文件，然後挪到阿友面前。

「監視器畫面已被我們還原了，請你看看這張監視器畫面的截圖。」陳警官這時眼神銳利地看著他，「所以——許敬友先生，那夜半夜三點，也就是羅城廣先生死亡的前後，你能不能告訴我們，你去他們房間幹什麼呢？」

阿友並未低頭看截圖，只見他表情漸漸扭曲起來，後來以顫抖的聲音問，「你們剛剛說的一切，難道都是婷婷跟你們說的嗎？」

「這部分你不必關心，」陳警官看著他說：「你只要告訴我們，你當時去那個房間做了什麼——許敬友先生，是不是你殺了羅城廣先生？」

阿友雙肩忽然垂了下來，表情像是正失速墜入了黑暗的深淵。他放棄一切似的重重吐了一口氣，然後點了點頭。

8

陳警官敲了門，但沒有人回應。

阿西這時說：「請問馬先生、陳小姐你們在裡面嗎？」

裡面依然悄然無聲。

陳警官又敲了門，並大聲說：「馬先生、陳小姐若你們在裡面的話，請開門，否則我們的人要破門而入了。」

「需要我們破門了嗎？」陳警官身後一個拿著大槌子的消防隊員說。

「先不用。」陳警官說完，看了阿西一眼。阿西這時大喊，「馬先生、陳小姐，再給你們十秒鐘，若再不回應，我們就破門了，十、九、八——」

就在這時，門被打開了。打著赤膊的馬先生與陳小姐兩人都一身汗，小房間裡面一片狼藉，電腦主機等設備已全被砸爛。

馬先生說：「你們又來幹什麼？為什麼這麼擾民？」陳小姐也說：「婷婷不是已經被你們抓走了，你們還想要怎樣？」

陳警官微微欠身，「是啊，真是不好意思，又打擾你們了。但想必你們已知道我們的目的了吧？竟然把電腦都砸爛了。」

馬先生不服氣地說：「不行嗎？我們把自己的電腦砸爛也不行嗎？哪條法律規定不行的？」

「所以這些都是你們的電腦？」

「當然。」馬先生氣憤地說。

陳警官這時對身邊的員警們點頭。

一名員警立刻上前，對他們說：「馬志浩先生，陳阿園小姐，請你們轉身，我們將替你們上銬，你們因經營未成年色情援交網站，我們依法將你們逮捕，你們可以保持沉默或書面為自己陳述，你們可以選擇律師，如果你們是低收入戶、原住民或其他依法令人權保護者，你們可以請家人朋友列證據……」

「你們到底在幹什麼？為什麼要抓我們？」馬先生憤怒不已。

陳警官笑了一下，「我們早已掌握足夠的證據證明該網站的ＩＰ與你們的電腦有關，就算你們砸爛也沒用，你們就去跟檢察官好好解釋吧。」

就在員警把上了手銬的他們送上警車之際，陳警官忽然說：「請等一下。」員警們停下腳步，陳警官走上前，看著陳阿園的眼睛，問：「針對婷婷與阿廣的事，妳是不是早已知情？」

「是又怎麼樣？」陳阿園說。

「她也算是妳的孫女，妳怎麼狠得下心？」

「我聽不懂你在說什麼，」陳阿園露出笑容，「我不知道那丫頭是怎麼跟你們說的，雖然她確實貼心、懂事，但個性一直都很古怪，她媽死得早，從小只跟她爸生活，大概是有所謂『戀父情結』吧。但她跟阿廣交往的事，跟我們網站一點關係也沒有，而且我們網站的女孩，其實都只是看起來年輕，事實上都已成年——她們只是刻意打扮年輕，去滿足那些喜歡未成年少女的變態而已。」

「難道不是妳要阿友幫她和阿廣牽線的嗎？」

陳阿園一臉納悶，「阿友？你是說在飯店工作的那個小男生嗎？我不算認識他，只知道他無可救藥地愛著我們的婷婷，但婷婷對他沒有意思，這件事跟他又有什麼關係呢？算了，我也不想知道。總之阿廣原本是我的客人，婷婷那丫頭是自己去認識他的——算起來她還是搶走我的客人呢。他們之間會發生那樣的事我一點也不意外，阿廣早希望結束他們之間的關係，婷婷卻在他身上嘗到好處，又愛他愛到不願放手，唉，真是個執著的小丫頭，不過說到底，他也是活該，誰叫他四十歲還去招惹十來歲的少女。」

陳警官背脊一涼，問：「妳這話是，什麼意思？」

陳阿園這時卻只冷笑了一聲，不願再回應。

9

男人坐在飯店房間裡的床上，正抽著菸。滿臉淚水的少女坐在暗紅色地毯上，臉靠著他的膝蓋，冷氣不斷發出運轉的聲音，空氣裡有一種淡淡的人工花香味。他剛才跟少女說自己未來恐怕不方便再跟她單獨見面，原因是他女兒可能已經懷疑他有外遇，而他很愛他的家庭，若這起事件讓他女兒知道，恐怕會讓他的家庭分崩離析，這是他不能承受的。而這也不是他第一次跟她坦承。

「妳能理解嗎？」男人再次對她說：「我們之間的事是個錯誤。」

坐在床下的少女不斷哭泣。

「可是阿廣叔叔……」她抬頭，用一雙哭紅的雙眼看著他，「我很愛你，我不能……沒有你。」

男人垂眼看著她滿臉淚水的漂亮臉頰，心疼不已，「婷婷，我知道妳對我的心意，我一直都知道，但妳對我的愛是不正常的，我想妳只是把妳對妳父親的愛轉移到我這裡了，妳沒有父母，家裡又只有姨婆，我想妳可能只是很渴望一個可依靠的男性角色出現在妳的生活裡，所以才對我建立了不正確的情感。」說到這時，他抽了一口菸，「不過這是我的不對，我不該利用妳對我的愛來發展這段感情，我是一個成年人，責任在我的身上，是我對不起妳。」說完，他摸摸她的臉，少女抓住他巨大的手掌，聞著他手指的味道，「不過妳真的太可愛了，我情難自禁，但——這是不對的事。」

「只要再過幾年，我就成年了。」少女與他十指交扣，委屈地說：「阿廣叔叔我們不能放棄，你能不能再等我幾年，一旦我成年，屆時我們就能正大光明地在一起了。」

男人一臉沉重地搖搖頭，鼻子噴出兩道長長的煙。「可是，我之前也跟妳說過很多次了，我有家庭，我很愛我的妻子跟兩個女兒，而且妳也認識小童啊，她不是妳最好的朋友嗎？我若離婚，跟她媽媽和妹妹分開，她會很難過的。」男人解釋，「婷婷，妳還很小，未來有很多機會的，而且妳不是說現在有一個小男生在追妳嗎？我想妳跟他可以找到幸福的，就算未必是長久的幸福，但至少會是一段比較正確的感情。」

少女搖搖頭，看著男人哭著說：「他……我不愛他，我只是利用他來讓你吃醋，而且他也不是小男生，他也是大人，對不起，阿廣叔叔，你是不是因為這件事生氣所以才想離開我？」

男人又搖頭，「婷婷我沒有生氣，我對妳只有抱歉，我很對不起妳，但我們之間的關係是個錯誤，我必須要終止它，所以——今天將會是我們最後一次單獨見面。但妳不要擔心，若妳生活上有任何需要幫忙的地方，可以跟小童說，我還是會協助妳的，但我們的關係不能再繼續，妳能理解嗎？」

少女重重地搖搖頭，她無法理解，她只知道自己很愛他，不能沒有他，她緊緊抓著與他十指交扣的手，打算一輩子也不放掉。

這時，男人的手機發出震動的聲音，他接了起來，講了一會兒後便掛斷了電話。他低頭看著少女說：「我們該離開了。」少女依舊不願放手，把臉貼在他的手上，讓男人摸到她臉上的淚水。但男人漸漸失去耐性，把手用力甩開，然後起身開始穿起衣服。

「我不要……」少女哭著看著男人穿衣的背影，「我不要你離開我……為什麼大家都要離開我……我不要……」她摸著擱在床底下、她放在包包裡的一把軍事武術刀。

男人穿好衣服，轉過身來，嚇了一跳。

「阿廣叔叔，你若離開我，我也不要活了……」少女開始以死相逼。

「妳在幹什麼？這樣太危險！快把刀放下！」男人不加思索衝了過去，打算搶刀。但在爭奪之際，少女把刀子插入了男人的心臟。原本就是設計用來奪取敵人性命的軍事武術刀，只要稍施加點力，便能輕而易舉地刺進人體——血肉彷彿瞬間變成豆腐、毫無阻力。男人面露痛苦，跌坐在床上，都還來不及哀號，鮮紅色血液便自嘴與胸口不斷湧出，轉瞬之間便沾滿了他的白色T恤。

少女見狀，好像渾身脫力一般，當場跪地，捧著臉痛哭。

消失的女童

1

一名身穿合身西裝的帥哥警衛，正站在這棟高檔社區大樓的華麗大廳，他有著一口養護得很好的白牙，帶著微笑看著來來往往的住戶，很多人說他的模樣有些許湯姆克魯斯的樣子，他大概也自認如此，一舉一動都有點裝模作樣。

這時電梯叮地一聲響了起來。電梯隨即打開，驚慌失措的小茶從裡面衝了出來。

「大家幫幫我，誰來幫幫我……我的女兒優優，不見了……」說完，她雙腳一軟，跌坐在地上，放聲大哭了起來。

帥哥警衛包括大廳幾個人都跑上前查看。

「怎麼回事？」帥哥警衛問。一個女人蹲在她旁邊，「妳怎麼了？」

小茶一把鼻涕一把眼淚地說：「我剛剛要去八樓，但到七樓時，電梯門突然打開，我沒注意到我女兒已經走了出去，電梯上到八樓後，我趕緊又回到七樓，可是就找不到她了。我一直找，都找不到人，請大家幫幫我。」

眾人聞言，大吃一驚，七嘴八舌地討論著。一個身材高挺的捲髮男人問：「她幾歲？有什麼特徵嗎？？穿什麼衣服？確定是在七樓走出去的嗎？」

小茶說：「對，在七樓，她剛滿五歲，頭髮大概與耳朵齊平，穿著黃色上衣，拜託大家幫忙找，拜託！我怎麼找都找不到了。」

「這樣啊。」看起來很有領導的能力捲髮男人說完，便看向有點不知所措的帥哥警衛接著說：「你先去看監視器，」又對另一個男人說：「我去看七、八樓，你看五、六樓，」又對另一個女生說：「那就麻煩妳去看二、三樓。」兩人聞言，用力地點點頭。

小茶這時試圖站起身，「我也再去……」可是話才說到一半，便呼吸不順，暈了過去。帥哥警衛驚慌失措地大叫一聲，一副不知該如何是好的模樣，還是捲髮男子又再開口說：「你趕快去叫救護車呀！」

2

成馳醫院急診室

「她的大腦、心臟狀況看起來都還好，抽血後檢查的各項指數也都正常。」瘦高的醫生站在急診室走廊，對著一對老夫妻說：「我研判她是遭受太大的精神打擊，她暈倒以及後續的胸悶可能都是精神上引起的，點滴打完你們便可離開，屆時若再有問題，可轉診精神科看看。」

「好的，謝謝醫生。」老夫妻連忙點頭道謝。

「不會，應該的，也希望你們早日找到孫女。」醫生剛已聽聞病患女兒失蹤的消息。他深富同情地拍拍老先生的手臂，然後邁開步伐，往看診區走去。

老夫妻轉身，打算回女兒的病床旁，兩位男人忽然擋住他們去路。

「不好意思，請問你們是不是金育茶的父母？」其中一個年紀較大的男人問。

老夫妻有點意外。其中老先生說：「是的，請問你們是？」

「我們是ＪＢ分局的警察。」陳警官說：「敝姓陳，這位是我的搭檔，阿西。」

「你們好。」

小茶母親聽聞他們是警察，著急地問：「請問……我們的外孫女怎麼樣了？找到了嗎？」

陳警官搖搖頭，「很遺憾，整個大樓都翻遍了，就是沒有你們外孫女的下落。」

小茶母親用手掌摸著額頭，「怎麼會這樣呢……這下子該怎麼辦？一個孩子居然就這樣憑空消失了？」小茶父親也無奈地搖搖頭。

「我們一定會傾全力找到她的，」陳警官說：「請問你們的女兒在哪裡？我們有點事想跟她確認。」

小茶父親把眼神投往病床方向說：「她在病床上休息。」

「不好意思在妳身體還沒恢復時，就來打擾妳。」站在病床旁的陳警官看著躺在病床上的小茶說。面容清秀的她，手上掛著點滴，臉色十分蒼白。阿西覺得她長得有點像香港演員林嘉欣。

「不會不會，」小茶氣弱游絲地說，並用雙手撐住旁邊的鐵把手，努力地坐起身子，「我的女兒、我的女兒……找到了嗎？」小茶母親在一旁幫她整理後面略微翹起來的頭髮。

陳警官搖搖頭，「很抱歉，還沒有，我們已經徹底清查大樓，但沒有找到。」

「怎麼會這樣，已經過了一個晚上了，都是我的錯……」小茶說完嗚嗚地哭了起來，她母親坐在病床旁邊安慰她。

「這個，先不要把情況想得太壞，我們會盡全力找到孩子的，現在我們需要妳打起精神來。」

小茶一邊抹去臉上淚水一邊點頭。

陳警官也點頭回應，「首先我想問一下，在妳女兒失蹤前幾天，妳生活裡有沒有發生什麼特別的事？比方說跟人爭吵或得罪人之類的？」

「這個……好像沒有，我生活很單純，這一陣子也一切如常啊。」小茶看著母親說。

「好的，」陳警官點頭，「那妳本身有沒有……仇人或想要對妳不利的人？或者最近有沒有想要追求妳但被妳拒絕的人？」

「我一個平凡女子，生活真的很單純，怎麼可能有仇人，感情上，最近也沒有。」小茶說。

陳警官這時將眼神移向小茶父母，「那你們呢？最近有沒有跟你們處得不好或者發生爭吵的人？」

小茶父母微微訝異，臉上表情像在說「這怎麼會跟我們有關係」。

小茶父親說：「我們當然也沒有。」

「好的，」陳警官又點頭，視線回到了小茶身上，「那最近有沒有接到什麼特殊電話或訊息？」

小茶還是搖搖頭，「沒有，不管是過去還是女兒失蹤之後，都沒有奇怪電話或訊息，就是一個平常的日子，一個不小心，女兒就不見了。」

陳警官又點頭，「好，那現在跟我們講一下孩子失蹤的細節。」

小茶吸了一下鼻子，說：「昨天……我要把孩子帶給我前夫，其實應該是他要來接的孩子……但他經常不負責任，所以我就把孩子帶去他的住處，他住在八樓，但進電梯時我不小心按成七樓，於是我又補按八樓，然後到七樓的時候電梯門打開，……我當時正在看手機，沒注意到女兒已經走了出去，等我發現的時候門已經關起來了，到了八樓之後我又趕緊下到七樓，沒想到……我女兒就不見了。」

陳警官點頭，「當時妳下來七樓，現場有沒有什麼奇怪的地方？」

「完全沒有，我到七樓走出電梯後沒看到她，又上八樓到我前夫家拼命敲門。」小茶哭著說：「我前夫家只有她在，我就問她有沒有看到我女兒，她說沒有……」

「『他？』，妳是說家裡只有妳前夫在嗎？」陳警官問。

「不、不是，是說我前夫後來娶的妻子，她叫安婷。」

「了解。」陳警官說：「當時你們有說好嗎？我的意思是，有說好妳把孩子送過去嗎？」

「有的……」小茶說：「我前夫說他有事，請我把孩子直接送到他家。」

「了解。」

陳警官沉吟片刻後才說：「不好意思，我得先問一下，你們當初離婚是和平收場嗎？」

小茶父母這時微微顯現出尷尬的神色。小茶也低吟半晌才說：「這個……不太算。」說到這裡，她反問，「為什麼問這個呢？」

陳警官搖搖手，「沒什麼，只是問一下，所以當初離婚的原因是什麼？」

小茶點頭，「……是因為外遇。」

「了解。」陳警官點頭，「所以當初離婚時有糾紛嗎？畢竟是因為外遇，然後孩子方面，有沒有爭奪監護權之類的事？」

小茶搖搖頭，「離婚當然有些不愉快，我們也都經歷了很痛苦的時期，但事情都已經過去了。然後……他雖不是個好男人，但我們都很愛孩子。請問……問這個對我女兒的失蹤有幫助嗎？」小茶語氣裡帶有埋怨。

「我們只是想徹底排除所有的可能性，還望見諒。」陳警官說。

病房內陷入一陣不自然的沉默。

陳警官又開口，「所以，妳前夫的現任妻子——安婷，說她完全沒看到孩子嗎？」

「她是這麼說的。」

陳警官略微思考了一下，又問，「請問妳對妳的前夫懷有恨意嗎？」

「這個……」

「請妳盡量不要迴避問題，跟我們坦承一切。」

「其實就算沒有外遇，我覺得我跟他也走不下去的，我無法接受他的性格，我無法跟他一起生活……所以我跟他斷得很乾淨。他現在也已再婚，跟再婚的對象也已經有了孩子，我想他們也沒有理由恨我……」小茶這時懇求，「請你們幫我找到我女兒好嗎？她是我的一切，失去她的話，我可能也沒有活下去的勇氣了……」

結束訪談之後，陳警官與阿西來到孩子消失的社區大樓。這棟大樓單價也不便宜，阿西印象中每坪已近五十萬元。

他們在大樓門口的路邊抽菸，旁邊站著一位穿著消防制服的男人，他是羅姓消防小隊長，外表特徵是有兩顆像兔子的大門牙，但五官端正，頗有英姿。陳警官與阿西之前因幾次案件有過數面之緣。

因為孩子在大樓裡消失，但在監視器可見範圍內，都沒有出現任何可疑跡象，因此消防隊與警備隊正一起逐戶搜查，以排除有住戶把孩子藏匿起來的可能性，但目前還沒接獲任何異常通知。

陳警官抽了口菸，問羅小隊長，「確定出入口只有大門嗎？」這時一陣冷風吹來，阿西不由得覺得有點冷，隨即又想到失蹤的小女孩，不安在內心又膨脹了一層。

正在嚼口香糖的羅小隊長說：「我們的人已上上下下全部檢查過一遍了，確定只有從大門可以走出這棟大樓，調閱大門甚至是大門附近的監視器，也沒看到有人進出。」小隊長過去也是老菸槍，目前才戒菸三個月，而不斷飄來的菸味，讓他心中想要吸菸的慾望不斷膨脹。

阿西記得小隊長以前是抽菸的，所以把菸盒遞給他。小隊長差點要接下，但還是把剛伸出去接菸的手改為搖手動作，「我老婆不讓我抽菸，還說我再不戒，以後就別想碰她。」

「這樣啊。」阿西把菸盒子收回，「還真是辛苦你了。」又接著說：「希望逐戶搜查有好消息啊，否則孩子就這樣憑空消失，恐怕新聞媒體或那些影片創作者又會有新的題材了。」

3

陳警官按了門鈴。

開門的是一個體型消瘦的黃臉女人，穿著一件淡綠色的開襟針織外套，黑眼圈很深，彷彿已失眠很久的感覺。

「請問你們是？」女人問。

「請問妳是陳安婷小姐嗎？」陳警官問。

「是的，」安婷有點意外，「你們是？」

「我們是ＪＢ分局的刑警，不好意思打擾了，我們來找您跟您先生的，請問黎建男先生也在嗎？」

安婷聞言，並沒有太意外的表現，「是的，他也在。」說完，她把門徹底打開，「請進。」

陳警官和阿西兩人進門時，看見一個身材高大的男子正站在客廳中央，眼睛死死盯著手機，下一秒男人抬頭看見進門的他們，竟忽然腿軟，跌坐在地。

「你們……」面露訝異神色的他，用嘶啞的聲音說：「不會是……來告知我女兒已經……」

陳警官見狀，趕忙解釋，「黎先生你不要緊張，目前針對你女兒的事，我們還沒有任何確定的結果，我們的人還在努力尋找中。」

阿西環視了客廳一眼，客廳很寬闊，裝潢看來也很用心，家具十分別緻，幾張柔軟的白色沙發拼在一起，地上鋪著鵝黃色地毯，窗簾也是同色系，整個客廳有種溫暖的居家風格，也有低調的奢華感。

「剛才不好意思，我想我們可能嚇到你了。」陳警官說，這次的語氣裡確實帶有歉意。阿西這才發現建男的臉十分長，讓他想到過去的日本摔角選手馬場。失蹤女孩的父親黎建男今年四十歲，外貌與年齡相符。安婷則比小茶大三歲，今年三十四，只不過阿西覺得她看來約有四十，他覺得比起小茶，她跟建男登對得多。

「沒關係，」建男說：「這個……我想我也是有點反應過度。」現在知道至少他們不是來告知女兒死訊的死神後，他的臉色已恢復正常。

「不會的，我也是有女兒的人，能感同身受。」陳警官說。

安婷說：「那針對優優的事，目前情況怎麼樣了？」

陳警官說：「很抱歉，目前仍沒有太多線索。」說到這裡，他問：「稍早你們跟我們的人說，不管是在孩子失蹤之前或之後，你們都沒接到任何奇怪電話或訊息，現在也還是一樣對嗎？」

兩人點點頭。

「好的。」陳警官也點點頭，然後將眼神移向建男，「今天我們來，主要想問一下關於你跟你前妻之間的事。」

建男忽然面露微慍，「那個女人……都是那個女人，她到底是怎麼顧小孩的！」

「請不要激動，冷靜下來，不穩的情緒對案子是沒有幫助的。」阿西連忙說。

建男點點頭，重重地嘆了口氣。

陳警官問，「你跟你前妻之間，當初離婚是和平收場嗎？」

建男用拳頭捶了一下大腿，聲響顯現力道不輕，「這怎麼可能……」

「怎麼說？」

建男看了安婷一眼，「當初……那個女人外遇，而且長達兩年之久，被我發現時還一點悔意都沒有，兩位刑警你們也是男人，覺得我能不抓狂嗎？」

「這樣啊。」陳警官與阿西露出訝異神情。他們都以為小茶說離婚原因是因為「外遇」時，她指的是建男外遇。

安婷見丈夫氣成這樣，似乎不太希望再提這件事，便接著說：「可是這已是過去的事了，跟優優的失蹤案無關吧？問這個沒有意義吧？」

陳警官點頭，「我們只是想確認所有原因的可能性，還請諒解。」

「我能理解你們的立場，」建男說：「但不管怎樣，就算我們離婚離得難看，就算她是那種女人，我想她也不至於會做對孩子不利的事，坦白說，她對我所做的事已足夠讓她下地獄了。」

「那你呢？」陳警官直接脫口而出。

「我？你是問我有沒有可能做對我女兒不利的事嗎？我更不可能了，老天，她是我女兒呀，而且安婷也把她當親生女兒一般疼愛，我們有什麼理由傷害優優」建男的語氣中帶有怒氣。安婷用手撫摸建男的背，一面以略帶埋怨的眼神看著陳警官與阿西。

陳警官這時仔細觀察著他們的反應，片刻後才說：「很抱歉，如我剛才所說，我們刑警不能有預設立場，什麼值得懷疑的地方我們都不能放過——這點請你們理解。」

一陣尷尬的沉默忽然闖入。正在做筆記的阿西用筆輕輕敲著下巴，他看了一眼建男那像馬場的長臉，尤其一激動起來彷彿又變得更長，又想起小茶的臉，忽然覺得她外遇也不是完全不能理解的事，但隨即又覺得自己這樣想很不應該，不能再像之前對外遇對象的預設一樣，帶著主觀的偏見或是視角來看待他人與案件。

一會兒後，陳警官才問：「那能不能告訴我，關於那天的細節？」

安婷無奈地說：「我們什麼都不知道呀，我老公那天有事，我在家裡等她把孩子送來，後來就是她衝來我家狂敲門，說什麼孩子不見了，然後我也趕緊出去找，但就是找不到……」

建男抓著頭說：「到底為什麼會這樣？」

陳警官也嘆了口氣，搖搖頭，「這個……我們也覺得非常奇怪，從大廳的監視器來看，她的確帶著孩子來到大廳，並坐著電梯上去。我們也查了電梯監視器，之後也確實如她所說，七樓的門打開時，孩子走了出去，但她正在看手機——等她發現的時候，電梯門已經關上，然後她立刻又從八樓下來，卻找不到孩子了。」

「她為什麼可以這麼不負責任！」建男憤怒地說。

陳警官這時又說：「目前比較好的消息是，經過搜查，至少整棟大樓未發現孩子的……一些證明她受傷的生理跡證，所以我們認為她一定是被人帶走了，但你們大樓的唯一出入口只有大門，大廳監視器又沒看到她離開，就代表她一定還在大樓裡面。隔天一大早，我們便開始徹底清查整棟大樓，下午也開始搜查所有住戶的屋內，這我想你們也知道，但還是沒看到她的蹤跡，這實在非常奇怪。」

「所以優優她……從電梯出去後，就憑空消失了？」安婷難過地問。

陳警官點點頭，「以現有的證據來看，似乎是如此。」

結束訪談後，陳警官他們回到了分局，時間是傍晚五點多，暮色已濃，建築物都沐浴在餘暉的彩霞中。

因是幼童失蹤案件，事關重大，他們在大會議室與其他警察一起進行偵查會議，並吃了排骨便當。監視器小組把大樓外部和附近道路的監視器都查了一輪，仍沒發現任何可疑跡象，其他偵查佐的走訪調查也沒有結果。一直等到凌晨一點，他們跟消防隊做最後確認，依然沒有進一步消息。

會議室籠罩在低迷的氣氛裡，眾人的心情與窗外的夜色一般黑。

4

四個大學生騎著車來到便利商店前。剛結束夜唱的他們肚子很餓，打算在這裡吃消夜。他們進到店內買了一些熱食，請上排牙縫很寬的男店員幫忙微波後，又來到店外的座位。

這時是半夜兩點半，街燈雖亮著，但整條街道都陷入沉睡，只剩他們醒著。氣溫有點低，但完全沒風，不至於會冷得讓人抱怨。對面一隻黑色流浪狗在水泥牆旁睡覺，底下是塊破舊的床墊，牠半個身子剛好在床墊的洞裡，看來牠很幸運。

「好餓、好餓……」一位大學生一邊說著，一邊開始吃起手上的義大利麵。另一個大學生也打開鮪魚三明治咬了一口，他們對面的情侶則吃起一碗要價一百七十元的牛肉麵，另外還有一袋共享的茶葉蛋。他們一面吃，一面聊著系上下個月要舉辦的烤肉活動。

「辦在清偉湖比較好吧？而且附近還有類似老街的地方可以逛呀。」吃著三明治的學生說完，便把三明治放下，從塑膠袋裡拿出一顆茶葉蛋，但可能是因為太燙，又把蛋放了回去。

「可是那邊之前不是聽說有死人，好像有人去釣魚，然後啊……釣到一顆人頭！」

「真的假的？」

「真的呀，新聞都報了，而且死者還不是意外淹死，是被人殺死丟進湖裡的。」

「若是真的，那就更該去呀，搞不好可以看到一些有趣的事。」

「你神經喔。」

就在這時，一個穿著藍色睡衣的女童忽然出現在他們眼前，沒有任何人發現小女孩是從哪裡冒出來的。小女孩彷彿剛睡醒一般，幾根頭髮向周圍翹起，像被靜電吸起一樣。

最先是情侶中的女大學生先看到她，覺得奇怪，便指著女童，跟其他人說：「欸欸欸……她怎麼半夜一個人在這裡啊？」

其他人也覺得納悶，「是不是迷路了？還是在等大人買東西啊？」

女童搖搖晃晃地走近，一雙微眯的眼睛直直盯他們。

女大學生溫柔地說：「妹妹呀，妳是一個人嗎？」

小女童沒有回應，還是一副剛睡醒的懵樣。

吃著義大利麵的大學生放下了手中的塑膠叉子，跟其他人說：「奇怪了，這小孩怎麼有點面熟啊……」

這時，一個瘦瘦黑黑、臉上蓄著鬍子的男人忽然出現。他瘦得很不自然，凹陷的臉頰上滿是痘疤，又有一對發泡的眼袋，膚色黑得毫無光澤，看起來很像電視劇裡的毒蟲。

他左手牽著一個小女孩，身高跟他們眼前這個藍色睡衣的小女童差不多，然後快步走向前，一把牽起藍色睡衣女童的手。他察覺到大學生正看著自己，因此不懷好意地回瞪了他們一眼，大學生們有點害怕，趕忙裝做一副若無其事的樣子。那男子才拉著兩個女孩走進便利商店。

大學生們鬆了一口氣，然後各自繼續吃起自己手上的食物，又討論起下個月的烤肉活動。

另一邊，又有一對看起來是移工的情侶來到便利商店前。但他們沒有進入店內，而是直接坐在大學生們另一端的位置。移工情侶中的女人對自己的身材深有自信，就算天冷，也穿著紅色瑜珈褲，外套內的T恤也很貼身，男人的五官則有點像歌手黃明志，打扮也有一點嘻哈樣，只是膚色更深一層。雖然有點距離，大學生們卻還是可以聞到他們身上的香水味。兩人親熱一番後，女人忽然站了起來，要求男人幫她錄影。男人拿起手機對著她，她便開始跳舞，也喜歡跳舞的女大學生，覺得她應該是在跳Black Pink的舞。跳了一會兒後，女人走近男人身邊觀看錄影成果，她搖了搖頭，又要求男人重新錄。

幾分鐘後，提著一袋食物的男人領著兩名女童走出店外。他們沒有立刻離開，因為這時又有一個女人來了。

「這麼晚居然還這麼熱鬧啊。」女大學生漫不經心地說。

那個女人看起來是男人的朋友，但她一過來，藍色睡衣的女童似乎認得她，要牽她的手，但女人把她的手甩開了。隨後，女人開始對男人指手畫腳，不停說著話，因為距離太遠，大學生們聽不清楚兩人的談話內容在講什麼，但他們覺得這兩個人似乎是在吵架，總之氣氛不是很愉快。

之後女人便離開了，男人隨後也帶著兩個小女童離開。

移工情侶兩人就像陷入了只有他們彼此的世界，對剛剛周圍發生的事情不以為意，女大學生覺得她的舞跳得很不錯。此時已經吃完義大利麵的學生忽然拍了一下大腿，大聲說道：「哎呀，我想到了！」

「什麼啊？」其他三人被他嚇了一跳。

他拿起手機，不久後便找到一張照片，「你們看看，剛剛那個女童是不是她呀？」其他三人紛紛湊過去看。

「好像是欸……」

「哇，我也覺得像！若剛剛那個人是綁票她的人怎麼辦？而且還是兩名女童欸，若他是變態，這……」

「大半夜把女童帶出來，這一定有鬼，但他們也已經走遠了，糟糕……」

「是不是該做點什麼呀？」

四個人在討論一陣後決定報警。

陳警官拖著疲憊的身子回到家，此時已是凌晨三點半。一到家，他便癱坐在沙發上，但腦裡思緒紛雜，像捕蠅紙上黏滿了蒼蠅一樣，根本無法休息。可可一聽見客廳的聲音，便從房裡走出。身材豐腴的她穿著一件很薄的睡衣，她來到陳警官的身邊。

陳警官很吃驚，「妳還沒睡？」他覺得此刻的可可很性感。

可可點頭，「對，還在忙，一個廠商委託的案子還沒完成，圖怎麼畫都覺得不理想。」

可可說謊了，其實她剛在跟哈瑞通話，甚至也跟哈瑞的妻子通話，她與哈瑞之間已漸漸變成像是朋友，也覺得自己英文好像進步不少。他們還是很希望陳警官去美國一趟。

「要不要我幫你看看？」陳警官說。可可有時會諮詢陳警官的意見，他雖對藝術毫無鑑賞力，但非常能代表市場意見，通常只要陳警官覺得好看，作品就會很受歡迎；有時即便是可可很滿意的作品，但陳警官若覺得難看，她便會毫不考慮放棄。

此時可可確實有幾張畫想問陳警官的意見，但這晚可可不想麻煩他，她看的出來陳警官很疲憊，也知道他目前在偵辦一件失蹤女童的案子，案發已經三天了，可可記得陳警官說過，針對十歲以下的幼童失蹤案件，根據美國研究，只要超過兩天，找回的機會就低於一成。

「要不要吃點什麼？」可可輕捏著陳警官的肩膀問。

「不了，我不餓。」陳警官說完，探身輕輕地吻了可可的臉頰，讓可可不由得覺得有點癢，發出像小女孩被搔癢般的銀鈴笑聲。接著，可可讓陳警官把頭枕在她的大腿上，並溫柔地按摩陳警官的眉骨，這動作一向能幫助陳警官放鬆。然而就在陳警官快要入睡之際，他的手機忽然響了起來。可可不由得眉頭一皺，覺得陳警官真的太辛苦了。

5

電話那頭傳來阿西的聲音，阿西告訴陳警官，勤務指揮中心那邊似乎有收到關於孩子下落的消息。

一個熊貓外送員把機車停在一處民宅前。這時約晚上六點，天色已黑，但若抬頭看，天際遠端仍是一片無垠的深藍。外送員將安全帽拿下後，環顧四周，除右前方一處看來沒人住的三合院房子外，幾乎都是農耕田。

「真是個鳥不生蛋的地方。」他喃喃自語，側身下了機車，「幸好這棟民宅前有路燈，否則這裡還真恐怖。」

他從食物箱裡拿出客戶點的三份麥當勞——其中兩份是兒童餐，確認品項無誤後，開始邁步向民宅走去。不知為何，他走路時搖搖晃晃，雙手也顫抖不已，彷彿很緊張的樣子。他來到門前，猶豫了片刻，然後深吸一口氣，才敲了門。

「你好，我是熊貓，來替您送餐。」儘管他似乎極力保持鎮定，但聲音聽起來還是微微顫抖。

沒人回應。

「不好意思，我是熊貓，來替您送餐。」

還是沒人回應。他用手搔了頭，又緊張地看了一眼手機。正打算再敲一次門時，門忽然打開，嚇了他一大跳。

「您好，我、我來替、替您送餐。」熊貓外送員因過於緊張，不禁結起巴來。

門後一個面色黝黑、留著鬍子的男人探頭出來，但未把門全打開，像在確認眼前來人的身分。「您好，這是、這是您的餐點。」熊貓外送員露出緊張的微笑，但他忘了自己正戴著口罩。正當門後的男人準備張口回應時，一雙強而有力的手忽然抓住了他的頭，使得他動彈不得，疼痛讓他大聲叫罵起來，隨後數名警察上前將他逮捕。

偵訊室

陳警官手上拿著一份文件，垂眼看著眼前的男人說：「我先跟你確認身分，你是宋承武對吧？」然後說出了他的出生年月日跟身分證字號，「資料都正確嗎？」

男子低著頭不說話。

「請你抬起頭，看著我。」陳警官說。

對方依然置之不理。

「你不說話我就當你默認了，我們剛才在你住處發現兩名女童，一名是你的女兒宋玉瑜，請問另一名女童是誰？跟你又是什麼關係？」

男子還是低頭不語。

「請你抬頭看我。」

陳警官用食指輕輕敲著桌子，腦裡盤算著該採取什麼樣的態度來應對這種裝死的嫌犯，最後決定還是慢慢來，從容不迫地說：「這名女童據我們調查，跟你一點關係也沒有，請問她怎麼會出現在你家？」

但男子依然沉默，且維持一樣的姿勢。

陳警官以冷靜的口氣、語帶威脅地說：「你若再不說話，我就立刻把你移交地檢署，檢察官可不像我們這麼好對付。你若是綁架兒童，至少判決十年以上刑責，恐怕短期內再也見不到你的女兒，你若希望再見她一面，最好是乖乖跟我配合。」

這段話似乎奏效，男子聞言，微微移動了一下身子，依然不回應，且眉頭更加深鎖。陳警官又用食指在桌上輕輕敲著，似乎在表示給他時間考慮。片刻後，男子才緩緩抬頭說：「能不能在把我移交地檢署之前，讓我跟我女兒見上一面？」

阿西此時獨自來到小茶的家，敲了門。

在門外的阿西此時依稀聽見屋內發出一些聲音，類似有人在裡頭快速步行的摩擦地面聲，還有女人說「快點快點」之類的聲音。

阿西又再次敲門。

「等一下哦。」聲音聽起來是小茶。

不久後，小茶把門打開，但只開了一點點，發現敲門的人是阿西，嚇了一跳。她捂著嘴，「是、是找到了我女兒了嗎？」

阿西沒有回答，只說：「這個……方便我進去談一下嗎？我有些事想問妳。」

小茶面有難色地說：「呃……現在有點不太方便。」

阿西內心嘀咕「還有什麼事會比自己的女兒重要？」，阿西覺得她的態度有點奇怪，微微皺起眉來。小茶見狀，緊接著說道：「好吧，但我家裡現在很亂，我們能不能去附近的便利商店談？」

「不好意思這麼突然來找妳，因為事態緊急。」

占用用餐區而不消費的話實在不道德，尤其現在正是晚餐時間，他們身旁的位置都坐了人，於是阿西還買了兩杯熱拿鐵。

小茶點頭，「是……我女兒有什麼消息了嗎？」

阿西迴避了問題，喝了一口拿鐵，然後從文件袋裡拿出一張照片，「請問，這個人妳認識嗎？」

小茶探身看了一眼，眼神露出遲疑，但隨即搖搖頭，「不認識，請問他是誰？」

阿西又說：「妳再看一次，妳真的不認識嗎？」

小茶又看了一眼，堅定地搖搖頭，「請問他是誰？跟我女兒的失蹤有關係嗎？」

阿西沒有回應，只是拿起手機，在Line上傳了訊息，隨後阿西的手機就傳來訊息的提示音。

阿西又從文件袋裡拿出一張照片，「那……這個小女孩妳認識嗎？」

小茶接過照片，垂眼看了一眼，照片上的女童跟她女兒年紀差不多大，身形也像。小茶搖搖頭，「我也不認識她。」

阿西還是未做回應，小茶見阿西又按了按手機，猜想阿西應該是在傳訊息。阿西用食指摳了幾下太陽穴，「妳真的都不認識嗎？」

小茶還是搖頭，「真的不認識啊。」

「這樣啊。」阿西說，之後便安靜下來，然後喝了口拿鐵，眼睛直盯著手機，像在等著什麼。

「我女兒到底……」小茶著急地想知道女兒的下落。

「請妳等等——」阿西強硬地回應，阻止小茶再問下去，然後他站起身，向店外走去。

小茶見他在外頭抽起菸來，期間又一直看著電話。

「這部分我們當然能做到，只是取決於我們要或不要而已，」陳警官釋出善意，「但前提是——你願不願意配合？」

男子點點頭。陳警官這時注視著他的眼睛，覺得自己在他的眼神中似乎看不到歹毒，跟他的外型給人的印象不太匹配。

陳警官也點點頭，「很好，那先告訴我，那個小女童為什麼出現在你家？」

男子吞了一口口水，彷彿想把自己的緊張也一起吞下，「我受人託付，要我把那個女童帶到我家。」

「你家？是指我們發現女童的那個住處嗎？」

男子點頭。

「能否先告訴我，你是怎麼把她帶離大樓的？」

「我在大樓也租了房子……」男子搓著放在大腿上的手，「就在七樓，當天小女童從電梯走出來時，我就先把她帶到我租的地方，然後……」他停止了搓手，把雙掌平放在大腿上，「之後我就讓她穿著我女兒的制服，並戴上帽子與口罩，再把她們一起帶出大門……

因為她們穿著一樣的制服，所以沒有人發現，之後就帶到你們發現的房子那裡……」

陳警官露出訝異神情，「原來是這樣。」

男子點點頭。

陳警官這時語調嚴肅地說：「那現在告訴我——是誰委託你的？」

小茶喝著拿鐵，看著在外頭抽菸的阿西，心想他大概在等待陳警官的指示。就在這時，她看見阿西開始講起了電話，結束後便走了進來。

阿西落坐後喝了一口拿鐵，然後跟小茶說：「其實，我們已找到妳的女兒了。」

小茶聽到阿西的話露出不解神情，愣了一會兒才說：「你是說，你們找到我的女兒了？」

「是的。」阿西說。

小茶眼眶泛紅，「她……還好嗎？請一定要告訴我，她一切都好。」

阿西不回應，只是再次拿起照片問道，「這個男人……妳真的不認識嗎？」

小茶幾乎是以懇求語氣回答，「我真的不認識他……你快告訴我，我女兒怎麼樣了？」

阿西突然模仿起陳警官，雙手抱起胸來，身體微微向後仰，刻意嚴肅地看著小茶的雙眼，「那——為什麼他說他認識妳？」

阿西雖希望自己能有像陳警官般恫嚇人的眼神，但天生長得溫和的他，恫嚇效果嚴重不足。小茶這時也正面迎接他的眼神，完全沒要閃躲的意思。

「請妳告訴我，他——為什麼說他認識妳？」阿西故意把聲音壓低說。

「這個……」小茶說：「他其實是我的男友。」

阿西未顯露訝異神情，露出鬆一口氣的樣子，「那妳剛剛為什麼不承認？」

小茶不想回答阿西的問題，「請問……他跟我女兒的失蹤到底有什麼關聯？你們說找到我女兒，『找到』是什麼意思，她還好好的，對吧？拜託你先告訴我！」

阿西仍不回應。

小茶哽咽著說：「拜託你跟我說，我的女兒到底怎麼樣了……」

阿西把雙眼瞇起來，試圖表現出冷峻的眼神，「他為什麼說是妳叫他把孩子帶走的？妳叫他把孩子帶走，有什麼目的？」

「這個……」小茶不知所措起來。

阿西其實不喜歡威脅人，但這是陳警官交代的任務，最後阿西還是硬著頭皮說：「我奉勸妳現在最好老實點。」

小茶忽然哭了起來，「對不起、對不起……」

6

陳警官與阿西在一間飯店的健身中心打室內壁球，他們兩人面對牆，後面有一個留著俐落短髮的女性教練。

「來！再來！」女教練不斷揮著手喊叫，她的語氣裡有種「不容你停止」的堅決，威脅感跟陳警官旗鼓相當，讓阿西覺得她很適合當刑警。

沒想到打壁球相當耗費體力，才不到半小時，兩人便氣喘吁吁，露出想要結束的表情。一旁的女教練露出睥睨的眼神，用鼻孔看著他們說：「呦——聽說兩位的職業是刑警呀？這樣就已經不行了嗎……」說到「刑警」二字她還故意拉長音。

兩人聽了覺得汗顏，決定拿出男子氣概，又硬是再打了半小時的壁球，阿西覺得自己的小腿彷彿就要爆炸了。

結束運動後，兩人汗如雨下。

他們今天來這間飯店參加一個完整的「舒活行程」，從專人指導運動到三溫暖，還有仿鹿兒島沙浴的室內沙浴溫泉，也可以按摩，甚至連針灸也有，最後還能享用美味的海陸大餐。票券是阿西父親的客戶給的，一張票卷要價八千八，小梅跟可可已經多次參加過了，可可要陳警官跟阿西也去一回。可可說這一陣子他們辦女童案壓力很大，幸好女童沒事，壓力總算解除，於是要他們去放鬆。不過主要目的，是要阿西趁陳警官放鬆之際，問問他關於他母親的事。可可之前三番兩次要阿西跟陳警官談談他母親的事，但阿西一直推拒，他覺得自己比可可更沒資格問。而且他要怎麼問呢？若陳警官知道他跟可可她們對他隱瞞這些事實，他還真不知道陳警官會怎麼想。阿西一向很敬重也很喜歡陳警官，他可不希望陳警官討厭自己。小梅也非常贊同，但她卻是覺得阿西最近胖了，身為刑警，身材卻這樣圓滾滾得太不像話，小梅想要阿西順道減肥，一舉兩得。

陳警官與阿西來到更衣室，將衣服褪去。這不是兩人頭一回赤裸相見，過去他們偶爾會到健身房運動，也曾相約一起泡湯。陳警官看著旁邊在換衣服的阿西，忽然想到小梅說阿西胖了的事，於是脫口：「阿西，不是我說你，你最近是不是胖了？」

阿西嚇了一跳，「欸──」了一聲，又低頭看看自己，「有嗎？」又看了一眼對面的大鏡子，發現鏡子裡年過四十的陳警官身材精壯，皮膚又是健康的小麥色，相當好看，相較自己則像極了小白豬，於是抓抓臉，不由得覺得有點丟臉。

陳警官也看著鏡子，「你看你的肚子，肥滋滋的，不要忘了明年的體適能鑑定呀！」

被陳警官這麼一說，稍早可可特別交代他的事，他一下子拋到九霄雲外。他雖不在意胖瘦，被陳警官唸令他很傷心，他決定未來一陣子要少吃點。

兩人後來到蒸氣間烤了一會兒，阿西熱得像隻狗不斷張嘴吐氣，但陳警官卻神態自若，稍後又去泡了冷水池，阿西冷得直發抖，陳警官一樣從容自在。

結束後，兩人去更衣室更衣。陳警官打開置物櫃，先查看自己手機，發現手機裡有多通未接來電，但號碼不是局裡電話。簡訊通知有一封語音留言。他撥了過去，是一個女生的留言。她說自己是一名社工，失蹤事件後孩子暫由社工照顧，現在法官已裁決將孩子交還父親，她希望兩位刑警偕同她把孩子帶回給父親。

7

「妳比較喜歡馬麻還是把拔？」坐在後座身材偏豐腴，留著齊耳短髮的女人，溫柔的笑著問優優。

缺了一顆門牙的優優說：「我不知道，馬麻跟把拔都很好。」

「若要選一個呢？」女人又說：「妳覺得誰對妳比較好？」

優優想了一下，還是搖搖頭，「都很好呀。」

女人又問：「那妳跟把拔住的時候比較開心，還是跟馬麻住的時候比較開心？」

優優眼神看往左上方，想了片刻才說：「跟把拔住的時候比較開心，因為我底迪也在那邊。」

「那妳喜歡安婷阿姨嗎？」

「阿姨？」優優露出不解表情，「她說她是安婷馬麻，我也叫她安婷馬麻，但我知道小茶馬麻才是我真正的馬麻。」

女人忽然意識到原來安婷要求她也叫她媽媽，趕緊改口：「對對對，安婷馬麻。」

阿西這時轉頭，跟後頭的社工女人說：「她家到了。」

陳警官與阿西和牽著優優的社工下車，來到社區大廳。顯然之前警衛已經接到通知，穿著挺拔西裝的警衛看見他們，直接送他們到電梯口，並讓他們上去。

電梯停在八樓，門打了開來，優優蹦蹦跳跳地走出電梯，像個小領隊似的，帶著陳警官他們沿著走廊，來到八之三號門前。「這邊就是我家。」嘻嘻笑著的優優抬起頭跟社工小姐說。

陳警官敲了門，門隨即被打開。建男看到站在社工旁的女兒，顧不得眾人眼光，哇地一聲哭了出來，並蹲下緊緊擁抱女兒。

「真的很感謝你們把我女兒安全地帶回來……」建男說，安婷則坐在建男身邊。桌上放著兩杯安婷剛準備的咖啡以及點心。社工小姐把女兒交給建男他們，並簡單說明狀況後就先離開了。優優正跟弟弟在一旁玩積木，兩人笑得很開心。

「這是我們應該做的。」陳警官說。阿西此刻正吃著餅乾，他一向對甜點很沒抗拒力，加上這兩天因減肥，所以吃得少，剛剛看到桌上的甜點，意志力一弱，還是屈服了。

建男又說：「這個……針對我女兒失蹤事件的來龍去脈，我只聽說是她……那個女人搞出來的？」

陳警官說：「嗯針對你們女兒失蹤的事，我們查到是金小姐委託自己的現任男友把你們女兒藏起來的。」

「是許志宏把我們女兒藏起來的？」

陳警官納悶，「許志宏？他是誰？金小姐的男友不是叫作宋承武嗎？」

建男面對陳警官的反問，卻面露疑惑地說：「許志宏？他是小茶的男友啊。你不是說優優是被小茶的男友帶走的嗎？」

陳警官聞言，轉頭跟阿西小聲地說了一些話，阿西點頭，把手上沒吃完的餅乾塞進嘴巴，然後拿出手機，點出一張照片給建男看。

「這個人是誰？」因嘴裡還有餅乾的關係，阿西這時的聲音聽來像從水裡發出似的，安婷也湊上前看了一眼。

建男搖頭，「這個人……我不認識。」

安婷卻摸著臉，口氣不是很肯定地說：「這個人有點面熟啊？是不是我們樓下的鄰居，七之一號的？上個月才剛搬過來，但我們跟他沒有來往。」

建男搖頭，「我是沒遇過，七之一不是還空著嗎？」

安婷說：「我印象有人搬進來了，但我也只看過一兩次。」

陳警官看著安婷問：「那他是金小姐的男友嗎？」

「這個我不知道欸。」安婷摸著臉說。

「不是吧，」建男說：「她男友是許志宏，她……就是為了許志宏跟我離婚的。」

「那麼許志宏，現在還跟她在一起嗎？」

他們同時點頭，建男說：「在一起啊，我們不久前還有看到他們……」

陳警官與阿西露出不解的表情。

「請問……」建男又說：「無論那個男人是不是她的新男友，那個女人有說她為何把優優藏起來嗎？」

陳警官點頭，「她說……她只是想誣陷你沒有把女兒照顧好，然後趁機取得監護權……」

建男臉上出現怒氣，「她在說什麼呀，她根本不愛優優，根本不想要監護權啊？」

「『她不要監護權』？這什麼意思？」陳警官又納悶。

建男氣憤地頻頻點著頭，「對啊，當初她跟那個許志宏愛得昏頭，因為許志宏有錢，但我不清楚錢是怎麼來的，反正絕不正派。她當時便把孩子丟給我，說自己沒能力養，然後對我說了非常狠毒的話，說什麼她從沒愛過我，所以這小孩她也不愛之類的……那女人真的是可惡至極……現在又說為了監護權藏孩子？這什麼跟什麼呀！」

8

小茶正打算出門，沒想到，才一打開門，就看見陳警官與阿西。

「妳好啊。」陳警官說，臉上掛著友善的微笑。

小茶嚇了一跳，「你們……是在這裡等我嗎？」

「沒有啦。」陳警官搖搖手，「我們也才剛到，但確實是來找妳的。正打算敲門，妳剛好出來，真巧啊——請問妳要上哪兒去？」

小茶露出不高興的神情，「……我要去哪裡必須跟你們報備嗎？事情已經告一段落，我也已坦承是我藏了孩子，但我只是為了監護權而已，檢察官已將我飭回，接下來只是等後面審判的結果而已——現在跟你們刑警沒有關係了吧？找我還有事嗎？我今天很忙……」

「妳說對了，我們還真的有事。」陳警官臉上依然掛著笑容，「所以勞駕妳跟我們回警局一趟。」

偵訊室

翹著腳的小茶連續咂了好幾次嘴，後來不耐煩地說：「針對我女兒失蹤的事我已經坦承了呀，你們為什麼還要找我？你們懂不懂什麼叫『擾民』二字？」

陳警官微笑回應：「我們當然懂，也不願擾民，但我們確實還有一些疑問。」

小茶看了陳警官一眼，感覺他臉上的微笑藏著恫赫。

「你們還想問什麼呢？」

「妳別急……」陳警官說。

「對啊，那麼急幹什麼。」阿西笑著說。

陳警官的笑容此時略微透出嚴肅感，「對了，金小姐，之前妳說宋先生是妳的男友——

對嗎？」

「對。」

「我們對這點很好奇。」

小茶翻了一個白眼，「有什麼好好奇的？我離婚了呀，離婚再交男友不是很正常的事嗎？我又不是修女或尼姑什麼的。」

阿西忽然覺得眼前的小茶跟之前的她不太一樣，彷彿眼下之人才是真正的小茶。

「妳說的對，離婚交男友當然正常。」陳警官說：「來，先告訴我們，你們交往多久？」

「這個有什麼關……」小茶有點不耐煩。

「請妳先回答我們的問題就好。」陳警官打斷了小茶，用不容分說的犀利眼神注視著她。

小茶似乎被陳警官的威嚴給震懾住，收起剛才不耐煩的態度說：「可能……大概半年吧。」

陳警官又說：「能不能讓我們看一些妳跟他的合照？」

「這……」她說：「這是我的隱私吧？」

「這當然是妳的隱私，妳可以拒絕，我們沒有強迫妳，」陳警官說：「但是只要我們一通電話給檢察官，妳的手機將成為證物被我們保管，還是妳自己現在找給我們看比較好吧？」

「可是……」她忽然想起陳警官剛要她不要再問，只好說：「他不喜歡拍照，所以我們沒有合照……」

「交往半年都沒有合照？」陳警官似乎不太相信，「那能不能讓我們看一下你們之間的訊息？妳總會有一些能證明你們是情侶的對話吧？」

「這個……」小茶開始結巴，「我……沒有他的 Line。」

「交往半年沒有 Line？」陳警官故意做出很意外的表情，「阿西你覺得合理嗎？」

「我跟我家巷子口的早餐店大姐都有 Line 了，她還每天早上提前問我『帥哥今天早上要吃什麼咧』，妳們都交往了半年怎麼可能沒有？」阿西也露出不可置信的表情。

陳警官這時給阿西一個眼神，阿西點頭，從文件袋裡拿出一張照片。

阿西把照片挪到小茶面前，「這個人是誰？」

小茶低頭看了一眼，「他、他……」

「他叫許志宏，他才是妳真正的男友吧？」陳警官說：「妳為何要說宋承武是妳男友，是妳說謊，還是妳腳踏兩條船？」

小茶無言以對。

陳警官接著說：「就算腳踏兩條船也會有 Line 吧？我看妳是說謊吧？從頭到尾，許志宏才是妳男友，妳到底為何要謊稱宋承武是妳男友？」

小茶依然默然。

「請妳抬起頭，看著我。」陳警官口氣嚴肅地說。

小茶緩緩把頭抬起。

陳警官盯著小茶的雙眼，「金育茶小姐，請問——妳愛不愛妳的女兒？」

小茶點點頭，「愛……她是我生的，當然愛。」

陳警官再給阿西一個眼神，阿西拿起桌上的平板，按了按，又放在桌上。平板開始播放起影片。那是一段她女兒跟她說「馬麻我愛妳」的影片。

「這是妳前夫提供給我們的……」陳警官說。

這時小茶的淚水在眼眶裡打轉，「你們給我看這個做什麼？故意要讓我傷心嗎？我前夫已經搶走了監護權，再加上這件事，未來我要見我女兒恐怕都不可能了，我只是一個想疼女兒的母親啊，我何錯之有……」

陳警官聞言深吸了一口氣，「同樣身為父母，我查出實情時，簡直不敢相信……」

「你在說什麼？什麼實情？」

「經過我們調查，妳真正的男友許志宏，是不是因為賭博輸了很多錢，目前在跑路？」

小茶沉默。

「妳現在要去見他對吧？替他送物資？」

小茶還是沉默。

「當初是妳外遇，離婚時沒取得贍養費，而妳真正的男友許志宏過去從事詐騙賺了不少錢，但他最近賭博賭光了，甚至還欠了一屁股債——所以妳跟男友現在很缺錢對吧？」

小茶不置可否地抖著翹在左腳上的右腳。

陳警官嘆了一口氣，「妳……女兒的阿公生前是不是很疼她？」

小茶露出訝異神情，但隨即翻出兩個大白眼，說：「這又關他什麼事？」

「他似乎留了一筆綁定成年後，可自由使用的信託基金給她，金額高達兩千萬？」

小茶把右腳放下，換左腳翹上右腳，口氣漠然地說：「有這回事嗎？我不清楚。」

「妳跟妳那個口中的男友宋承武到底是什麼關係？」陳警官說：「我給妳最後一次機會，妳不要再撒謊……」

小茶咬了幾下嘴唇，口氣粗暴地說：「我沒有說謊……對，我是腳踏兩條船，我對感情不忠，那又怎麼樣。」

陳警官又重重地嘆了一口氣，阿西也搖搖頭。

小茶面露不解地看著他們。

這時，一陣金屬撞擊桌面的尖銳聲音刺入他們耳朵，原來是小茶把手機扔在桌上。她用不以為意的口氣說：「你們可以拿走我的手機，要查什麼隨便，無論你們心裡想著什麼，我告訴你們，那都不會是真的——這樣我可以先離開了嗎？我還有事要辦。」

陳警官與阿西都沉默著，陳警官捏了捏手指關節，發出喀喀的聲音。

「我是不是可以走啦？」小茶又不耐煩地問。

片刻後，陳警官以冷峻的語氣說：「嫌犯已向我們坦承，是妳花錢請他帶走妳女兒並要他把妳女兒給殺了，但他……下不了手。」說完，陳警官看著小茶的雙眼，「若妳女兒死了，依法妳可以獲得一半的信託基金，也就是一千萬——妳是不是想藉女兒的死亡取得她的信託基金，來幫妳男友還錢？」

「你在說什麼啊？」小茶挺直了身子，語氣變得歇斯底里，揮舞著雙手說：「那個人這樣說的？他根本是神經病、智障、白癡加三級吧？想出這麼可怕的情節，那是我女兒欸！我跟你們說了，我的手機你們要就拿去，要查什麼你就查，我什麼也沒做，我問心無愧！」

小茶怒吼完便不再開口。

陳警官則直盯著小茶的眼睛。

偵訊室陷入一陣沉默，阿西看著氣呼呼的小茶，轉頭又看向了陳警官。

陳警官向阿西使了個眼色。阿西又拿起平板，按了按，另一段影片開始播放起來。影片是一個移工女人在便利商店前跳舞的影片，後面站著小茶與宋承武，他們似乎正爭執著什麼。阿西把聲音調到最大，便可清楚聽見影片中的小茶說：「你趕快動手，要是拿不到那筆信託的錢，你也不會有好下場，阿宏的債款你也是有責任的……」

陳警官看著驚慌失措的小茶，不打算再說一句話，只深吸了一口氣，然後沉默地看著她，心中升起一種極深的恐懼。

聽見殺人的聲音

1

「那晚，我跟我老公招待我妹和我們的另一個朋友來家裡吃飯，我們偶爾會聚餐，聯絡一下感情，我妹婿阿東也都會參加，但那天他臨時沒來，我妹跟大家說他身體不舒服，但後來私下跟我說她跟阿東吵架了……」

「有說為什麼吵架嗎？」陳警官問。

「她沒有說，很抱歉，我當時也沒問。」小惠有點慚愧地說：「他們本來就常鬧彆扭，所以我也沒特別放在心上。」

「好的。那之後呢？」

「我們就如往常一般吃飯聊天，氣氛還滿愉快的，過程中也沒發生什麼特別的事，但吃到一半，我們那個朋友錦里喝太多了，喊著頭暈難受，我先生因對酒精過敏，所以滴酒未沾，於是就先載他回去。我妹也喝了一點酒，便說要在我家休息片刻，等酒醒了再走。我跟她就在客廳又喝了點咖啡，聊了一下天，然後我就去了廁所。」

「那時候他就來了，是嗎？」陳警官問。

「對。」

「那是在幾點的時候？」

「大概在九點半到十點之間吧。」小惠說說「他說話的聲音很大，我在廁所裡都可以聽得一清二楚，而且他有點胡言亂語，感覺喝醉了。之後我妹就跟他大吵起來，我聽見我妹罵他『安靜點，別在我家丟人現眼之類的。』」

「他們究竟為了什麼吵架？」陳警官問。

小惠忽然沉默下來，阿西看到她不斷地輕捏手指，彷彿手上有一塊看不見的黏土。

「請妳不要試圖隱瞞，這樣對誰都沒有好處，請把妳所知道的，全都說出來。」

小惠點點頭，深吸了一口氣才說：「其實我妹這陣子有……外遇，對象我不太清楚，她也沒跟我說太多，只跟我說，她跟丈夫可能走不下去了，然後……現在跟另一個男人關係不錯。那天好像是阿東發現她外遇……我老公本來就一直勸我不要干涉我妹跟她老公之間的事，免得公親變事主，我也認同，而且我妹婿是國小老師，我想他做事不會太衝動，所以一開始我沒打算管，但後來兩人越吵越凶，我覺得不太對勁，後來我就聽到我妹的尖叫聲……」小惠說到這時，不由得哭了起來，阿西抽了一張桌上的面紙給她，她接過後，把面紙按在眼睛上，面紙一下子便被淚水浸潤，她拿下面紙後繼續說：「其實我真的覺得很愧疚，我應該早點出去的，這樁憾事也許就能避免。但他們吵得很凶的時候，我覺得我妹婿的聲音聽起來像失去理智，我也真的很害怕……」

「請節哀，也不要自責，這不是妳的錯，世間很多事本不是我們想控制就能控制的。」

陳警官說：「所以之後妳就拿起手機，開始錄音了是嗎？」

「對，當時我拿著手機，所以就把聲音錄下來了。」小惠的手機稍早已轉交給陳警官與阿西。

「好的。」陳警官說：「妳的手機我們會盡快還妳，謝謝妳的配合。」

「不會。」

「雖然這麼問有點怪，但——妳知道阿東的躲藏地點嗎？例如一些他常去的地方？」

小惠對於這個問題確實略略訝異，「這個我不知道，我們其實也沒那麼熟，而且他才剛殺了我妹，我怎麼可能會知道他躲去哪裡。」

陳警官又問。

「很抱歉，」陳警官說：「這個問題對妳而言或許難以理解，但請理解我們刑警不能放過任何線索。」

下午陳警官和阿西回到分局，參加此案的偵查會議。驗屍報告也已經出爐，受害者的死因是腹部的刀傷，雖僅一刀，但不幸刺中脾臟，造成體內大量出血死亡。根據先前的線索，死者叫林春玉，已婚、沒有孩子，疑似有外遇，目前的頭號嫌疑人是丈夫張育東，但現在張育東下落不明。

鑑識科發現案發現場的客廳裡，除了死者的血跡外，幾乎沒有打鬥痕跡，顯示兇手可能是預謀犯案，不但凶器沒有遺留在現場外，也找不到其他任何可疑的生物跡證。

2

錦里在事後請了一天假緩和情緒，昨天一整天他腦子亂糟糟的，也沒睡好。雖然身邊的人發生了驚天動地的事，甚至上了各家新聞媒體，讓他覺得世界好像要分崩離析，但回來上班後又覺得一切如常，畢竟沒人知道那件事跟他有關，他也落得輕鬆一點。

錦里看著桌上的客戶名單，單手撐著臉思索要打給哪個客戶時，分機電話響了起來。他接起電話，對方是警衛，聲音聽起來有點訝異：「喂，這個錦里呀，有兩個男人來找你欸，而且他們說他們是刑警，發生什麼事了嗎？」

錦里嚇了一跳，不由得咋舌，「真的假的？刑警找我？這個……我也不知道為什麼欸。」

錦里說了謊，他當然猜得到刑警來訪原因，只是他沒想到刑警居然會找到公司來，「這樣啊。」警衛又說：「總之你下來一趟吧。」

錦里走出公司時，才發現地面濕濕的，心想剛剛可能下了雨。他看見兩個男人站在警衛室旁的雨棚下抽菸，只是樣子不太像刑警，反而像極了流氓。

兩個男人看到他時，把菸熄滅，向他走去。其中比較年長的男人說：「你好，請問你是周錦里先生嗎？」錦里點頭。他又說：「真不好意思忽然來你公司拜訪，我是ＪＢ分局的刑警，敝姓陳，這位是我的搭檔阿西，方便跟我們談一下嗎？」阿西也微微欠身示意。

不安開始在錦里內心膨脹，「請問……是要問那個案子的事嗎？」他還不太知道該怎麼稱呼那起案子。

「是的。」

錦里露出猶疑的眼神，擔心被警衛聽到，於是壓低聲音說：「這個……我們去另一邊談好嗎？」他的視線落在十公尺外的一個沒有人的小涼亭，附近有一台販賣機。

「很抱歉，我們忽然來訪，希望沒有造成你的困擾。」手上拿著喝剩一半的伯朗咖啡的陳警官說。剛才錦里客氣地投了三罐咖啡，兩罐用來招待刑警，他自己也喝一罐。阿西恰好口很渴，咕嚕幾聲就把咖啡喝完了。

「沒關係的。」錦里說完喝了一口咖啡，「有什麼問題就問吧，不過……我覺得我可能幫不了你們什麼。」

「沒關係，」陳警官點了點頭，「首先，我想確認一下，那晚你跟他們一起聚餐對嗎？」

「對。」

「具體有誰？」

「聚餐的時候，只有我、小惠和她的丈夫阿群和……可憐的春玉。」

「能不能說說你跟他們之間的關係？」

錦里點頭，「我跟他們是多年的朋友，我最開始是認識阿群，他是我大學同學，我們也是彼此的拜把之交，以前還一起住同個宿舍，後來阿群結了婚，我跟他妻子小惠便認識了，也都是好朋友，然後春玉跟阿東是小惠的妹妹跟妹婿，是因為小惠而認識的。」

「好的。」陳警官說：「那晚聚餐過程中，有沒有什麼不尋常的事？」

錦里偏著頭想了一下，「完全沒有欸，只是阿東缺席，印象中阿東原本也要來的。但我跟阿東相對來說，沒那麼熟，所以我也沒有特別問他為什麼沒來，沒想後來他居然……唉！」

「這樣啊。」陳警官說。

「是的。」錦里說：「很抱歉，我可能幫不了多少，而且那天我先走了。」

「為什麼先離開？」

「我喝太醉了，身體不太舒服。」

「所以後來是由阿群載你離開？」

「是的。」錦里說：「阿群從不喝酒，所以他載我回去。」

「所以在你們離開之後，那邊只剩兩個女性而已，接著就發生了那件事？」

錦里點點頭。「這個……」他露出苦惱的神情，「若我當時沒有因為喝醉而提早離開，是不是……」

「你不要想太多。」陳警官安慰道，「只要你不是兇手，事情就跟你無關。」

「了解。」錦里點頭。

陳警官轉頭跟阿西交頭接耳，之後忽然露出質疑的眼神，問：「你是不是有什麼事忘了跟我們說？」

錦里露出納悶的臉，「忘了跟你們說？——我不太明白你們的意思。」

陳警官看著錦里的眼睛，「你跟春玉之間，是不是有什麼特殊關係？」

「這個……你們已經知道了？」錦里訝異不已。

陳警官點頭，「這是一起涉及命案的案子，你覺得我們不會仔細調查嗎？」

錦里低下了頭，「對，我跟春玉之間……難道，真的是我害死她的嗎？」

「你為什麼這麼說？」

錦里的眼眶微微濕潤，「新聞不是說，她是因為外遇的事而被他殺了……這個，難道不是嗎？」

陳警官沉吟片刻。「新聞說什麼我不知道，我建議你也不要看。其實我們正是因為尚不清楚整個案件的來龍去脈，所以才來找你。再請教你一下，請問阿東是否知道你們之間的關係？」

「我覺得他不知道。」

「你確定嗎？」

「這個……」錦里搖頭，「我無法確定，但我想阿東若知道，他是不是應該選擇……」

阿西接著說：「你是說，他應該選擇殺你嗎？」

錦里點頭。

「這個很難說，發生感情糾紛時，殺對方或殺情敵都有可能，每個人的情況都不一樣。」陳警官又問：「春玉為什麼會跟你談婚外情？」

「啊？為什麼？這個問題……」錦里露出不知該怎麼回答的疑惑表情，嘴巴微張，想了一下才說，「春玉曾經說，她喜歡我溫柔的性格吧……但這樣說是不是往自己臉上貼金？」他苦笑了一下，「其實她早就想跟阿東離婚了，但阿東不肯，加上阿東脾氣不好，其實他之前就有對春玉拳腳相向的紀錄。春玉也說，我們的事不能讓他知道，擔心我會有危險，所以我們、我們……就低調交往。」

「阿東真的是這樣的人嗎？」

「是的，雖然外表跟舉止完全看不出來，但他是一個很會掩飾的人，又是國小正式老師，所以大家都很信任他，但事實上，我相信春玉的話。」

陳警官點頭，「那你們未來有什麼打算嗎？」

錦里也點頭，「有，春玉說她會找時間跟阿東談，她也說，她知道阿東還很愛她，所以要給她一點時間。」

「這樣啊。」陳警官有點訝異，「那春玉對阿東呢？她還愛他嗎？」

錦里無奈地搖搖頭：「不要說愛，她早就對他心生畏懼，春玉說過跟阿東一起生活，像跟一頭無法控制自己行為的野獸生活一樣，她每天都得提心吊膽。」

「那你對春玉是認真的嗎？」

錦里此時忍不住落淚，「是的，我很愛她……」

結束訪談時已近中午，兩人選擇驅車回ＨＳ縣，又去到同一間牛肉麵店。兩個大男人對吃的從不計較，彷彿讓他們一輩子的午餐都吃這間牛肉麵，他們也不會抱怨一句。

吃東西一向速度很快的阿西，這時卻拿著筷子發呆。

「怎麼了？」正吃著麵的陳警官問阿西。

「沒事，」阿西落寞地說：「只是想到我最近確實胖了，快八十，所以我是不是該少吃點澱粉，吃肉就好？」

陳警官露出少見的真誠笑容，「沒事，你沒胖，上次是我亂說的。」

「真的嗎？」阿西不知為何，露出略帶有感情的眼神看著陳警官。

陳警官點頭，「快吃吧，你沒吃我都沒胃口。你吃東西總讓人感覺東西特別好吃。」

「為什麼？」

陳警官做了一個意味深長的表情，「這很難說，也許是你的一種個人天賦。」

「天賦？」阿西，「哎呀……這種天賦一點用也沒有。」

「誰說的？至少就是因為你，我才覺得這碗麵很好吃。」

阿西摸了摸肚子，「不管了，我餓死了，胖就胖吧。」說完，他筷子一插，撈起好大一坨麵，用力一吸，露出滿足的臉。

半晌，阿西忽然抓抓臉，喝了一口可樂，看著陳警官問道：「陳哥，你覺得小茶的女兒……長大之後，若知道自己母親曾打算對她做這種事，她會原諒自己的媽媽嗎？」這個問題阿西是刻意問的，他想把話題引導到陳警官母親的事。

陳警官思索了一下，「這很難說，血濃於水，親情是世上最直接，卻也是最複雜的關係，就算她以後選擇原諒母親，我覺得也是不無可能的事。」

「這樣啊。」

「嗯。」

阿西吞了口口水，緊張地說：「陳哥，記得以前你說過你是祖父母帶大的嘛，父母很早就死了，是這樣沒錯吧？」

陳警官忽然抬起頭，面無表情地看著阿西，「對，你為什麼提到這個？」

陳警官的眼神此刻有些銳利，阿西有點害怕，只好把到嘴邊的「你父母以前發生了什麼事？」的問題又硬吞回嘴裡。

「沒沒沒……什麼。」阿西說：「只是忽然想到小茶的案子，有感而發而已。」

陳警官聞言，收起了銳利的眼神，「我父母他們……總之，不要在我面前再提到他們的事，沒什麼好談的。」

「好的陳哥。」阿西說完，便低下頭吃麵。他覺得自己的額頭都滲出了一層冷汗。

3

T牌汽車保養廠內，休息區的座位幾乎都被坐滿了。大部分的人都在滑著手機，少部分的人正看著電視，但雜誌書報區幾乎沒有人動，就連兩三歲的孩子也抱著平板——看來過去興盛的鉛字文化，已被科技產品摧毀得很徹底。

穿著白襯衫與西裝褲的阿群正跟眼前的客戶解釋著年度大保養的事。留著側分頭的他，兩旁跟後面推剪得很高，是時下最流行的年輕人的髮型，他外表看來約莫三十五歲，但這個髮型卻很適合他，可能是因他本身長得還算好看的關係。

「需要這麼多錢啊？」穿著短褲與藍T恤的光頭客人鼓著滿是鬍碴的臉頰，明顯不悅，「算了，我不要了，只要一般保養就好。」他說話的樣態有點女性化，與他的外型十分不相襯。

阿群露出誠懇的表情，「也是可以，但你的車子已經跑了九萬公里了欸，我真心建議您還是做一下大保養，你應該有孩子吧？若載孩子，車子還是安全點比較好呢，若是我自己的話，一定會做的。」

「不要、不要。」光頭客人搖搖手，無法被說動，「就安排一般保養就好。」

「確定嗎？安全是唯一通往回家的道路欸……」阿群露出十分擔憂的表情。

光頭客人不高興地搖搖頭，「不要再囉嗦了，不然給你負評哦。」

阿群無奈地點點頭，之後在平板上點了點，再把平板遞給了他，「好吧，那就依您的要求，做一般保養，這樣總共是三千八，若確認沒問題，請您簽名。」光頭客人接過平板，不太耐煩地簽過名後把平板還給阿群。

阿群取回平板後，一個轉身，發現眼前站著兩個男人。阿群沒有太大反應，以為他們只是一般客戶。

比較年長的那位忽然問：「請問您是許育群先生嗎？」

阿群嚇了一跳，點頭，「是，我是，請問您是？」

「不好意思，敝姓陳，我們是ＪＢ分局的刑警，這位是我的搭檔，阿西。」

阿西咧著嘴微笑，「您好。」剛才的光頭客人似乎聽到「刑警」二字，雖然一副在玩手機的樣子，但也豎起了耳朵。

「刑警？」阿群問，但不是很驚訝，「請問是要問關於我小姨子的事嗎？」

「是的，方便嗎？」

阿群點頭，「請你們等我一下，我先把資料交給技師。」

阿群隨後拿了兩杯保養廠免費提供的黑咖啡走了過來，陳警官與阿西分別跟他道謝。

「若需要糖或奶精，再請跟我說。」阿群說著，在陳警官兩人的對面坐了下來。

陳警官搖搖手，「不用不用，黑咖啡即可。」

阿西雖也順勢接下咖啡，但卻在心裡無奈地想著，「至少也給個奶油球嘛，黑咖啡這麼苦……」他無奈地想著。

「首先對於你親人發生這樣的事，我們深表遺憾。」陳警官低下頭。

「嗯，謝謝。」阿群說：「主要還是我妻子的打擊比較大……」

「我們已經跟一些人談過，得知事件是發生在你們聚餐的時候。」陳警官喝了口黑咖啡，「請問，那天晚上吃飯的期間，真的都沒發生什麼奇怪的事嗎？」

「我知道你們跟我們其中的一些人談過了，這點我妻子已經有跟我提過。」阿群說：「所以我們兩個後來也再討論過，但確實都沒察覺什麼。我想你們也已經知道——這也是我妻子後來跟我說的，我小姨子好像有外遇——關於這點我倒完全不知情。可是阿東也太傻了，居然為了這種事殺了妻子，這實在……」

陳警官點頭，「那請問你知道她外遇對象的身分嗎？」

阿群沉吟片刻，用食指抓了幾下額頭，「嗯，我知道，後來錦里跟我們坦承過。」

「對於這個部分，你有沒有什麼看法？」

「我？」阿群輕咬了一下嘴唇，一面摸著襯衫的第一顆鈕扣，「坦白說，我也不知道該說什麼，錦里是我多年的好友，我們在大學就認識了，而且交情匪淺，甚至比跟我的親兄弟還要好，但關於感情的事，我當然希望他早日找到對象，畢竟我們年紀都到了，只是我平日也不會多問，所以不是很了解。至於春玉跟阿東，我一直以為他們之間很相愛，我從沒想過我小姨子居然會紅杏出牆，而且是跟我最好的朋友……」

「這樣啊。」陳警官又喝一口黑咖啡，陷入沉思。

「對啊，大概是這樣。」阿群說完後用謹慎的語氣問道，「請問目前……有阿東的下落了嗎？」

陳警官沒有回答，反而接著問：「你知道在事件發生前，他其實已經失聯近一週了嗎？」

「真的嗎？」阿群顯得很吃驚。

「對，他其實已經多天沒到學校上課了，學校也在找他。」陳警官說：「所以我們懷疑他失聯後，就四處找春玉，而找到她之後，就動手殺了她。」

「原來是這樣……可是很奇怪呀，竟然一點徵兆都沒有，我真的看不出他是這樣的人。」

「他是怎麼樣的人？」

「怎麼說呢……」阿群將頭偏向一邊，「我們不是很常相處，所以這部分我無法斷言，但就我看來，我覺得他溫文儒雅、談吐得宜，似乎也懂得很多學問，畢竟是T大研究所畢業的，跟他說話無形中我常倍感壓力，總之，就是很有老師的樣子。」

「平常他與妻子的相處如何呢？」

「這個嘛，嗯……」阿群用鼻子發出了一個長音，「這可能問錯人了，他們在我面前當然都一副感情甚篤的樣子，我跟他們沒那麼熟嘛，其實這個……我真的無法評論。」

「了解。」陳警官說：「最後再請教一下，你知道阿東有可能會去哪裡嗎？例如一些他比較常去的地方？」

阿群搖搖頭，「抱歉，這個我不清楚，我跟那個衣冠禽獸真的沒有好到那種地步。」

4

JB分局一樓大廳

樓梯傳來皮鞋踩踏的喀喀聲，原來是陳警官與阿西正從樓上走下來。兩個坐在大廳的一對上了年紀的男女，一見到他們，便站了起來，快步向他們走去。

「請問你們就是偵辦我兒子張育東案子的刑警吧？」這對男女走向他們時，男人問道。阿西看了他們一眼，兩人約莫六十歲，男人穿著白襯衫與西裝褲，女人則穿了暗紅色的開襟外套與黑色打摺寬褲，兩人都穿著黑皮鞋，看來都是有社經地位的人。

「是的，」陳警官說：「你們好。」阿西也向他們頷首，「你們好。」

男人很激動地說：「這個……我兒子是不可能做那種事的……」女人也說：「他那麼愛她，而且他還是國小老師……他怎麼可能殺人啊。」

陳警官試圖安撫兩位老者，「好的，你們先不要太激動，我剛好也想跟你們談談，我們到會議室吧。」

JB分局小會議室

陳警官看著面前兩位傷心的長輩，「你們家裡發生這樣的事情，我深表遺憾，你們應該也難以接受。」

男人以高分貝的音量說：「當然無法接受！我兒子他、他沒理由殺人啊，他努力多年才考上老師，他很愛他的妻子，生活很美滿啊。」

陳警官說：「基於偵查不公開的原則，有些事我們無法告知……」陳警官說到這時停了下來，「不過，你兒子的實際情況可能不如你們所想像的。有時候，最親密的家人反而最不清楚實情……」

他們雙眼熱切地等待陳警官的下一句話。

「請問你們瞭解你兒子跟媳婦的感情狀況嗎？」

「他們感情很好啊，之前還說著要準備懷孕的事。」女人用衛生紙按著眼角說：「我媳婦說她已在備孕，還體貼地說，知道我倆都在期待，所以她會努力，我也跟她說，我們已從學校退休，未來可以幫他們帶孩子，我們不排斥。」

「這樣啊。」陳警官點了點頭，「所以在你們眼中他們感情非常好？」

「對呀。」女人毫不猶豫脫口回答。

「是不是調查出了什麼錯誤？為什麼新聞媒體都說是我兒子殺了媳婦？新聞這樣報，

他一定害怕得躲了起來，手機又都關機，他沒帶錢，也一定不敢用信用卡，是生是死都不知道。」男人說：「你們到現在還是不知道他的下落嗎？」

陳警官遺憾地搖搖頭。

女人捂著胸口哭著說：「我知道我兒子的個性，他一向很理性又溫柔，你們可以去學校問，他們一定都不願相信新聞上所報的，他是一個很受學生敬愛的老師呀。那天……到底是發生了什麼事？有沒有可能是強盜殺人？」

陳警官沉默片刻。

「拜託你們跟我們說！」男人也流下了眼淚，「我們都這把年紀了，又只有一個兒子，你們可以理解我們多麼心急，多麼痛苦吧……」

陳警官點點頭，「這個我們能夠理解，我們已經知道你們媳婦有外遇的事實。」

他們露出震驚的臉。「春玉外遇？這怎麼可能？」

「他們的朋友錦里，已經坦承自己跟你們媳婦外遇。」

「錦里……」男人問，「你是說周錦里嗎？」

「是的。」

阿西驚訝地問：「你們也認識他嗎？」

男人點頭，「是的。」

「你們為什麼會認識他？」

「這個……是因為我媳婦認識的，但她說周錦里是她親表弟啊，是一個銷售員，賣保健品的，又說他前一陣子業績不好，好像壓力很大，所以要我們跟他買東西，幫忙衝一下業績。你們確定錦里不是她親表弟嗎？」

「確定不是。」陳警官說：「那你們跟他買東西了嗎？」

女人點頭，「買了。」說完，他們互看一眼，同時露出不太自然的表情。

「當時你們兒子的反應是什麼？」

「他也沒說什麼，只是淡淡說買點保健品也不錯，保健品是知名牌子的，不像是騙人的。」

「你們買了多少？」

「快五十萬。」

陳警官與阿西倒抽了一口氣，「居然買了這麼多？」

男人嘆了口氣，「是春玉一直推薦我們，我們向他簽了合約，每個月保健品都會固定送來。」說完，他轉頭看著妻子，「她……真的會這麼可惡嗎？」妻子也一臉無法置信。

「可是就算春玉真的外遇了，也不代表我兒子就會殺人啊。」男人激動地說。

陳警官沉吟了一下，又問：「那你們兒子有沒有跟周錦里買東西？」

「這個我們不知道。」女人搖搖頭。但她明白陳警官的意思——若知道妻子背叛自己，甚至還讓自己在情夫身上花錢，這又更加讓人無法原諒了。

陳警官聽完女人說的話，給了阿西一個眼神。阿西點頭，拿出平板。

陳警官口氣相當謹慎地說：「接下來我們會讓你們聽一段錄音，這是小惠——也就是你們兒子的大姨子——在廁所裡錄到的聲音，請你們做好心理準備，這段錄音可能會讓你們不太舒服。」

他們面露疑惑地點點頭。

陳警官說完，阿西便按下播放鍵，接著一段錄音播了出來。那是阿東大罵春玉的一段錄音，用詞不堪入耳，甚至出現自己不會放過她，且要殺她等內容，最後聲音停止於春玉的尖叫聲。

他們捂著嘴，不敢相信那如惡魔般咆嘯的聲音是出自自己兒子，兩人沉默許久。

「這個……」陳警官說：「我們也覺得很遺憾，最後想跟你們確認一下，這是你們兒子跟媳婦的聲音沒錯吧？」

意想不到的問題讓他們不知所措，女人痛哭了起來。

「是的，是他們的聲音沒有錯，」男人悲痛欲絕，嘆了一口氣，「請問……這是事發當下的錄音嗎？」

「是的，如同剛剛所說，是由你兒子的大姨子錄下的，她在事情發生的時候，剛好在廁所裡。」陳警官說：「她聽到了一切。」

5

阿西一看手機，發現已經超過八點了，而且 Line 裡，滿是小梅的催促訊息。阿西將車停好後，趕緊下車，也沒管交通規則，一看沒有來車，就疾步穿越道路，跑向對街的義大利麵店。一進入店裡，穿著白襯衫與黑背心的櫃檯服務生便說：「先生不好意思，我們只開到九點喔，現在用餐可能來不及。」阿西指著裡面其中的一桌客人，「我來找人的……」

阿西三步併兩步來到小梅與可可對面落坐。「你怎麼那麼慢。」小梅不禁抱怨。

阿西還喘著氣，「我已經盡快趕來了，剛陳哥還找我吃飯呢，害我亂編了一個理由說不能去，欺騙陳哥我很過意不去欸。」

「不要緊，他就算知道也不會計較的，」可可打圓場，「你一定餓了吧，趕緊吃麵。」

阿西看著桌上的義大利麵，顯然已冷掉了。但他確實很餓，嚐了一口，雖然覺得不好吃，可他還是大口大口地嚼著。

「味道還不錯吧？」可可說。

阿西心口不一地點點頭。

可可緊張地說：「所以，你查到了什麼？」

阿西把嘴裡的麵吞進肚子，點點頭，「等等……」說完，他把叉子放下，從口袋裡拿出一張折成四方型的Ａ４紙，攤開之後交給可可。

「這是什麼？」小梅緊張地問。

「妳們先看一下。」

可可看著紙上的文字，臉上的表情越來越凝重，「這個難道是……可是上面的名字不是我公公婆婆呀。」

「對，經由我在南部的朋友幫我查到的結果，我想，陳警官跟妳說的名字可能是假的，」阿西說：「我猜想陳警官可能不希望妳查到這些資訊……」

Ａ４紙上是一則三十多年前的殺人案新聞的影本，內容大概是一名年約三十八歲的男子在家中遭人刺死，由不到七歲的兒子發現屍體並報警，年近三十歲的妻子涉有重嫌，目前仍舊下落不明。

可可讀完不禁驚愕得用手掩住嘴巴，「原來……我公公是被人殺死的，而且婆婆還可能是兇手……」

阿西點頭。

小梅這時問，「老公，只有這一篇嗎？新聞沒有後續嗎？」

「對。」阿西抓抓臉說：「可能當時不是大新聞吧，又或者有其他原因，總之，我找不到針對這件案子的其他新聞，而案子的發生地在南投，我沒有權限也沒有理由去調閱……」

「那案子後來有後續嗎？」小梅問。

阿西搖搖頭，「我只知道是一樁懸案。」

小梅又說：「會不會這就是陳哥母親去美國的原因？」

「很有可能。」

可可落寞地說：「原來他曾經歷這樣的事啊，他為什麼都不跟我說……難道我在他眼裡，是無法分擔丈夫痛苦的妻子嗎？」

6

陳警官與阿西來到一處社區大樓的六樓之三，阿西敲了門。

一個約莫六七歲的小女孩開了門，陳警官有點意外，「請問妳爸爸媽媽在嗎？」

「請問你們是誰？」小女孩眨著天真的雙眼問。這時後頭一個年輕女人跑了過來，「抱歉抱歉，我剛剛在廁所，沒聽到敲門聲。」

她見外頭是兩個陌生的男人，於是趕緊把女兒拉近身邊，並露出警覺的表情說：「請問你們是誰？」她又立刻轉頭大叫，「老公，你趕快過來！」

陳警官這時拿出了刑警證，「抱歉嚇到妳了，請不要害怕，我們是刑警。」

女人這才露出鬆了口氣的表情，但立刻轉為無奈，「是要問隔壁的事嗎？」

「怎麼了？」只穿著四角褲的男人從裡面跑了出來，緊張地問道。男人相當高大，且赤裸的上身都是肌肉。陳警官趕緊向他解釋來意。

「關於隔壁鄰居的事情，有些事想跟你們確認一下。」

「好吧。」男人說：「請進來吧。」

「不好意思，那我就打擾了。」坐在沙發上的陳警官再次道歉，阿西也露出歉疚神情。

「沒關係。」男人此時已套上T恤跟短褲，但T恤下的肌肉還是格外惹人注意，阿西覺得他應是健身教練之類的。

「鄰居發生這樣的事真的很苦惱。」女人說：「我們房子的貸款還有二十年呢，這下子房價肯定跌慘了。」

「對於你們的處境，我深表同情。」陳警官說。

「今天來應該不是談房價的事吧？」男人問，「請問你們要問什麼呢？」

陳警官點點頭，「主要還是想問那天的事。」

「請說。」

陳警官點頭，「根據我們得到的消息，事件大概發生在晚上九點半左右，請問當下你們都在家裡嗎？」

「嗯，我跟我妻子還有女兒都在。」

「請問當晚有沒有聽見什麼聲音？」

他們夫妻想了片刻，又看著彼此，最後是先生開口：「好像都沒有吧，我們知道的時候警察已經來了，不過你具體是指什麼聲音？」

「類似打鬥或者吵架的聲音。」

兩人搖頭。

「你們房子隔音效果如何？」陳警官問。

妻子說：「我們房子隔音不算太好，有時聽得到隔壁大笑或大聲說話的聲音，甚至有時沖馬桶的聲音都聽得見，但那天我印象中好像沒聽到隔壁有聲音啊，你有聽到嗎？」女人轉頭問丈夫。

丈夫搖搖頭，「坦白說，我妻子對聲音比較敏感，若她都沒聽見，我更不可能聽見了。」

說到這時，他忽像想起什麼似的說：「但那天有發生一件小事……」

「你說那件事啊？」女人似乎也想起了什麼。

「請說。」

男人點頭，他用雙手抓了幾下自己粗壯的大腿，「大概八點多吧，我們當時正在吃飯，阿群來敲門，說請我幫他一件事，就是他的朋友好像喝得太醉，請我幫忙一同攙扶他到停車場。」

「阿群？是許育群先生嗎？」陳警官問。

「對，就是隔壁的。基本上，我們跟鄰居都互相認識。」

「後來呢？」

「就這樣啊，沒什麼。」男人摸著臉繼續說：「我就幫忙他把人攙扶到停車場，然後阿群說他要載他朋友到基隆的家，我說『這樣啊，辛苦了。』之後他跟我道謝，大概就這樣。」

陳警官回想起阿群之前說的部分，與男人的說詞都吻合，便點了點頭，又問：「還有其他比較特別的事嗎？」

兩人搖頭。

陳警官突然問道，「方便問問你們女兒嗎？」

女人露出為難的臉，「我女兒？她那麼小欸……」

但男人似乎覺得沒什麼關係，於是叫：「小愛，妳過來一下。」

正在玩玩具的小愛站起身，小跑步向他們跑來。阿西覺得這個小女孩很可愛，又很乖巧。

男人這時問她：「前幾天有很多警察杯杯來這裡，妳記得嗎？」

「記得。」小愛說：「你們說是有人做壞事被抓了。」

「對。」這下換女人說：「那天晚上，在警察杯杯來之前，妳有沒有聽到什麼聲音？——從小惠阿姨跟阿群叔叔那邊，有沒有？」

「沒有。」小愛說：「但我有看到阿群叔叔回來，他跟我說『噓——』，然後就走回家。」

陳警官有點訝異，「阿群叔叔有回來？」

男人與女人也跟著吃驚。

陳警官有點激動，看著小愛問：「那是幾點的時候？」

小愛露出害怕的神情，女人溫柔地抓住小愛的手，安撫她說：「小愛，這很重要，請跟警察杯杯說。」

小愛微微皺眉，似乎想了一下才說：「好像是把拔洗澡的時候。」

「我先生都是九點之後才洗澡的，那可能就是在九點半左右了吧。」

男人也點點頭。

「這樣啊。」陳警官又看向小愛，小愛明顯非常怕他。「那阿群叔叔看起來怎樣？開心嗎？還是生氣，還是傷心？」

小愛不敢看陳警官，只看著媽媽，一副快哭的樣子說：「他……看起來跟平常一樣……」說完，她可能以為陳警官在責罵她，忽然大哭了起來。

7

下午五點半，夕陽把麥當勞上面的玻璃帷幕照出一片橘光，遠遠看去，像是裡面著了火一般。

一個穿著黑色牛仔褲與藍衣的女人騎著摩托車，來到ＪＢ分局。她左右張望，不知該把車停在哪裡，雖然分局前面有空位，但她不敢停。隨後看到對街麥當勞前面還有空位，於是又騎到對面，但空位太小，她又費勁稍微移動了其他車子，才把自己的車停好，之後便過馬路，往分局走去。

她跟值勤台的員警說明來意，員警立刻撥打了電話，並請她稍候。女人坐在牆邊位置等候，不一會兒，陳警官與阿西便下樓。

JB分局小會議室

「不好意思又把妳找來。」陳警官說，語氣裡完全沒有歉意。

小惠搖搖手，「沒關係，反而是我很不好意思，下午我在跟刀，只要一進開刀房，我們護士就走不開，讓你們白跑一趟了。」

「不會的。」阿西也搖搖手說：「反倒是我們很感謝妳一接獲通知，就立刻來到分局。」

「這是我應該做的。」小惠點點頭，「妹妹的事似乎還沒有太大的進展，我也覺得很不甘心，請問，針對阿東的下落，目前情況怎麼樣了？」

「很抱歉，目前我們還是沒能找到他。」陳警官說。

「那個可惡的人……希望你們早日將他逮捕歸案，我希望親眼看到他接受法律制裁。」小惠悲憤地說。

「我們會盡最大努力，」陳警官點頭，「但我們今天請妳過來，不是要談阿東的部分，主要是因為我們對於妳的錄音有點疑問。」

「對錄音的部分有疑問？」小惠好像鸚鵡學舌般重複說了一次。

「是的。」

小惠露出不解神情，「……請說。」

「首先，很抱歉我們扣留了妳的手機那麼多天，」陳警官邊說邊從文件袋裡拿出小惠的手機。

「是有點困擾，但也還好，我有兩支手機。」

陳警官把手機拿在了手裡，沒有馬上把手機還給小惠，「妳這個手機還很新吧？」

小惠對陳警官的提問微微感到困惑，但還是回應，「對，一個月前才換的。」

「為什麼要換手機？」

「沒有為什麼呀，」小惠對於這個問題感到不解，「只是想換而已。」

「了解，」陳警官說：「根據我們調查，妳這一個月的通訊都很正常呢，尤其Line的文字訊息，似乎都沒有什麼特別的訊息。」

「你們……還調查了我的手機嗎？你們拿我的手機不是只是為了那段錄音檔嗎？為什麼要調查我的手機？」

「嗯，」陳警官說：「這個……好像也『沒有為什麼』，可能跟妳換手機的原因差不多吧，若真要我說，可能『只是順便調查』──這個理由妳可以接受嗎？」

小惠覺得陳警官的態度變得有點奇怪，不由得緊張起來。

「妳換新手機，手機上又沒什麼通訊紀錄，這是不是一種『刻意的安排』？因為妳知道當下我們一定會跟妳拿手機，所以妳不能在手機上留下一些對妳不利的資訊？」

小惠皺眉，輕咬著嘴唇，「我聽不太懂你的意思，我就是換手機而已。」

「好吧，當我上一句話沒說，」陳警官用手指敲著桌面說：「這樣吧，我們再來聽聽這段錄音檔吧，好嗎？」

「嗯。」

陳警官這時把錄音檔從手機裡播放出來，小惠皺緊了眉頭，似乎不忍再聽妹妹的尖叫聲。

錄音檔播放結束後，小惠問：「有什麼問題嗎？」

「妳沒聽出來奇怪的地方嗎？」

「奇怪的地方？」小惠不解。

「那我們再聽一次。」陳警官又按下播放鍵。大概在第三十秒之際，他要小惠注意聽，「就是這裡！」

小惠還是聽不明白。

阿西接著說：「妳難道沒聽見垃圾車的聲音嗎？」

小惠結巴道，「垃圾車？」

「對。」陳警官再次重複播放垃圾車聲音出現的那幾秒，「這下子妳聽見了吧？」

小惠露出了不安的表情。

陳警官眼神銳利地看著她，「妳說凶殺發生的當下大概是九點半左右，請問妳的錄音檔裡為何會出現垃圾車的聲音？我們調查過，妳這一區垃圾車的時間是下午五點呀？」

「這……」

「這段錄音是不是假的？或者該說，是由其他手機側錄過來的吧？」陳警官露出嚴厲的眼光說，接著用手指關節用力敲擊桌面，發出很大的叩叩聲響，「我們猜測，這段錄音發生的當下，並未真正發生兇殺吧？請問……妳騙我們這段錄音發生在兇殺當下的目的是什麼？請告訴我——林玉惠小姐，妳為什麼要說謊？」

8

這時響起陣陣春雷聲。

手上拿著平板，正在跟一位捲髮女客人介紹保養項目的阿群不由得轉頭往窗外看去。捲髮女客人也跟著看向窗外，「雷聲這麼大，天又這麼陰，看來要下雨了。」

「是啊。」阿群看見外面天邊暗紫色的烏雲層層疊疊，覺得大概很快會下一場傾盆大雨。

「每次聽見轟隆的雷聲，都覺得是不是又有壞人被雷神懲罰了。」捲髮女客人又說，拿起黑咖啡喝了一口。

「是嗎？若雷聲真的是雷神在懲罰惡人的話，或許打雷不是壞事。」阿群笑著說。

捲髮女客人也點頭微笑，「不過這雷聲也太響了，好可怕，看來這惡人犯的罪很重喔。」

阿群發出爽朗的笑聲。

捲髮女客人覺得阿群的笑容很迷人，也覺得他的笑聲很好聽，不自覺地撥了撥頭髮。阿群跟她繼續介紹起保養的事，她不太懂車，但覺得阿群人很好，應該不會故意坑她，便同意了阿群所有的建議。阿群見她如此爽快地在平板上簽名，感到全身血液都在沸騰，她簽下的可是近兩萬元的保養帳單。

「在忙嗎？」一個男人說。

正當阿群向女人道謝時，忽然聽見身後有人跟他說話。一轉身，看到兩位刑警，臉上的迷人笑容瞬間消失，納悶地問：「又是你們？請問還有事嗎？」

陳警官直接開誠布公，「有，而且很緊急，可能要麻煩你跟我們回警局談一下。」

「咦——？」阿群露出為難的表情說：「現在嗎？」

陳警官露出不容拒絕的表情，「你說呢？」

JB分局小會議室

「真是不好意思在你上班時間把你找來警局。」陳警官說。

「這個……」阿群不知該說什麼。

「那我們就坦白跟你說了。」陳警官說：「你妻子現在也在警局。」

「小惠也在警局？」阿群十分訝異，「為什麼？」

「你認為呢？」

「你們……要我說什麼？」

陳警官忽然露出笑容，「你難道沒有什麼事要跟我們說嗎？現在可能是你最後的機會喔。」

阿群搖搖頭。

「你沒有的話，我們有。」阿西接著說道。

陳警官把雙手放在桌上，「許育群先生，我們從頭梳理一下吧，從最初你跟你妻子的證詞開始。你們是說，當晚你們在聚餐，但阿東缺席，後來錦里喝醉了，於是你送錦里回家，在你送錦里回家時，你太太去了廁所，然後阿東忽然來你家，跟你小姨子大吵，然後拿刀刺死她，最後逃走，對不對？」

阿群點頭。

「我們一開始也相信你們的說詞，但後來發現一個奇怪之處，這個阿東根本不存在，我們不僅找不到兇器，現場也完全沒有他的生理跡證，也沒有目擊證人，他彷彿憑空出現在你家，殺了人之後又立刻消失一樣——當然除了那個錄音檔之外。」

「這個……也許……」

「你先不用解釋，」陳警官對他比出制止的手勢，「根據你太太的說法，阿東來殺人之際，大約是九點半到十點左右，而當時你已經在送錦里去基隆的路上，對不對？」

「對。」

陳警官點頭，「你開誰的車載他？」

「我的。而且——」阿群話還沒說完卻忽然停了下來，陷入思考。

「而且什麼？」

阿群咬了咬下嘴唇，才說：「當天也有證人——有人陪著我，扶著喝得爛醉的錦里上車。」

「你是說你的鄰居——對嗎？」

阿群對於陳警官得知這件事感到非常訝異，但故做鎮定地說：「對，你也可以查我的Etag紀錄，我當晚確實開車上高速公路去基隆了。」

「當然，這我們知道，我們早已查過。」陳警官說。

「所以還有什麼問題嗎？」阿群抱起手臂。

「但為什麼當晚有人看見你又回家？」

「有人看到我……回家？」

「是的。」陳警官說：「你當晚明明有再回來，你為何說謊？」

「我沒有，我真的跟錦里去基隆了，一定是證人看錯了。」

「是這樣嗎？」陳警官把笑容收起，給阿西一個眼神。阿西立即從文件袋裡拿出一張A4紙，並遞給阿群。陳警官繼續說：「這是當晚九點半左右，你人在你家附近被監視器拍到的影像截圖，你告訴我，你如何同時在高速公路上開車，又出現在這裡？所以我們大膽假設，開你的車的人是錦里自己吧？」說到這裡，陳警官沒有要停止的意思，又說：「之後，我們又發現你太太提供的錄音檔很奇怪，在錄音檔的背景音中竟然出現垃圾車的聲音，也就代表，錄音的當下時間是下午五點左右，但你太太不是供述兇殺的時間約莫在九點半嗎？這中間有四五個小時的落差呀，我們甚至懷疑，那根本也不是兇殺現場的聲音吧？那會不會只是阿東跟妻子吵架時，被有心人士錄下，拿來當假證據使用呢？」

阿群的表情漸漸沉重起來，極度的不安在內心裡翻騰。

陳警官露出銳利的眼神逼視著阿群，嚴厲地說：「你做假不在場證明，你妻子又對錄音檔的事說謊——你跟你妻子那天到底做了什麼？阿東的失蹤跟你們有沒有關係？你最好從實招來，否則你事情大條了！」

9

一個男人牽著一個約十歲的男童走進一間便利商店。男童頭戴藍色鴨舌帽，臉上掛著粗框黑眼鏡，微胖、臉色很白，說話方式有點特別，且很喜歡笑，一般人得仔細看，才會知道他是一個喜憨兒。男人領著拿了兩瓶養樂多跟兩個御飯糰的男童，來到櫃檯。男人刻意讓男童跟女店員結帳，男童很有禮貌地拿了卡片給女店員，女店員接過卡片，開口詢問男童要不要發票，男童則說存載具就好，女店員誇他很聰明。結完帳，男童極有禮貌地跟她敬禮道謝，女店員手足無措地趕緊回敬並揮揮手說：「不用那麼客氣啦！」男童嘻嘻笑著，跟男人一起走到用餐區。

男童一面吃著御飯糰，一面跟男人有說有笑，大概是談著學校發生的趣事。就在這時，低著頭看著地下的男童，看見地上出現兩雙擦得發亮的黑皮鞋，抬眼一看，看到兩個男人。

「錦里先生，不好意思忽然跑來找你。」陳警官對錦里說。

正吃著御飯糰的錦里嚇了一跳，趕緊吞下嘴中的飯糰說：「不會，只是嚇了一跳，你們怎麼會知道我在這裡？找我有事嗎？」

陳警官與阿西在他們身邊坐了下來。

男童看著他們說：「阿北好。」

錦里趕緊糾正，「是叔叔啦！不好意思喔，小孩不懂事。」

「沒關係。」陳警官搖搖手。但阿西不曉得為何很介意，瞇著眼看了男童一眼。

陳警官接著說：「你應該都聽說了吧？」

錦里點點頭，「只是無法理解，覺得她很傻，也可能害到最疼愛她的姊姊跟姊夫。」

陳警官點點頭，「不過春玉很聰明，預留了一段影片說明自己是自殺，也自白自己殺了阿東。她交代小惠與阿群，為了要讓你拿到保險金，務必得到無法解釋的階段，才能把她的自白影片曝光。既然我們已看到影片，那他們兩人當然就沒有謀殺的嫌疑了，最多只是『加工自殺罪』，但他們是親屬，加工自殺罪也會判得比較輕的，這不必擔心。春玉已癌末，她想在人生最後階段留下點什麼給她最在乎的兩個人，這大概也不是太難理解的事，而且——」陳警官說到這時，摸了摸男童的頭，「你一個人照顧他，很辛苦吧？」

錦里流下淚水，搖搖頭，「不會，他是我人生的寶貝，春玉其實也很疼他的。」

「春玉當初為什麼離開你？」

「我認識春玉的時候，她才十九歲，我們沒有結婚，她懷孕後一次產檢，醫生便發現孩子患有唐氏症，是我堅持要她把孩子生下來的，不是因為我愛孩子，而是因為我自私想用孩子綁住她，逼她結婚。但在孩子生下來之後，她一開始也是很想當個好母親的，我明白她很愛他，但後來她還是選擇離開我們，我不怪她，她年輕又漂亮，孩子又是我逼她生的，是我殘忍。」

陳警官與阿西靜靜地聽著錦里解釋。

錦里哽咽了一下，繼續說：「可是她的命運多舛……之後又嫁錯了人，她以為身為國小老師的他，是值得依靠的人，未料卻根本是個變態。她一度想回來找我，但那個混帳變本加厲，恐嚇她一旦離開他，他一定會殺了她。之後她又得了癌症，沒想到那個癌症狀況惡化，她曾跟我說過她很後悔，居然拋棄自己的骨肉，也許癌症是老天對她的懲罰，我跟她說『妳不能這樣想，若真要追究，是我的錯，是我逼妳把孩子生下來的。』……」錦里抹了抹臉上的淚水，「那個人——若你們知道他生前是如何對待她的話就會知道，他根本不配活著……」

「嗯。」陳警官說。

此時大家都陷入了沉默當中。錦里把養樂多插上吸管交給男童。他這時已把情緒整理好，冷靜地問：「所以今天來找我，還想問什麼嗎？難道……你們認為我也早知情她其實是自殺嗎？」

陳警官搖搖頭，「這部分我們不追究。」

「那今天為何找我？」

陳警官沉吟了一下，才說：「雖然春玉自白自己殺了阿東，但沒有交代他屍體的下落，而且她的身體已經相當虛弱，我們實在無法相信她還有殺人的能力……」

錦里露出了警覺的眼神，「所以，你們是懷疑我嗎？」

陳警官看著男童，並摸著他的頭說：「沒有，我們沒有懷疑你什麼。雖然阿東可能是個讓人無法原諒的混帳，但終究是個人，他身邊還是有在乎他，並相信他是完全無辜的人，我們只是希望，若哪一天我們忽然可以知道他屍體的下落的話——至少讓我們給深愛他的家屬一個交代。」說到這時，他抬頭看著錦里，眼裡帶著難以形容的溫柔，說：「我們會很感激你的。」

「話就說到這邊。」陳警官說完，便與阿西一起起身，向錦里道別。

錦里看著陳警官兩人離去的背影，腦裡反覆思量著陳警官那句「就算是無法原諒的混帳，身邊也是會有在乎他，並相信他是完全無辜的人。」，錦里想著自己應該怎麼做才好。

這時，傳來幾聲悶悶的春雷聲響，隨即傳來了淅淅瀝瀝的雨聲。

10

哈瑞返台與可可見面已是四個多月前的事。

可可這天又接到哈瑞的電話，他說他們母親的身體每況愈下，每天都在說希望陳警官能夠去美國看他。

「費用問題不必擔心——若你們是擔心這點的話。」哈瑞不知為何，說了這樣的一句話。

可可聞言，有點不高興，好像被瞧不起的感覺，「當然不是費用問題，只是……」可可欲言又止。

其實她上回已試過，在吃飯時若無其事地跟陳警官提及他父母的事，但陳警官一臉嚴肅地說：「我跟妳說過很多次，他們在我很小的時候就死了。」

「我知道啊。」可可當時反駁，「但老公，他們是你的父母，也就是我的公婆，還是芊芊的阿公阿嬤呢，我想多知道一些我這對無緣公婆的事，老公，你能不能多說一點給我聽？」

陳警官沉默下來，而且還散發一種不容被打擾的氣場。可可覺得自己的老公可能就是個天生的刑警，就連她有時也會不由自主地害怕起他，儘管他其實從未兇過自己，甚至連大聲說話都不曾有過。

「所以……妳跟他談過了嗎？」哈瑞又問。

「這個……」可可不禁結起巴來。她不知道該怎麼跟哈瑞解釋，面對此事，她不敢多問，甚至連提都不敢提。

父愛

1

這天天氣很熱，炙熱的陽光灼燒著柏油路，讓地面溫度達到幾乎能傷人皮膚的程度。有著一張還算漂亮的臉蛋的徐莉莉正從家裡走出去。她今年十六歲，國中畢業就沒有上學。她母親已逝，父親成天不見人影，通常不是去賭博，就是去按摩店，家裡只剩被疾病纏身的奶奶。他們平日都靠領取社會補助生活，偶爾父親回來會給奶奶一些錢，但多半父親回家是跟奶奶拿錢，有時還會吵架。莉莉也不懂，她對錢沒有概念，通常就呆呆地看著他們吵。

莉莉出門後，其實沒打算做什麼，她喜歡走路，用她那雙宛若不怕灼熱地面的髒汙赤腳一直走一直走。有時喜歡到便利商店晃來晃去吹冷氣，有時到夾娃娃機店看人抓娃娃——那邊有張方形木桌，常會有人在那裡抽菸聊天，她會趁有人把還燃著的菸丟進菸灰缸時，又撿起來抽。她喜歡抽菸，但沒有很常抽，因為她沒有錢。

莉莉其實有點怕人，尤其是男人，常有男人會欺負她。她會回他們「不要弄嘔（我）」，但通常他們不會聽，所以她有時看到男人會躲起來。

這天徐莉莉又來到夾娃娃店，恰好裡面一個人影也沒有，這是她最喜歡的狀態。她看著娃娃機，數著一台機器裡面有幾個娃娃，一、二、三……專心地數著數著，經常數過九之後，又變回一……忽然，有人用手指關節用力敲了她的頭一下。

「妳這個白癡又來店裡打算偷娃娃嗎？」抽著菸的阿福對著全身髒兮兮的莉莉說。又瘦又矮的他旁邊站著凱志，凱志是個胖胖、皮膚很黑的男人，他的牙齒很黃，感覺從不認真刷牙。他們大概都二十來歲。

莉莉用手掌在頭上不斷撫著被阿福敲過的地方，從莉莉的表情可以看出，剛剛阿福下手挺重，她大叫：「我沒嘔（有），你走開。」她的發音除了不標準之外，也有很重的鼻音。

阿福跟凱志大笑，阿福說：「還沒嘔咧。媽的，她發音超好笑的啦。」

凱志說：「那妳在這裡幹嘛？」

「我只是看娃娃嘔（而）已。」莉莉說。

「妳要不要抽菸？」阿福把菸盒子拿在莉莉面前晃。

「你真的要給嘔（我）嗎？」莉莉張大眼睛說。

「妳要的話就過來拿啊。」阿福把幾根菸塞進褲襠。

莉莉聞言，立刻走向前，毫不猶豫把手伸進阿福褲襠裡。

阿福跟凱志又大笑。「這個白癡真的要欸。」阿福說：「妳知道妳摸到什麼嗎？」

「我不幾（知）道，摸起來像玩既（具）。」

阿福又大笑。「看來妳真的是白癡，連自己抓的是什麼都不知道。」

2

一處民宅的鐵捲門前。

「越來越臭了。」有著一張長臉的婦女跟一旁身形矮壯的員警說。

另一位圓臉的婦女則皺著眉頭說：「對啊，之前還沒那麼臭，但今天特別臭，而且……這幾天都沒有人看到徐太太。」旁邊幾個人也點點頭。

「徐太太大概幾天沒出門了？」另一位年輕，體格好的員警問。

長臉婦女歪著頭想了一下，「至少三四天有了吧？徐太太身體不太好，所以不常煮菜，平常都會出來買東西吃，也都會跟我們打招呼或聊一下，但這幾天都沒出現，我們就覺得不太對勁。」

「她是獨居嗎？」年輕員警問。

「不是，她還有一個孫女。」圓臉婦女把雙手背在身後，「說到這……好像也很多天沒看到她了。」

「但她那個孫女的腦袋哦……」長臉婦女用合併起來的勝利手勢敲敲自己的腦袋，「趴帶趴帶的。」

「這樣啊。」年輕員警說：「那真的有點奇怪了。」

「希望沒事才好，」一個男人說，「若有事，我們這裡的房價就慘了。」

「你們誰有她的電話嗎？」矮壯的員警朝在場的眾人看去。大家都搖了搖頭，長臉婦女說：「大家應該都跟她們不太熟吧。」

年輕員警聞言，不由得露出苦惱的神情。

「有沒有人在？」年輕員警用力敲了敲鐵捲門，又大聲說：「有人在的話，請回應。」始終沒人應聲。

「看來，得破門而入才行。」他敲完門，便拿出電話通知消防隊。

當消防隊把鐵捲門鋸開時，一陣濃郁的臭味撲鼻而來，眾人忍不住掩鼻，圓臉婦女甚至被臭到不停咳嗽。那是能讓人記住一輩子的特殊味道，兩位員警頓時感到不妙，不約而同地對望一眼，都認定「出事了」。於是轉身跟眾人說：「沒什麼好看的，你們先離開吧。」

一時之間沒帶防護用具的他倆只好硬著頭皮，摀著嘴進去。

「真的有夠臭。」打頭陣的矮壯員警彎腰，跨進屋內，在他後面跟著的年輕員警無奈地點點頭。

他們環顧四周，發現客廳的日光燈仍開著，一旁電扇也還在運轉，但屋內的情況亂成一團，櫃子倒了，抽屜也被拉開，東西被翻出掉了一地，桌子四腳朝天，地上滿是破裂的陶瓷、玻璃碎片，初步看來像被洗劫過。但並未看到臭味來源，他們於是往裡面走，當走進廚房時，更濃的臭味撲來，他們忍不住乾嘔，而這時映入他們眼簾的，是一具腐爛已久的老婦人屍體，地上滿是暗紅血漬。

「幹，真的有死人啊……」用手捂著口鼻的年輕員警說，聲音聽來像是在棉被裡發出似的。

「不要在現場說髒話啦。」同樣捂著口鼻的矮壯員警說。年輕員警聞言，趕緊合起雙掌，「阿彌陀佛，對不起，我沒有不敬的意思。」手一離開口鼻，臭味就如一大群蝗蟲一般衝進他的鼻腔，使得他又忍不住乾嘔，他又趕緊用手把口鼻捂起。

當他們再進一步往裡面搜查時，赫然發現浴室裡還有一具赤裸的女屍。

ＪＢ分局大會議室

因是雙人命案的重大刑案，所屬轄區的ＪＢ分局立即召開偵查會議。大會議室位置都被坐滿，阿西跟一些警察還只能站著，陳警官坐在右邊靠窗的位置。但冷氣不夠冷，在一間都是男人的空間裡，汗臭味淡淡地瀰漫著。眾人正針對此案進行討論。

據鄰居表示，兩位死者可能是屋主徐安騰的母親與女兒，其中少女是十六歲的徐莉莉，經過法醫初步勘驗，發現脖子上有勒痕，舌骨已斷，死亡原因是絞殺，有被性侵的跡象，但因屍體被清洗過，又被赤裸浸泡在浴缸內，而浴缸內儲有一半的漂白劑，生理跡證很有可能已被破壞；另一位是徐太太，本名羅玉有，是徐莉莉的奶奶，六十四歲，死因是刀傷，身上共有七處刀傷，致命傷是刺進心臟的那一刀，現場未發現凶器。死亡時間依照屍體腐爛程度來看，大概是四到五天左右。至於屋主徐安騰，目前警方連絡不上。

據員警實地走訪調查，這幾天未有鄰居反應看到任何可疑人物，但確實有人聽到該房子傳出大聲講話的聲音，但只要被害人的兒子徐安騰回家時，他家便會傳出爭吵聲，所以鄰居也都沒有特別注意。

警方研判兇手可能是熟人或認識的人，被害人在沒有防備的情況下慘遭殺害，但也不排除是竊賊入侵民宅偷竊失風殺人，只是屋內有價值的東西不多，初步物品看來也沒有短少。

目前正全面清查當晚附近所有的監視器畫面，包括可疑的人、車等，並走訪調查附近所有前科犯的行蹤。

3

盛夏的這天，早上八點已經相當熱了，阿西覺得自己的腋下已濕成一片。他聞了一下，好像有點味道，開始後悔出門前忘了塗體香膏，但隨即覺得，也有可能是衣服沾染上了停屍間的味道。他們剛剛才在殯儀館協助徐太太的女兒徐靜麗與她夫婿認屍，徐靜麗已確認兩名死者分別是她的母親以及姪女。

「徐小姐，很遺憾妳家人發生這樣的事，希望妳早日走出傷痛。」陳警官說：「也謝謝妳協助認屍，我們警方會盡全力氣破案。」

「請節哀。」阿西眼神帶著溫柔地說。

徐靜麗點頭，「也謝謝你們。」她丈夫這時用手摟了摟她的肩膀。

阿西從剛剛開始便覺得奇怪，徐靜麗不如一般遺族家屬般哀傷，顯得非常冷靜。

敏感的徐靜麗也察覺到阿西的表情，忽然問：「你們……是覺得我有點過於冷靜了嗎？」

陳警官確實也這麼認為，但還是很沉著地說：「不會的，我們知道有些人的哀傷藏得很深。」

「不，我不是藏得深，我確實是不太難過。」

陳警官略顯吃驚。

「她……其實不是我的親生母親，是我的後母，我的生母很早就死了，在我八歲的時候，我爸跟她再婚的。」

「那徐安騰是妳的？」

「他是我哥，但我們沒有血緣關係，他的生父姓陳，後來他母親改嫁我爸後，才改姓徐……你們應該連絡不到他吧？」

「對，其實我們第一時間就通知了他，但找不到人。」

「他就是這樣的人。」徐靜麗重重地嘆了一口氣，「其實——」說到一半，她又停了下來。

陳警官說：「妳有什麼想法都可以說，沒有關係。」

「我哥……不，該說那個人，很惡劣，以前他媽就很寵他，自己都已經四五十歲沒有做過一份像樣的工作，生活卻揮金如土，一直跟他媽或我爸拿錢，我爸雖覺得困擾不已，但他很愛我媽，也不敢說他什麼……我後來、後來才知道我爸……就是被他氣死的。」徐靜麗說到這裡，不由得哭了起來，「我知道我很不應該，她畢竟是我後母，小時候其實她也待我如親生女兒，我卻沒有照顧她，但我也是不得已，我一回去那個人就很兇，經常暴跳如雷對我大吼大叫，說什麼『這個家不是妳的』，要我滾，也對我動手動腳。我也知道那個人生了一個需要人照顧的女兒，她媽生下她後就跑了，以前我還沒離家時也會幫忙照顧，但我知道那個人不希望我照顧他的女兒，我也很怕他……所以……」

「原來是這樣。」

「但我沒想到這個家會變成這樣……」徐靜麗痛哭失聲，她的丈夫把她擁在懷裡，對陳警官說：「這件事……跟那個人，應該無關吧？」

陳警官對這個問題有點吃驚，用手抹著下巴說：「你的意思是，你認為徐安騰先生有可能是？」

「這個……」徐靜麗的丈夫偏著頭，「這個我不好說。」

徐靜麗忽然頻頻點頭，「對，我老公的疑慮沒有錯，我覺得有可能。之前我媽就常跟我抱怨，那個人到現在還在跟她要錢，要不到就對她大吼大叫，我也想幫我媽啊，甚至要她來跟我們一起住，但我媽又忽然改口說是我居心叵測，說我是想把她丈夫——也就是我父親的房子——要回去，於是那個人又跑來找我大吵……坦白說，若這個事情跟他有關，我也不意外。」

在陳警官謝過他們後，阿西跟他們說明，未來分局可能會再找他們做正式筆錄，屆時再麻煩他們。

「沒問題。」徐靜麗的丈夫說：「那目前若沒有其他事的話，我們就先走了，我想我太太很需要休息一下。」

陳警官與阿西再次向兩人道謝，之後便目送他們往停車場走去。

阿西向陳警官遞出洋菸菸盒，陳警官本想推拒，但摸了摸自己口袋，卻發現自己身上沒帶菸，只好從阿西的菸盒子中抽出一根。兩人隨即吞雲吐霧了起來，阿西把煙霧吸進身體時，忽然有種被消毒的感覺，剛剛吸入體內的，不知是停屍間還是屬於夏天的惡濁空氣彷彿被替換了。陳警官則邊抽邊想著下次要買一整條還給阿西，但他從沒見過台灣哪裡有賣這個牌子的菸。

下午陳警官與阿西回到分局，參加第二次偵查會議。

完整的解剖報告已出爐，證實少女曾遭性侵，但嫌犯的生理跡證確實已被漂白水破壞，而鑑識科的發現也非常有限，現場雖然凌亂不堪，卻沒有發現可疑的腳印或指紋，此外屋內也完全沒有被入侵的跡象，羅玉有房內的一些現金、金飾或珠寶也沒被偷走，研判兇手的目的可能不是偷竊。另外也比對過屋內的所有刀具，上面都沒有血跡，也都與羅玉有身上的刀傷不符，勒死徐莉莉的繩子也不在現場，顯見作案者對於犯罪可能具有一定的知識或者是有預謀的，甚至也不排除是累犯。

此外，據警員大規模訪查，附近居民有人說，少女徐莉莉曾被多人性騷擾，雖然曾鬧上派出所，但未有正式紀錄，據說是少女的祖母不願報案，她似乎不願讓不名譽的事流傳出去。因此警方將針對曾騷擾少女的人做通盤訪查。

屋主徐安騰依舊連絡不上，經過鄰居訪談及背景調查，他素行不良且有家暴紀錄，也不能完全排除犯案可能，偵查小組已報請檢察官申調他的手機定位紀錄。

4

戴著斗笠，穿著一身農夫裝的阿虎，正在路邊的一棵大榕樹下招攬客人，在他腳旁是好幾箱的香蕉。他脖子上掛著一台哆啦A夢的隨身風扇，正嗡嗡地吹著，但根本吹不走夏日炎熱的高溫，他的背後早已濕成一片。附近有一間做塑膠模具的大工廠，可能是因為廠內停車空間不夠，又或者員工懶得走路，在阿虎旁邊有很多違停的機車。

一個略胖的濃眉男人走了過來，他穿著短褲，一雙腿十分白皙。「法官好啊。」他微微敬禮地說：「又來賣香蕉啦。」

「對啊，退休了，總得找事情做，否則整天在家裡，會生菇。」阿虎說：「要不要買一點？很甜喔。」

略胖男人蹲下身子看了看，又伸手輕捏，「好硬，好像還太生呢，這樣回去不能立刻吃吧？」

阿虎從旁邊拿了一串比較黃的香蕉，也捏了捏，「這串吧，這已經可以吃了。」

「好啊。」略胖男子站起身，「吃法官種的香蕉，以後跟你一樣聰明。」

阿虎露齒而笑，「我哪裡聰明了，別說笑了。」他把香蕉裝進紅白色塑膠袋，「這串算你六十就好。」

微胖男人付錢接過香蕉，「你還真客氣，幹了二十幾年法官還不算聰明？你若不聰明，那我們都是笨蛋了。」

阿虎又笑了笑，接著對眼前另外兩個墨鏡男人說：「你們也要香蕉嗎？這都自己種的喔，沒有農藥，很健康，都有機的。」

其中比較年長的墨鏡男人搖搖手，「不用了。請問您是羅志虎法官嗎？」

阿虎嚇了一跳，「你認識我啊？但我現在不是法官囉……」說完露出不好意思的表情，

「該不會……我以前審過你的案子吧？」剛剛買完香蕉的微胖男人這時跟阿虎揮手道別，

阿虎對他揚了揚下巴。

比較年長的墨鏡男人又說：「沒有啦，我去法庭只有做證過，到目前為止，還沒有機會是當事人，當然，也希望永遠不要是，」說到這時，他從懷裡拿出一張名片，「您好，我是刑警陳查瑞，這位是我的搭檔阿西。」

「您好，我是阿西。」

阿虎把頭上的斗笠拿下，露出一頭濃密、烏黑如年輕人的頭髮。「刑警找我呀？」他納悶道，「我都退休那麼久了，找我什麼事呢？」

「沒什麼，」陳警官說：「我們想問您一下，您兒子是不是叫羅以福？」

阿虎忽然收起笑容，「對，羅以福是我兒子，請問……我兒子又幹了什麼好事嗎？」

「沒什麼啦。」陳警官搖搖手，刻意避重就輕，「請問他現在人在哪裡？」

阿虎用手抹去眉毛上的汗珠，「他這幾天好像去花蓮玩了。」

「這樣啊。」陳警官說：「什麼時候去的？去了多久？」

阿虎搖搖頭，「這……我也不是很清楚，通常他不會跟我說，我那兒子哦，二十好幾了，還像個小孩子，很難控制，出去像丟掉，回來當撿到，我也很頭痛。」

「這樣啊。」陳警官說：「他的電話也打不通呢。」

「對呀，這傢伙就是這樣。」阿虎比出像趕蒼蠅的手勢，一臉嫌棄地說：「他常常是不開機的，請問——你們找他有什麼事呢？」

陳警官搖搖手，「沒什麼啦，也不急，那他若回來，您能不能通知我？名片上有我的手機號碼。」

「可以是可以。」阿虎看了一眼名片，又眉頭深鎖地看著陳警官，「但我有點擔心，他是犯了什麼罪嗎？」

「羅法官，別擔心啦，真的沒事。」陳警官說：「那之後您兒子回來，就再麻煩您通知我了。」陳警官微微向阿虎頷首，然後跟阿西說：「我們偶爾也該吃點水果。」說完便指著箱子裡的一串香蕉，對阿虎說：「這串我要了，多少錢呢？」

5

這間賭場的空調很差，一些賭客已賭得滿身臭汗，再加上菸酒以及檳榔渣的味道，使得內部空氣十分糟糕，但似乎沒有人在意。幾個穿著清涼的女人翹著腳坐在門邊抽著菸，在等著運氣好的賭客帶她們出場，並把好運分給她們。

一頭油膩頭髮的阿騰坐在賭桌前，他已經四天沒洗頭。他這一陣子很走運，大概贏了七八萬，還特地入住高級旅館，找女人睡了好幾夜，也去了高級餐廳，快樂地當了幾天大爺。可惜今天運氣不佳，就算他不想因洗頭而改變好運而刻意不洗，還是連輸好幾把。他有點不爽地嘆了幾口氣，起身走向一旁「簡易福利處」，買了一罐冰啤酒。

這時忽然有人說：「請問你是不是徐安騰先生？」

阿騰轉身看了說話的人一眼，他戴著墨鏡，身材高瘦，旁邊站著一個同樣戴墨鏡的人，但看來比較年輕且略肥，阿騰不認識他們。

「你誰啊？」

「不好意思忽然跟你搭話，希望沒打擾到你，請問你是不是徐安騰先生？」剛才說話的墨鏡男又說。

「你他媽是誰啊？」阿騰有點不爽。

「不好意思，忘了先自我介紹。」墨鏡男從懷裡拿出一張名片，遞給阿騰。阿騰看了一眼，嚇了一跳。

「你是……刑警？」阿騰有點措手不及。

陳警官點點頭。

「我也是，我是阿西，你好。」

阿西也把名片遞給阿騰，他看了一眼，「你也是刑警？叫阿西？」

「是的。」

阿騰不知為何，又看了阿西的名片一眼，又說：「你姓梅？」

阿西略略覺得奇怪，「對啊。」

「中間的字是官？」

「對啊。」阿西理所當然地說。

「你叫梅官西？」

「是的，你可以叫我阿西就好。」

阿騰用鼻子冷笑了一聲，「好吧，梅官西刑警。」下一秒他卻有點緊張地說：「欸欸欸——不過我先說，這賭場可不是我開的，我也沒在賭，我只是來買啤酒而已，你不要找錯人哦。」

「我們不是來抓賭的，」陳警官說：「不用擔心。」

「那你們找我幹嘛？」阿騰揚起一側眉毛。

「請問你多久沒回家了？」

阿騰不語。

「你的電話怎麼都沒有接？」

「現在詐騙那麼多，不認識的號碼我都直接按掉啦。」阿騰不耐煩地說：「到底怎樣啦？」

「方便跟我們到外面談嗎？」陳警官說：「裡面太吵了。」

他們走出這間由鐵皮搭蓋的賭場，外面是一片農耕田，現在是休耕時期，旱地長滿將變作綠肥的黃豔油菜花，阿西覺得很漂亮。三隻黑狗被綁在大門旁，牠們看到有人來卻也沒搭理，只看了他們一眼，便慵懶地趴了下去，空氣中有股淡淡的化肥味道。

阿騰喝了一口啤酒，「所以……你們找我幹嘛？現在可以說了吧？」

陳警官伸出手輕拍他的肩膀，「這個，你家裡出事了。」

阿騰聽了沒有太大反應，「我媽怎麼了嗎？」

「很抱歉，你媽跟你女兒……在上週一被人發現陳屍於家中。」陳警官說：「請節哀。」

「陳屍？」阿騰確認，「你是說，她們……都死了？」

「是的，請你節哀。」

阿騰聞言，手中的啤酒罐掉了下來。

6

JB分局小會議室

「你們說我妹已經去認過屍了？」雙手擱在桌上的阿騰說。

「對。」陳警官點頭。

「她們是怎麼死的？」阿騰捏著手指問。

陳警官向阿西使了個眼神。阿西拿起平板，按了按，把平板放在阿騰前面。

那是他母親的驗屍照，阿騰看了一眼，立刻把頭別過去。阿西聽見他深吸了一口氣。

「你母親是被人用刀刺死的，其中一刀刺中心臟，失血而亡。」陳警官用不帶情緒的聲音說明，「然後你的女兒是被勒死的，然後嗯，我們發現她時，她全身赤裸地泡在浴缸裡——」阿騰忽然瞟了陳警官一眼，雙手漸漸握拳，愣了一晌，才說：「全身赤裸？你的意思是？」

陳警官點頭，「是的，法醫表示她有被侵犯的跡象，不過嫌犯很狡猾，在浴缸倒入了漂白水，所以無法取得嫌犯的生理跡證……」

阿西看到阿騰眼神中的憤怒，擱在桌上的拳頭，關節處開始泛白，但隨即阿騰又把拳頭從桌上移下，換了一個坐姿，刻意壓抑情緒，淡漠地說：「她們是什麼時候死的？」

「今天是週一，她們的屍體是上週一被發現的，剛好過了一個星期，但法醫說屍體發現當下已死約四天，所以最有可能的遇害時間是上上週四左右。」

會議室裡陷入一陣沉默。

半晌後，阿騰才說：「目前……有沒有鎖定的嫌犯？」

陳警官沉默一會兒才說：「請問你上上週四人在哪裡？」

阿騰訝異不已，激動地說：「媽的，你問這個是什麼意思？」

「請不要激動，我們刑警不能排除任何的可能性，所以能不能告訴我，你上上週四，人在哪裡？」

「上上週四……我贏了一點錢，住在飯店裡。」

「有沒有人可以做證？」

「有很多小姐可以做證啦，我連打三天的砲啦，要的話我可以給你名片，你要不要？」

阿騰不太耐煩，「媽的，我媽跟我女兒死了，你們居然他媽懷疑我？」

阿騰從皮夾裡抽出一張名片，扔在他們前面，「這是我叫小姐的店啦，打去問就知道了。」

阿西把名片收起。

阿騰拿出了菸，陳警官與阿西沒有制止。

阿騰抽起菸，問：「目前有沒有什麼進展？」

陳警官清了清喉嚨，「基於偵查不公開的原則，請原諒我們目前不能透露太多，反倒我們想問你，你知道有沒有什麼人，可能會對她們不利嗎？」

阿騰忽然把身子用力往椅背一靠，發出自暴自棄的乾笑聲，「她們一個老一個笨，怎麼可能有人要對她們不利？」說完又抽了口菸，用質疑的態度問，「這麼多天了，你們難道真的一點線索也沒有？」

陳警官低吟半晌，「……目前我們是朝竊盜失風殺人的方向去偵辦，因為你家客廳有被搜過的跡象。」

「但我家有什麼好偷的啊？一點值錢的東西也沒有，我們窮到都快被鬼抓走了，」阿騰冷笑了一聲，又抽了口菸，然後問：「難道……都沒有目擊者？」

「很遺憾，嫌犯似乎很懂得藏匿行蹤，你們鄰居都沒有看見任何可疑的人，而且你們家附近也沒有監視器。但有人聽到你家當晚有人大聲說話的聲音，但他以為那是你的聲音——說到這，你在家裡是不是會大吵大鬧？」

阿騰抬眼不屑地看了陳警官一眼，表情似乎在說「那是我家，我要怎麼吵是我的自由」。

陳警官也未再追問，頓時會議室彷彿只剩下無盡的沉默。阿西看著阿騰手上的菸的煙霧往上飄逸。

阿騰忽然開口，「請問她們……死得痛苦嗎？你告訴我被刀刺死跟被勒死，是不是很痛苦？」

陳警官想了一下，搖搖頭，說：「很抱歉，法醫未對這部分做相關解釋或臆測，所以我們無法回答。」

阿騰用手抹了一下濕潤的雙眼，再也壓不住的情緒讓他抽噎了幾聲，但很快便鎮定下來，「你剛說我女兒可能、可能……有被人強暴？」阿騰再次確認。

「是的，法醫不排除有被侵犯的可能。」

「可惡、可惡！」阿騰用拳頭用力捶著桌子說：「到底是哪個畜生這麼可惡……」

7

阿虎來到ＨＳ火車站時天氣極熱，他覺得眼前柏油路被高蒸烤得彷彿冒著熱氣，周圍景象都不住地晃動起來。戴著棒球帽的他，覺得頭頂似乎濕透了。進到火車站，迎來涼涼的冷氣風，他覺得舒服了一點，空氣中帶有汗味與狐臭味。他走到窗口，買了到花蓮的車票。

他在火車上用手機反覆瀏覽著徐太太與徐莉莉被殺的各家網路新聞，新聞上寫「不排除竊賊隨機偷竊失風殺人」，當了多年法官的他，知道新聞揭露的部分不一定為真，有時媒體會配合警方，發布一些誤導案情的消息，避免嫌犯防範。

阿虎吃過火車便當後，這一陣子都沒睡好的他，大概因為火車規律的運行聲，忽然感到一股睡意襲來，便沉沉睡去。後來經列車長提醒已到終點站，他才踉踉蹌蹌地得下了火車。從火車站出來，天氣還是相當炎熱，沒有冷氣的防護，他覺得自己又要融化了，他沒有搭計程車，打算直接步行到目的地，才走沒一會兒，便覺得自己又已滿身大汗。

他來到一間離車站不遠的商務旅館，跟櫃檯人員表明來意後，接著打電話到一個房間，之後便上了樓。

他按了門鈴，對方立刻開了門，阿虎一拳就往對方臉上打去，「混帳！我上輩子是造了什麼孽，生了你這樣的兒子，之前就是因為你性騷擾，我為了把你的案子壓下來，害得我丟了工作，讓我被人瞧不起，現在又給我搞這齣，你要我怎麼辦！」

阿福哀叫了一聲，「爸你不要打我啦，我知道錯了啦，爸你原諒我。」阿福說到這時，跪了下來，阿虎卻沒有停止，直接將阿福踹倒在地，阿福倒在地上，阿虎又連續踹了幾下。

躺在地上的阿福抱著膝蓋不斷嗚咽，阿虎則因用力過度，心跳直衝天際，最後跌坐在床沿。呼吸短促的他，不斷發出「咻咻」的聲音，臉色發白。

「現在警察……都懷疑到你頭上了，你看、你……怎麼辦……」阿虎上氣不接下氣地說。

阿福跪著移動到父親腳邊，「爸，你是法官，你救救我，我不想被關！爸你救救我！」

阿虎咬牙切齒地看著兒子哭喪的一張臉，眼淚不禁流了下來。「我到底是造了什麼孽，生了你這樣的兒子……」

8

「所以他現在無業？」陳警官看著坐在黑黑胖胖的凱志旁邊的女人，她是凱志的母親，外表約五十來歲，身材保持得不錯，打扮也很年輕，但一張臉還是透露了歲月的痕跡。凱志一臉無所謂的樣子，阿西覺得凱志的長相很無害，像極了水豚。

凱志母親說，「你看他這個樣子，會有人要嗎？我若是老闆，我也不會錄用他。」

凱志有點不服氣，拉下臉對母親說：「我只是懶得工作而已——好嗎？」

「你最好是啦，每天就跟那個阿福到處晃，兩個人就跟白癡一樣。」凱志母親瞪著凱志說。

凱志反駁，「你不要這樣說我大哥。」

「大哥你個大頭鬼啦！」

陳警官問：「阿福？是羅以福嗎？」

「對啦！」凱志母親憤憤地說，「就羅法官的兒子啦，這兩個齁……簡直像〈獅子王〉的那對澎澎跟丁滿一樣，成天無所事事膩在一起。他法官有錢可以養他兒子，我又沒錢，你哦，趕快去找工作，之後我不要再給你零用錢了。」

「沒零用錢我要吃什麼啦……」凱志很不服氣。

「你還說！」凱志母親做勢要打他的樣子。

「不要打我啦！」凱志舉起雙手哀號，做了一個防禦動作。阿西見狀，覺得這對母子像是在打鬧，感情似乎很好。

「不好意思，請兩位安靜下來。」陳警官口氣嚴肅地說。

母子看到已板起面孔的陳警官，趕緊停下打鬧的動作。

陳警官見狀又把態度放軟，客氣地說：「今天我們來拜訪，主要是……」

凱志母親忽然打斷了陳警官的話，「我知道，你們要問徐太太的事嘛，大家都被問過了。」

「對。」陳警官說，「你們……」

凱志母親又插話，「我知道的不多，我跟她不熟哦！」

「好，沒關係，」陳警官沉吟了一會，「但，今天我們還有別的事要問。」

凱志母親翹起腳，「你說呀，我能幫忙的我盡量。」她的一雙腿很美。不曉得為何，阿西覺得她似乎在對陳警官放電。

「我們主要是要問妳的兒子。」陳警官這時將眼神移往凱志。

「我兒子？這隻豬是能幫你什麼呀？」凱志母親又插話，「他腦袋只裝糨糊，嘴巴只會吃而已。」

「哪有？我很聰明。」凱智又反駁母親。

「聽你個大頭鬼啦。」凱志母親又說。

陳警官不想再理會這一對母子的打鬧，他看著凱志的眼睛問，「凱志，你是不是認識徐莉莉？」

凱志母親似乎又打算插話，陳警官用嚴峻的眼神示意她閉嘴。

凱志點頭，「大家都知道她啊，她那麼有名。」

「是不是很多人欺負她？」

凱志略顯心虛，不斷用食指點著食指，不時將眼神投往母親。

陳警官見狀，口氣稍微轉為嚴肅，「凱志，我在問你問題。」

凱志結結巴巴地說，「嗯……大家都欺負她啊，她就是……」說到這時，他用勝利的手勢敲自己的頭好幾下。

「是不是有男生欺負她？我說的欺負是指性方面的。」

凱志母親改變了坐姿，表情漸漸嚴肅了起來。凱志對於陳警官的問題，想了片刻才理解，「可是那是她自己要的啊。」

「『她自己要的』——是什麼意思？」

凱志略顯心虛地看了他媽一眼。

「需要我請你母親離開嗎？」

「我不離開，凱志你有什麼事現在給我說清楚。」凱志母親瞪著凱志說，表情十分難看。

「她就很色啊，很愛幫男生打手槍，只要給她菸就好了。」凱志說，「所以大家都……」

凱志母親聞言，用力擰了一下凱志的耳朵，「你也有是嗎？」凱志哀號了一聲，「那是阿福堅持的啦。」

這時陳警官的電話響了，「失禮了。」他向兩位點了個頭，接起了電話。對方是阿虎，他說他兒子回來了，並約定了會面時間。

將電話收進口袋的陳警官抬頭，「不好意思，我們繼續說。」

凱志母親很不好意思地問：「這個……我兒子這樣會有事嗎？他說他是被人逼的。」

陳警官沉吟一會兒，看著凱志說：「這是告訴乃論，被害人已死，法律應是無法再追溯了，但這是很不好的行為，希望你不要再犯。」說完又說，「能不能告訴我，你這個月十號到十三號的行蹤？」

「那個期間哦，因為阿福都不在，所以……」凱志在腦裡搜尋記憶，將眼神移往他媽，問：「媽我那幾天都在幹嘛？」

「都在家裡打電動啊，吃零食，像頭豬一樣——你還能幹嘛？」凱志母親說。

凱志用很肯定的眼神，看著陳警官，用力點著頭，說：「對，大概就像我媽說的那樣。」

「這樣啊……」陳警官點頭。

陳警官與阿西走出凱志的家，天氣依然悶熱難當，兩人去便利商店買飲料，之後走出便利商店，一面抽菸一面喝飲料。

「所以陳哥，你覺得這個凱志有可能犯案嗎？」阿西問，喝了一口手上的可樂。

「你覺得呢？」陳警官反問，也喝了一口無糖綠茶。

「現場未遺留凶器，也沒人目擊兇手行蹤，且懂得用漂白水滅除生理證據，這個凶手應不是笨蛋才對。」阿西說，「但這個凱志好像腦袋不是太靈光，雖然他沒有很明確的不在場證明，但我覺得他不太可能是兇手。」

陳警官點頭，「你說的沒錯，但也不能排除他有裝傻的可能。總而言之，兇手預謀的成分很高，我認為是有人想要對徐莉莉下手，且打從一開始，就沒打算留她活口。」

9

太陽一樣當空照，這天下午還是悶熱不已，他們的襯衫乾了又濕，濕了又乾，幾乎可以在襯衫上摸到鹽巴。坐在副駕駛座的阿西被涼爽的冷氣催眠，不斷打著瞌睡。開車的陳警官也沒吵他，這一陣子他們為了這起雙人命案都相當疲累，就算他自己沒睡，但看著阿西能休息一會，他也感到安慰。

陳警官將車停妥後，拍了拍阿西的大腿，「下車了。」

阿虎已在敞開的大門後等著。他穿著T恤、短褲與拖鞋，頭髮看來整理過，但身上已完全找不到過去的法官氣質。

「不好意思，今天來叨擾您。」陳警官很客氣地說。

「不會不會。」阿虎露出客套的笑容。

走進阿虎家後，阿西發現他家玄關是很漂亮的花園，種植了很多不同顏色的蝴蝶蘭，阿西聞到一種怡人的清新香氣，覺得精神都來了，忍不住多吸了幾口。

阿虎平舉著右手說：「來來來，請進請進，我兒子已經在客廳了。」

陳警官跟阿西兩人看著坐在椅子上的阿福，阿福則起身向他們點了點頭，阿虎一面招呼著陳警官他們落座，一面用陶壺沏茶，手法相當專業，「只是我仍不太曉得你們找我兒子有什麼事，上次神秘兮兮地，讓我擔心不已，但稍早我也已經跟我兒子談過，最近他好像沒有黑白來呀……」阿虎把熱茶注入杯子，看了穿著黃色襯衫的阿福一眼，阿福趕緊把茶遞到兩位警察面前。

陳警官點點頭說：「這個我能理解，其實我們這次來訪，不是單單針對你兒子的，我們跟很多人談過了。」

「原來如此，這樣我就放心多了，」阿虎笑著拿起茶杯，「來，喝茶，這茶是阿福外婆從花蓮送來的，叫什麼『蜜香紅茶』的樣子，且聽說是自產自烘焙的，健康無毒無農藥。」

陳警官喝了口熱茶，「我想您應該也知道前一陣子鄉內發生的命案吧？」

手上拿著筆記本跟筆的阿西，把筆夾在右耳上，也拿起杯茶喝了一口，有著超級貓舌頭的他被燙到，默默地「嘶——」了一聲。

阿虎有點驚訝，「你是說那個徐太太跟她孫女被殺的事嗎？有聽說了，好可憐呀。」

「對……」陳警官說。

「可是……那件事跟我兒子有什麼關係？」阿虎露出不解神情。

「這個嘛……」陳警官說，「因為這個徐莉莉，是個有智能障礙的少女，生前被很多人欺侮過，我們想找所有欺侮過她的人稍微聊一下而已。」

阿虎聞言，露出憤怒的表情，看向兒子，「你是不是曾經欺侮過人家？」

「我沒有，我沒有啊。」阿福誇張地搖著兩個手掌說，「我根本不知道她是誰。」

「是這樣嗎？」陳警官露出質疑的表情看著阿福，「但你的好朋友凱志不是這樣說的。」

「那白癡說了什麼？」阿福露出不以為意的表情。

陳警官點頭，眼神移往阿虎，「這個嘛，那就恕我直說了，他說你們曾經給她菸，讓她幫你們手淫。」

阿虎又怒瞪兒子。

「我才沒有！」阿福也露出憤怒的樣子，「她是弱智欸，又那麼髒那麼醜，我才不要她幫我咧，是凱志亂說，我看是他自己找她幫他打飛機吧？」

「真的嗎？」陳警官問。

阿福說，「真的，我沒有，我根本不認識她！」

阿虎這時看向兒子，「你眼睛看著我！」

「幹嘛啦？」阿福不情願地看向阿虎。

「閉嘴，眼睛看著我就是了。」阿虎粗聲粗氣地對兒子說，然後用雙手用力地抓著阿福的頭，與他四目相對。半晌，他轉頭跟陳警官說，「陳警官，不好意思了，我相信我兒子，這次他沒有說謊。」

「這樣啊。」陳警官說，喝了一口茶。

平靜下來的阿虎也喝了一口茶，然後淡然自若地說：「據新聞說，不是應該是偷竊失風殺人嗎？」

「羅法官，我想您也應該理解，針對案情的細節，我們無法向老百姓透露的。」

「對不起，你說的對。」阿虎說，「不過說到底，我兒子雖然很讓我傷腦筋，但不至於會做這種事啦。」

「這部分我相信。」陳警官說，「不過我們需要知道所有欺侮過她的人的不在場證明，這點請您諒解。」

阿福這時看著父親，很委屈地說：「可是我沒有欺負她，爸你跟他們說，我沒有！」

陳警官說，「這個嘛，我理解，既然有人說有，我還是必須跟你問一下。」

阿虎略略沉吟，「我之前已經說過了，他之前在花蓮，昨天才回來……」

陳警官問，「請問幾號去，幾號回來的？住在哪裡？」

阿虎看著兒子說，「是九號週三很晚的時候去的吧，昨天二十三號回來嘛，住在花蓮的大江商務飯店。」阿西把這些資訊寫在筆記本上。

「他怎麼去的？」

「坐私家車去的。」陳虎絲毫沒有思考便立刻回答。

「從我們這裡包車到花蓮？」

阿虎露出無奈的表情，「這小子就是會亂花錢。」

「是幾點到花蓮的？」陳警官接著問阿福。

阿虎又代為回答，「凌晨四五點吧，他說他在市區晃到快天亮，才去飯店住宿。」

陳警官看著阿虎，「所以實際開始入住飯店是十號？」

「對。」

「原來如此。」陳警官再將眼神移往阿福，「你去花蓮那麼久，去那裡幹嘛呢？」

阿福卻將眼神投往父親，像在求救，阿虎趕緊說，「我那短命的太太是花蓮原住民，在阿福九歲時就撒手人間。以前我工作很忙，把他託付給他外婆照顧長達兩年，所以他跟外婆還有舅舅感情很好。有時他會去外婆家，說是探望外婆跟舅舅，但根本是去遊手好閒啦……我很晚才有了這個兒子，可能就是太晚生，這孩子就是怪，自從他媽死後又更怪了，但怪雖怪，他跟他媽一樣善良啦。」

陳警官把視線移往阿福，「所以這次去，有見到外婆跟舅舅嗎？」

「有啊，舅舅還帶我去打獵咧。」阿福說到這時，閉起一隻眼，做了一個拉弓箭的動作。

阿虎露出慈愛的眼神看著阿福，然後微笑地點點頭，跟陳警官說，「對對對，他還拍了照片給我。」阿虎打開 Line，從他與阿福的聊天紀錄裡，點出一張他與舅舅的合照，他舅舅把手上的飛鼠翅膀展開展示著。

阿福點點頭，也看著照片說：「超好玩的，晚上我們還烤飛鼠來吃，超好吃的。」

陳警官點點頭。

「那這樣還有什麼問題嗎？」阿虎很客氣地問。

陳警官偏著頭想了一下，「基本上我們會求證您兒子所說的一切，若一切屬實，我想就沒有太大問題。」

在兩位刑警走了之後，阿虎癱在沙發上吐了一口氣，一副如釋重負的樣子。

「爸，怎麼樣？我演得很好吧？」阿福靠在父親旁邊，像個小孩向父親討誇獎似的。

阿虎轉過身，用力用手指關節敲了他的頭一下。「都是你這個死兔崽子！」

10

陳警官與阿西接到通知後，就趕來派出所。他們下車時，天色已暗，路上的街燈都已亮起，街上已出現準備去吃晚餐的人潮。陳警官稍稍捏了捏肩膀，又左右轉動著脖子，似乎在放鬆筋骨。這天是很漫長的一天，偵查會議從早上一直到剛剛才結束，仍沒有比較明確的方向，可說是陷入了瓶頸，分局長還在會議上發了一頓脾氣。不過就在會議結束之際，鑑識科那裡傳來好消息，現場發現了一根頭髮，且毛根鞘完整，表示是成長期的毛髮，也就是說可能是在案發當時被死者扯下來的。已初步做過DNA驗證，不屬於兩名死者，也不屬於徐安騰和徐靜麗，這意味著那根頭髮極有可能是兇嫌在現場留下的。這個好消息讓眾人士氣大振，會議室甚至響起了如雷掌聲。

派出所兩名員警一看到他們，便指了指角落。只見阿騰倚坐在牆邊，頭低著的樣子像是在打瞌睡，身上的T恤卻已被扯破，露出乾瘦的上半身，他的左手被銬在牆上的鐵桿，右手裹著繃帶。

「發生了什麼事？」陳警官問派出所員警。

身形矮壯的員警說，「這個徐安騰……把林凱志打得頭破血流，被逮捕時精神狀況很不穩定，現在稍微冷靜了，剛才還在大吵大鬧，我們以為他喝醉了，結果酒測才發現他根本沒喝。」

「那林凱志……目前情況怎麼樣？」

「聽說不太樂觀，」年輕員警嘆了口氣，「頭被酒瓶重擊數次，目前還在昏迷，而且腦壓很高，不太穩定，醫生還在評估，不敢貿然動刀。」

阿西聞言，腦袋裡忽然出現凱志那張像水豚的臉，不由得感到同情。

「這樣啊。」陳警官問：「他們兩個是怎麼發生衝突的？」

矮壯員警說，「根據現場的其他客人說，這兩個人在便利商店內起了口角，店員說是徐安騰臭罵林凱志，之後又勒住林凱志的脖子，然後用啤酒瓶連續重擊林凱志的頭。他是這樣打——」矮壯員警說到這時，模擬了徐安騰的動作，彷彿握住了啤酒瓶的頸部，以底部重擊，又繼續說，「徐安騰的情緒非常激動，又力大無比，當時在場的店員跟其他客人都是女生，大家都嚇壞了。徐安騰遭逮捕後，說林凱志強暴他的女兒，又說很多人都強暴他的女兒，他要一個一個把他們殺了。」

阿西無奈地搖搖頭，陳警官用手扶著額頭，嘆了口氣，走近阿騰身邊問：「你還好嗎？」

阿騰抬頭看了陳警官一眼，他雙眼布滿血絲，左臉有抓傷痕跡，臉色幾乎接近鉛灰色，「我媽和我女兒的案子查得怎麼樣了？我告訴你不用查了，他們一定是被這些王八蛋殺掉的。這些變態……」

「你為什麼會這樣認為？」

阿騰說，「我就是知道，我女兒雖不聰明，但很久以前就跟我說過，有男人欺負她，我媽以前也提醒過我，只是我、我，我就是沒當一回事，我真是個渾蛋……」說到這時，阿騰痛哭了起來。

11

天邊橘紅色的夕陽已經出現，儘管有微風徐徐吹著，但仍十分炎熱，台灣夏天的暑氣可不容小覷。阿虎跟兒子正在蕉園裡噴農藥，自從刑警來找過阿福後，阿虎怕兒子再惹事，就把阿福帶在身邊。

「去把那把鐮刀拿過來，把這邊的草除一除。」穿著白色吊嘎的阿虎，對著站在旁邊雙手叉腰的兒子說。

「吼優，很累欸。」阿福像個抱怨的小孩，「你幹嘛要叫我來呀！」

「那你要去哪裡？你要幹嘛？你這種人能做什麼？」阿虎很不高興地說，「而且警察都在查你了，你不怕嗎？給我去除草！」

「……好啦。」阿福不情願地拿起鐮刀，蹲在一旁除草。

就在這時，偌大的蕉園突然傳出男人說話的聲音，「我以為您的蕉園是有機的，原來還是有噴農藥啊？」

阿虎轉過身來，發現是摀著嘴的陳警官跟阿西，嚇了一大跳。

「是陳警官呀。」阿虎放下手中的農藥鐵管噴嘴，「你們別站在那兒，那邊是順風，過來這裡吧！」

陳警官與阿西走向阿虎指的位置，正在另一側除草的阿福看了他們一眼，但立刻低頭假裝沒看見。阿虎把身上的農藥噴灑機卸下，邁步往陳警官與阿西走去。

他好像有點羞臊地搖著手說，「哎呀這個，不是我刻意要用農藥啦，是不用農藥根本長不活，蟲很愛吃香蕉的，但我用得很少，很節制的，不要擔心。」

陳警官笑了笑，「我了解。」阿西也說，「我丈人也是種菜的，也是這樣跟我們說，市面上所謂『有機』都是騙人的，都有農藥啦。」

「是啊。」阿虎還是有點不好意思，又說：「今天……兩位怎麼會來？還需要我們幫忙嗎？」

陳警官點頭，「對，今天很不好意思，又有事情想麻煩您，但其實我們主要是來找令郎的。」

阿西對陳警官使用「令郎」二字，微微感到訝異。

「這樣啊。」阿虎說，「請問是什麼事呢？」

「坦白說，我們這個案子目前沒有太大進展，」陳警官說，「所以我們決定針對所有曾經騷擾徐莉莉的人，進行下一步調查。」

「這樣啊。」阿虎說，「可是我兒子上次已經說他不認識徐莉莉了，這樣還需要調查我兒子嗎？」

「這我明白。」陳警官點頭，卻直截了當地說，「事實上，我們發現您兒子說謊。」

阿虎露出震驚的臉。

陳警官拿出手機，點出一段影片，那是夾娃娃機店的監視器影片。影片中可以清楚看見徐莉莉把手伸進阿福的褲襠。阿虎一看，臉色非常憤怒。

陳警官又說，「這個部分我想不用再多做解釋了，所以我們需要您兒子的協助。」

阿虎想了片刻，才說：「這證明了我兒子針對性騷擾的部分說謊，但她也已經死了，能不能就幫忙我們，不要再追究了，他還年輕，給他一個機會呀，以後我會嚴格管教他，保證他一定不會再犯。」

陳警官說，「這我也懂，但這次我們來，不是討論性騷擾的部分。」

阿虎似乎聽出陳警官的言外之意，嚇了一跳，「他跟命案完全無關呀，也有不在場證明了，我們究竟還能幫你什麼呢？」

「我明白。」陳警官點頭，「但我想您也知道，屍體被發現時，若超過特定時間，是無法完全精準推估死亡時間的，所以對於這起案子死者的死亡時間，法醫也只給出『四到五天』的答案。沒有錯，我們已核實了您兒子的不在場證明，包括飯店以及您丈母娘和妻舅的證詞，但您說他是搭私家車去花蓮的，且頭一晚沒有住宿，對於這點我們找不到相關證據，一直很困擾我們，所以無法完全排除他涉案的可能。」

「原來是這樣。」

「羅法官，您先不要太過憂心，這不是單單針對您兒子的，」陳警官說，「簡單來說，今天我們來，主要是我們在命案現場發現了一些不屬於受害者的生物跡證，所以我們要進行比對，而首批比對對象就是曾經騷擾過徐莉莉的人，所以是否能請您兒子提供他的DNA檢體？」

阿虎聞言，臉沉了下來，眼神緩緩移向還蹲著拔草的兒子。阿西這時覺得，在背光下阿虎的臉，看來異常陰沉。半晌，他才用沒有起伏的聲音說，「你有檢察官核發的傳票嗎？」

陳警官有點意外。「還沒有，但……」

阿虎回過頭，嚴肅地看著陳警官，以乾澀的嗓音說，「沒有的話就恕我們不提供，我相信我兒子不會做這種事，這種要求對我來說，是一種人格的汙衊，我幹法官二十多年了，我是個正直的法官，我相信自己，也相信我的孩子。」

「這……」陳警官知道自己無法強制他。

阿虎最後說：「若你拿到傳票，再來找我們吧。」說完，他又揹起農藥噴灑機，頭也不回地走向蕉園的另一側。

當天稍晚，一台黑色的奧迪緩緩停在ＪＢ分局前面。一個身穿西裝、頭髮梳著油頭的男人從副駕駛座下車，付過車資後，以十分挺拔的姿態，走進分局。

「不好意思，」那男人對值勤台的員警說，「我是羅志虎，來找陳警官的。」

「陳警官？」值勤台員警說，「請問你知道他全名嗎？我們這裡有好幾位陳警官。」

「好像是……偵查隊的。」男人想了一下，又拿出名片，說：「他叫陳查瑞。」

「好的，我明白了我先確認他在不在，您稍微等一下。」說完，員警撥打桌上的電話，講了一會兒後，便掛斷。

「他在哦，等等就過來，您再等一下。」

偵訊室

陳警官看著阿虎，十分客氣地說：「您能不能再仔細跟我講一下當天的過程？」

阿虎點點頭，表情沉重地說：「那天大概在傍晚六點多，我正在客廳準備我跟兒子的晚餐，然後我兒子打電話給我，他緊張兮兮地，我猜想他大概幹了什麼蠢事。我問他『你又幹了什麼好事』，他一開始不說，然後才說他跟人起了糾紛……」

「就是徐莉莉嗎？」阿西問。

「對……」阿虎繼續說，「我當時很緊張，要他說清楚。他說徐莉莉偷了他的錢包，又不肯歸還，我兒子只好跟著她回到她家。我兒子要她歸還錢包，徐莉莉卻打他，然後一直恐嚇我兒子說她要去報警，要跟警察說他強暴她。我兒子不知道該怎麼辦，才打電話給我。於是，我就要他在那裡等我，我到了之後，就叫他先離開。」

「之後呢？」

阿虎兩手一攤，無奈地說，「我試圖跟徐莉莉溝通啊，叫她不要報警，可是她一直說著我聽不懂的語言，又說要去找警察，跟警察說我兒子強暴她……她非常兇悍啊，又無法溝通，我擔心兒子名譽被她毀了，迫不得已，才……不小心把她勒死。」

陳警官拿起裝著繩子的證物袋，說：「就是用這條繩子嗎？」

「對……」

「所以阿福沒有強暴她？」

「沒有！當然沒有！是她偷了我兒子的錢包。」阿虎以不容別人質疑的語氣說。

「那您為什麼要清理屍體？」

阿虎重重地嘆了一口氣，眼睛低垂著看著桌子，「其實……我當下也不確定我兒子是否有強暴她，我擔心後續被查出來……所以才決定無論如何都要清洗屍體。但我後來問過兒子，他果決地說『沒有，真的沒有。』，我兒子不會對我說謊的，我相信他……」

陳警官臉上沒有表情，只是雙手抱著胸。一旁的阿西手肘壓在桌子的筆記本上，把原子筆筆蓋重複地蓋了又開。

片刻後，陳警官才繼續問：「那關於徐太太的部分呢？」

「那是意外，我在清理屍體時，徐太太回來了……」阿虎露出痛心的表情說，眼眶微微泛出淚光，「她看到我便大叫，以為我是小偷，然後要攻擊我，我只好、只好……拿刀子刺她。」

阿西拿起另一個證物袋，「就是用這把刀子嗎？」

「對……」雙眼通紅的阿虎說。

「這是她家的刀子嗎？」

阿虎點點頭。

陳警官想了一下，又問，「那繩子呢？也是她家裡的嗎？」

阿虎又點點頭。

陳警官聞言陷入了沉思，阿西也看著自己的筆記本。不一會兒後，他們聽到阿虎淒厲至極的哭聲。

「對不起，都是我做的，是我不對。但這一切不是預謀，是迫不得已……」

12

小梅小心翼翼地把驗孕筆的一頭浸在裝了尿液的杯子裡，等了幾秒後，又把驗孕筆拿出，放在洗水槽旁。說明書上說需等三到五分鐘，但通常等不到一分鐘就有結果，她與阿西兩人都非常緊張。他們這陣子已沒採避孕措施，月經通常準時的小梅，這次月經延遲了，最近也覺得身體似乎不太一樣，有時會反胃，也容易疲倦等。一分多鐘後，小梅等不及，要阿西去看。阿西點頭，探身看了試紙一眼。

「怎麼樣？」小梅緊張地問。

只見阿西用食指摳摳太陽穴，卻一語不發。她按捺不住，自己探過身去看，結果是一條線，她嘆了一口氣。阿西摸摸小梅的臉，「我們再努力就好。」

小梅露出苦笑，「也是，反正還年輕。」她忽然覺得自己太小看懷孕這件事情了，她有同事試了十年還求不到，只是她覺得自己年輕又健康，對她而言應該很簡單才對。

阿西看得出小梅臉上的失落，卻也不知道該說些什麼，他知道小梅比他自己更期待孩子的到來。阿西輕輕地拍了拍小梅的背，然後走出浴室，去廚房準備早餐。

他煮了咖啡，烤好吐司，也煎了培根，之後到房間裡叫小梅來吃早餐，未料小梅竟坐在床上，把腳縮在身體底下，咬著拳頭哭泣。

小梅抬頭看了阿西一眼，「沒關係，你吃就好，還有你別管我，我知道我在發神經。」

這天早上小梅不用上課，阿西與陳警官也要去一個特別的地方，所以不用太早出門。他就這樣安靜地陪著她坐了一個小時，直到早晨的淡黃陽光放肆照進他們房內。

稍晚，陳警官與阿西駕著偵防車來到ＨＳ地檢署。天空晴朗無雲，地檢署外群花盛開的小花園旁邊，正停著一台警備車，應該是要押解犯人到監獄的。陳警官低頭了看了一眼手錶，現在是十點十五分。

他們一面抽菸，一面喝著熱美式，兩人都沒有多說話，他們之間的關係已經到了就算不說話，也不尷尬的地步。陳警官這時把菸蒂丟進垃圾桶，喝下最後一口熱美式後，將紙杯塞進垃圾桶，「走吧。」但阿西的熱美式還剩一半，阿西只得硬著頭皮，將沒喝完的美式直接塞進了垃圾桶。

他們走進ＨＳ地檢署大廳，又下樓前往ＨＳ地檢署的地下候審室。

這天他們的目的是探訪羅志虎，他因坦承殺人犯行遭受羈押，全案將依殺人等罪嫌提起公訴。

陳警官出示了證件，眼前的法警點頭說：「我已接獲了通知，正在這裡恭候。」說完，便俐落地打開身後上鎖的門，並領著他們進去。

他們來到了候審室前，法警客氣地說，「那若有什麼問題，再請你們跟我說。」

「好的，謝謝你。」

法警又對他們微微頷首，便回到了他的辦公座位。

陳警官與阿西來到候審室前，阿西看到裡面的阿虎正坐在地上抱著胸，眼神空洞地看著牆壁。稍早法警已通知他將會有兩位刑警拜訪。

「你覺得這樣做，對您兒子真的好嗎？」陳警官忽然說。

阿虎沒有轉頭，依然看著牆壁，「你什麼意思？」

陳警官說，「坦白說，我認為您沒有說出全部的真相。」

阿虎這時轉頭看著陳警官。「我已經把我所犯的罪行都向你坦承了。」

「但您說謊。」陳警官說，「徐莉莉不是您殺的吧？」

阿虎聞言，激動地站了起來，走到陳警官與阿西面前，雙手抓著欄杆，口氣兇悍地說：

「你在胡說什麼？」阿西被嚇了一跳。

陳警官沉著地說：「您提供的繩子是乾淨的，上面找不到徐莉莉的ＤＮＡ。」說到這時，陳警官露出銳利的眼神，「那不是真正勒死她的兇器。」

「我聽不懂你在說什麼，我就是用那條繩子勒死她的。」

「是嗎？但我們在徐莉莉的脖子上發現的殘留繩子跡證，成分是棉繩，她是被棉繩勒死的，而您提供的繩子是尼龍繩，這——您能解釋原因嗎？」陳警官又說。

阿虎露出震驚的臉。

「這只是我的假設，您聽聽——」陳警官說，「您兒子那天強暴並勒死了徐莉莉，他不知所措，打電話告訴了您，所以您預先買了漂白水，才趕到現場處理，之後您讓您的兒子先離開，然後自己清理屍體，期間碰到徐太太，才殺了她，您真正殺的人只有徐太太，對吧？」

「我不知道你在胡說些什麼，他們兩個人都是我殺的。」阿虎堅持。

「是嗎？」陳警官露出質疑的銳利眼神，「雖然我們還沒找到能證明您兒子殺人的證據，他真正用來殺人的那條繩子可能也被您銷毀了，但我不會就此罷手……」陳警官又說，「現在，我只是想問您，您覺得這樣做，值得嗎？對您兒子而言，他永遠得不到教訓，這是好事嗎？」

「你是父親嗎？」阿虎看著陳警官的雙眼問。

陳警官對於他的問題，微微納悶，但還是回答：「是，我有一個女兒。」

「那你應該懂你這個問題的答案，不是嗎？」阿虎說。

尾聲

這天下午陳警官與阿西值完勤，回到分局，把該寫的報告，以及庶務事情解決後，已近七點。陳警官看了看手機上的時間，心想：這個時間點回家，可可大概已經吃飽了。

「一起吃飯如何？」陳警官轉頭問阿西。

阿西把旋轉椅子轉過來，他嘴唇上頂著一支原子筆，他把原子筆拿下，說：「陳哥，可是今晚不是有事？」

陳警官納悶，「有事？」

阿西忽然露出「說溜了嘴」的表情。

這時傳來一陣手機鈴聲，是陳警官的電話。陳警官接起電話，對方問，「老公吃飽了嗎？」

「還沒。」陳警官，「妳吃飽了吧？」

「嗯，我跟芊芊都吃過了，老公今天早點回來好嗎？」

「怎麼了？」

「小梅在我們家，她剛從韓國回來，帶了一些好吃的，你趕快回來，記得叫阿西也過來。」

「這樣啊，」陳警官看了阿西一眼，對可可說：「他好像已經知道了。好的，我們盡快回去。」

陳警官說完電話，轉頭問阿西：「你老婆從韓國回來，帶了什麼好吃的？我老婆要我早點回家，把你也帶去，你早就知道了吧？」

阿西尷尬地笑了笑，「啊呦，小梅也是剛剛通知我的，不過準備了什麼，這個我也不知道。」

阿西搭上陳警官的車，回到了陳警官家的地下停車場，兩人下車後還是照例抽根菸才上電梯。他們來到六樓，又沿著走廊來到六之三。當陳警官把門打開時，他看到玄關外有多雙鞋子，陳警官納悶地問阿西：「這麼多人啊？你老婆還帶了朋友嗎？」

阿西只是笑笑，沒有說話。

兩人在玄關脫鞋時，屋內傳出說話聲，陳警官心想，訪客一定不只小梅而已，更令陳警官訝異的是，眾人好像說著英文。可可聽到丈夫回來，趕忙跑著過來，小梅也跟了過來。

「老公你回來了。」可可語氣略微激動，有點像做壞事被抓到的感覺。陳警官覺得她的態度有點奇怪，想著今天是不是什麼特別日子，在可可身後的小梅則頻頻向阿西擠眉弄眼。

這時，他們身後又出現一對男女。這下子把陳警官嚇了一大跳，那對男女中，男人是個高壯的黑人，女人則是白人。

陳警官看著可可，露出納悶的表情，眼神卻投往她身後的外國男女，「還有其他客人呀？他們是誰？」

「老公……他們……」可可欲言又止，「希望你不要生氣，我擅自邀請他們過來，他們，是你的弟弟跟弟妹。」

陳警官覺得渾身的血液此時正往頭上衝去，之前自己只跟這個聲稱是弟弟的人通過一次電話，自己不僅直接拒絕與他相認，也拒絕跟自己的母親相見，之後便再也沒有聯繫，可可竟然說眼前的這個黑人是自己的弟弟？

陳警官瞬間面露慍怒，用令人心驚膽跳的眼神瞥了一眼可可，再看向阿西，臉上的表情流露出對他們多事的不滿。

哈瑞上前過來打算跟陳警官握手，陳警官這才發現哈瑞相當高大，目測應有一百九十公分以上，皮膚雖黑，但臉上五官確實有東方人的感覺，陳警官斷然拒絕與他握手。

「還有老公，」可可面對陳警官憤怒的眼神，戰戰兢兢地說，「那個……你媽媽在客廳裡……」

直播主密室死亡之謎

作　　者　馬　卡
發 行 人　林敬彬
主　　編　楊安瑜
編　　輯　林佳伶
封面設計　高郁雯
行銷經理　林子揚
行銷企劃　徐巧靜
編輯協力　陳于雯、高家宏

出　　版　大旗出版社
發　　行　大都會文化事業有限公司
11051 臺北市信義區基隆路一段 432 號 4 樓之 9
讀者服務專線：(02)27235216
讀者服務傳真：(02)27235220
電子郵件信箱：metro@ms21.hinet.net
網　　　址：www.metrobook.com.tw

郵政劃撥　14050529 大都會文化事業有限公司
出版日期　2025 年 05 月初版一刷
定　　價　380 元
ISBN　978-626-7284-66-7
書　　號　Story-46

First published in Taiwan in 2025 by Banner Publishing,
a division of Metropolitan Culture Enterprise Co., Ltd.

4F-9, Double Hero Bldg., 432, Keelung Rd., Sec. 1, Taipei 11051, Taiwan
Tel:+886-2-2723-5216 Fax:+886-2-2723-5220
Web-site: www.metrobook.com.tw
E-mail: metro@ms21.hinet.net

本書如有缺頁、破損、裝訂錯誤，請寄回本公司更換。

國家圖書館出版品預行編目（CIP）資料

直播主密室死亡之謎 / 馬卡　著-- 初版. -- 臺北市
: 大旗出版社出版 : 大都會文化事業有限公司發行,
2025.05 ;352面 ; 14.8×21公分. (Story-46)
ISBN　978-626-7284-66-7(平裝)

863.57　113011535